EL SEPULCRO
DEL CUERVO

EL SEPULCRO DEL CUERVO

Núria Masot

EDICIONES B
GRUPO ZETA

Barcelona • Bogotá • Buenos Aires • Caracas • Madrid • México D.F. • Miami • Montevideo • Santiago de Chile

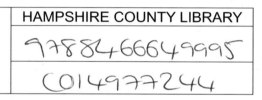
1.ª edición: enero 2012

© Núria Masot, 2012
© Ediciones B, S. A., 2012
   Consell de Cent, 425-427 - 08009 Barcelona (España)
   www.edicionesb.com

Printed in Spain
ISBN: 978-84-666-4999-5
Depósito legal: B. 38.897-2011

Impreso por NOVAGRÀFIK, S.L.

A mi Vane.

Dicen que, en momentos complicados, los libros de caballería ayudan a poner remedio a los males del mundo. Y si no es cierto y los sabios se equivocan, existe la pequeña verdad de que distraen de los problemas pasajeros. Toda la fuerza de la tropa de Guillem de Montclar para ti, junto con la de todos aquellos que te quieren.

A la meva Vane.

Diuen que, en moments complicats, els llibres de cavalleria ajuden a posar remei als mals del món. I si no és cert i els savis s'equivoquen, existeix la petita veritat que distreuen dels maldecaps passatgers. Tota la força de la tropa de Guillem de Montclar per a tu, juntament amb la de tots aquells que t'estimen.

Antecedentes históricos

En 1282 se produjeron las revueltas que han pasado a la historia como las Vísperas Sicilianas, organizadas por los sicilianos contra Carlos de Anjou. Ante la ciudad de Mesina, una embajada siciliana ofreció a Pere, rey de Aragón, Catalunya y València, la corona de la isla a cambio de su ayuda en la reclamación de la legitimidad de Constança de Sicilia, esposa del rey Pere, como heredera del trono de sus antepasados, los Hohenstauffen. El rey Pere aceptó y, tras una rápida incursión, se hizo con la corona. Su acción le valió la excomunión del papa, Martín IV, y la amenaza de desposeerlo de todos sus reinos si no se sometía a la voluntad del papado.

Carlos de Anjou, indignado por el ataque, le acusó de haber invadido sus tierras con mala fe y deslealtad, y le retó a un peculiar duelo. Pere aceptó alegando que ni la ocupación de Sicilia, ni nada que hiciera contra él, era motivo de vergüenza ni deslealtad. Doce caballeros, seis por cada bando, decidieron las normas del desafío: tendría lugar en Burdeos a primeros de junio del año siguiente, ciudad bajo la potestad del rey de Inglaterra, y cada bando contaría con cien caballeros. Aquel de los dos reyes que no compareciera el día fijado, sin padecer un impedimento físico comprobable, sería considerado perpetuamente como un perjuro, un desleal y un traidor. No podría mantener el nombre ni los honores de un rey, y quedaría apartado de cualquier dignidad.

El 24 de mayo de 1283, Carlos de Anjou acampa en Burdeos, mientras su sobrino, el rey de Francia, se instala a una jornada de la ciudad con miles de caballeros. La trampa se cierne sobre el rey Pere. Sin embargo, éste conoce los movimientos del enemigo, ya que el propio senescal de la ciudad le hace saber que no puede garantizar su seguridad. Entonces empieza a preparar su viaje en absoluto secreto, contando únicamente con tres caballeros de toda su confianza y un guía. Los miembros de la pequeña comitiva se disfrazan y el 31 de mayo llegan a las afueras de Burdeos. El rey Pere, haciéndose pasar por un dignatario real, se presenta ante el senescal de la ciudad, pasea por el campo donde tendrá lugar la liza y, finalmente, revela su identidad. El senescal le reconoce de inmediato y redacta un documento testimonial de su presencia. Una vez cumplido el trámite, a la puesta de sol, el rey Pere marcha hacia Castilla con rapidez evitando el camino por el que había llegado.

La indignación y la sorpresa cunden en el campo francés: su habilidosa trampa había fallado. Según el cronista siciliano Bartolomeo Neocastro, Pere había dejado en manos del senescal de Burdeos su escudo y sus armas como prueba de su comparecencia. A pesar de que los franceses enviaron soldados tras su rastro para capturarle, el rey Pere ya estaba a mucha distancia de sus maquinaciones.

Jaume II de Mallorca, segundo hijo varón de Jaume I y hermano de Pere, empezaba a sentir los efectos del conflicto. Vasallo de su hermano por un lado, y también del rey francés por el señorío de Montpeller, se encontraba en una difícil posición. Su decisión estuvo marcada por el resentimiento hacia su hermano y el temor a perder sus posesiones. En agosto de 1283, mediante el tratado de Carcasona, firmó su alianza con el rey Felipe de Francia en contra de los intereses de su propia dinastía. Se sospecha que su hermano, Pere de Aragón, conocía su traición. Mientras la tensión en la frontera de los dos reinos se agudizaba, el redoble de los tambores de guerra se oía a ambos lados con una creciente alarma. Nada ni nadie parecía capaz de detenerlos.

I

Hemos cabalgado juntos bajo el ardiente sol del desierto, amigo mío, y juntos empuñamos la espada por una idea que nos fue ofrecida en nombre de un poder sobrenatural.

Año del Señor de 1283

Encomienda del Masdéu, el Rosselló

La azada se clavó con fuerza en el suelo con un golpe seco y provocó una lluvia de pequeños fragmentos de tierra helada. Frey Juan de Salanca lanzó una muda blasfemia que resonó en su mente como el estampido de un trueno. Procuró arrepentirse sin conseguirlo y a duras penas logró frenar el caudal de palabras malsonantes que se acumulaban en su garganta. Ni tan sólo se persignó, cosa que acostumbraba hacer siempre que su mal humor se expresaba sin contención. Forcejeó con rabia con la pesada azada en un esfuerzo por arrancarla de la tierra y recuperar el control.

—¡Por todos los demonios sueltos de este mundo, maldita sea su estampa! —farfulló mientras notaba correr el sudor por todo su cuerpo.

Detestaba aquel trabajo, no podía soportarlo, y tampoco lograba entender el propósito de tan absurdo encargo. Las labores del campo sobrepasaban las fuerzas de un hombre de su edad. Tiró la azada mientras la cólera se adueñaba de cada una de las arrugas que surcaban su rostro, y su mirada se detuvo en las nudosas manos abiertas. Hubo un tiempo, meditó con cierto pesar, en que aquellas manos habían sido tan finas como la seda, acostumbradas a la más elegante y sofisticada violencia. Matar había resultado siempre una labor paciente pero descansada, sin olvidar que la peor parte nunca había recaído sobre su persona. Juan de Salanca volvió las manos para dejar las palmas a la vista, juntas, casi a un palmo de su rostro. Eran el símbolo exacto de la segunda parte de su existencia: duras y cubiertas de callos, que exhibían un color morado cada vez más intenso, un camino oscuro que trepaba hasta sus agarrotados dedos. La primera parte de su existencia, pensó sonriendo, era mucho mejor olvidarla por el momento.

—Penitencia... —murmuró en voz baja, todavía con las manos en alto, en una extraña meditación que recorría cada línea de su palma en un burdo intento de adivinar su destino—. Penitencia y más penitencia, hasta que estos pobres huesos se desmoronen de puro cansancio.

Frey Juan de Salanca no deseaba engañarse, no existía penitencia suficiente que pudiera borrar su pasado. Y para ser sincero, era algo que jamás había pretendido. La culpa era un sentimiento extraño que nunca lograba vencerle, ni tan sólo era capaz de experimentar el malestar que se suponía que provocaba. ¿Realmente se sentía culpable de alguno de sus actos pasados?, se preguntó con un atisbo de sonrisa. No, en absoluto, se apresuró a responder en un calmado monólogo interior. Debía reconocer que su moral, en según qué asuntos, dejaba mucho que desear. Sin embargo, reconocía también que su ingreso en la orden del Temple, hacía ya dieciocho años, no había sido una cuestión de moralidad ni de arrepentimiento, sino más bien una solución práctica. Un pacto entre caballeros, pensó, entre hombres de honor que entendían las difíciles circunstancias que presentaba la vida.

—Hoy en día ya nadie se acuerda de lo que significa un pacto entre hombres que saben lo que quieren... —dijo alzando la voz, en un discurso que no tenía oyentes—. Un acuerdo franco, sin rencor, incluso entre enemigos.

El frío se había adelantado aquel año, nunca se había encontrado con una tierra helada que le retara a un desafío semejante. No podía comprender las prisas del comendador del Masdéu por aquel trozo de tierra hostil y abandonada. Un maldito pedregal que no acogería ni unos míseros nabos y que nadie había osado trabajar en los últimos veinte años, farfulló cambiando el tema de su soliloquio. Es más, añadió con rabia, aquel trozo de tierra sólo había servido de estercolero para tirar toda clase de desechos y restos de construcción que nadie quería. Pura inmundicia. Y por algo sería, afirmó con un brusco movimiento de cabeza, seguramente todos habían visto que aquel pedazo de tierra yerma sólo producía hielo y escalofríos. A pesar de todo, una orden era una orden, y eso era algo que Juan de Salanca entendía desde que tenía uso de razón. ¿Cómo no entenderlo...? Los amos se habían sucedido en su vida como una cadena interminable que le ataba de pies y manos, siempre con exigencias extrañas y poco razonables. ¿Quién era él para llevarles la contraria? Nadie, absolutamente nadie, concluyó con cansancio. Un simple desacuerdo con los amos siempre conllevaba malas consecuencias, en ocasiones incluso irremediables. Había vivido demasiado para rebeldías inútiles, era un zorro viejo al que le sobraba experiencia en aquel mundo de locos. Cuando el comendador viera el resultado de sus esfuerzos por sí mismo, se daría cuenta de lo baldío del maldito encargo, y entonces, sólo entonces, bajaría del burro y le daría la razón.

—Cuanta razón llevabais, hermano Juan, esta tierra sólo sirve para las boñigas de las bestias —dijo entre dientes, imitando el tono de su superior.

Se inclinó para coger de nuevo la azada, tomó aire, levantó la herramienta sobre su cabeza soportando el dolor de sus articulaciones y la dejó caer con todas sus fuerzas. El sonido de la azada al penetrar en la tierra le sorprendió, no se lo esperaba. De golpe, la dureza del hielo había dado paso a una masa blanda, fácil, y el utensilio se hundía en la tierra con un suspiro de alivio. Removió un poco la mezcla de barro y piedra con curiosidad antes de extraer la azada de un tirón. Su rostro expresaba perplejidad, las cejas se elevaron sobre su mirada formando una colina arrugada, en tanto su mano se extendía hacia el pico de la azada.

Algo colgaba de la herramienta y se balanceaba de lado a lado al compás de la brisa.

Sus dedos acariciaron una materia dura, blanquecina, cubierta de una especie de moho grisáceo. Repentinamente, Juan de Salanca lanzó un grito y tiró la azada con un gesto de repugnancia, mientras se restregaba repetidamente las manos sobre el faldón de la camisa. ¡No podía ser, era imposible! Estaba dispuesto a aceptar que se había vuelto loco de repente, antes de admitir que lo que colgaba de la azada era una mano humana.

Se sentó en el suelo, incapaz de mantenerse en pie, con la mirada fija en el repugnante objeto todavía clavado en el hierro. Los largos huesos de los dedos, intactos, parecían agarrarse a la azada con fuerza. Una mano que no quería volver a la tumba, pensó con un escalofrío de superstición, una mano con una férrea voluntad de aspirar el aire fresco de la mañana. Se incorporó lentamente, sin perderla de vista, no fuera a cobrar vida y agarrarle del pescuezo. Juan de Salanca estaba acostumbrado a contemplar la muerte, aunque de eso hiciera ya mucho tiempo, pero reconocía que una cosa era cargarse a un vivo y otra muy diferente encontrarse a un muerto muy muerto. Porque si estaba seguro de algo era de que aquella mano dormía en ese rincón desde hacía mucho tiempo. Se permitió unos minutos de profunda reflexión antes de decidirse: no corría prisa, y menos para el propietario de la mano... Empezaba a entender el motivo de aquel extraño encargo. El comendador parecía preocupado, y era bien cierto que aquel tipo de trabajo era más propio de uno de los esclavos de la Encomienda, o de uno de los numerosos hombres que trabajaban para el Temple a cambio de su protección. Sin embargo, le había llamado a él, precisamente a él, que no cargaba con un pico desde hacía varios años.

«¿Preparar el terreno, "ese terreno", para qué?», había preguntado Juan de Salanca sin disimular la irritación que le suscitaba el encargo.

«Deja de preguntar y haz lo que te digo, hermano Juan. Sólo quiero que remuevas el terreno; tú saca la porquería y despeja el lugar, nada más.»

«¿Remover, señor...? ¡Pero si es un maldito pedregal!»

La mirada de advertencia de su superior había acallado sus quejas, pero no disminuyó su mal humor ante aquella tarea. Y ahora, ante su macabro hallazgo, Juan de Salanca empezaba a especular acerca de las verdaderas intenciones del comendador. ¿Acaso sabía lo que iba a encontrar, o se trataba de una simple sospecha?

Todavía absorto, su mente iba calibrando todas las posibilidades, sin decidirse por ninguna. Lo cierto era que no podía quedarse allí pensando durante una semana, tenía que hacer algo. Aquel aspecto de la muerte le erizaba el vello del cogote, no le gustaban los cadáveres, y había que suponer que detrás de aquella mano se ocultaba el resto del cuerpo. Suspiró con resignación, controlando la repugnancia que ascendía suavemente por su estómago. Se inclinó sobre el surco que había dejado la azada y empezó a escarbar con la vista clavada en el cielo, sin mirar. Sus manos trabajaban a buen ritmo, palpando con precaución, hasta que toparon con algo que le arrancó una exclamación de terror contenido. Sus dedos tocaron una masa amorfa, tela hecha pedazos, la dureza de unos huesos, y tuvo la desagradable sensación de que unos insectos corrían por su piel. Frey Juan se apartó respirando con dificultad, conteniendo las arcadas y el miedo supersticioso que le provocaban los difuntos. Porque allí había un muerto entero, no había duda, el legítimo propietario de la mano huérfana. Se esforzó por dirigir la vista hacia el producto de su excavación, sin poder reprimir un grito que pugnaba por salir desde hacía un buen rato.

—¡Dios Santo! —murmuró con voz entrecortada.

Estaba demasiado viejo para aquellas cosas, no era posible que la primera fase de su vida volviera para ahogarle en sus últimos años. No era posible ni tampoco justo, se repitió casi sollozando, mientras contemplaba el contorno de dos cráneos amarillentos, muy juntos, que asomaban en parte surgiendo de la tierra.

Se levantó de golpe y empezó a correr como un loco, cargando con sus venerables sesenta años y murmurando frases entrecortadas. ¿Quién habría pronosticado que llegaría a tan avanzada edad?, pensaba. ¿Quién de su maldita primera fase existencial hubiera apostado por su vida...? Todos habían querido matarlo entonces y no lo consiguieron, bramó. Y ahora, por una estúpida excentricidad de su superior, todo iba a irse a la mierda. Por un instante, pensó en volver y enterrar aquellos malditos restos, diría que no había encontrado nada, sólo porquería, pura porquería, y no mentiría... ¡Por Dios que no mentiría!

Sin embargo, siguió corriendo y farfullando, con los pulmones a punto de estallar. Sólo al llegar a las proximidades de la Casa de la Encomienda se detuvo, exhausto. Apoyado en el tronco de un árbol para recuperar el resuello, Juan de Salanca intentaba ordenar sus caóticos pensamientos.

Jacques *el Bretón* observaba con atención al joven que cepillaba a uno de los caballos. Su gesto era crítico e impertinente. En el rostro, surcado de cicatrices, la boca formaba un mohín de disgusto.

—Si sigues cepillándolo de esa manera, este hermoso semental parecerá un auténtico asno. Mira que te lo he dicho y te lo he repetido, pero tú dale que te pego... ¡Por todos los esbirros del infierno! ¿Estás sordo, maldita sea? —El grueso bastón de Jacques se estampó en el suelo con violentos golpes.

—Frey Jacques, ayer me ordenasteis hacerlo de este modo, y anteayer del modo contrario... —El joven detuvo su trabajo y le miró con impaciencia.

—¿Qué estás insinuando, impertinente mozalbete? ¡Así se te lleve el mismísimo Satanás, lo que tú necesitas es una maza turca que te arree en esa cabezota! —La cicatriz que atravesaba uno de sus ojos se marcó con fuerza, una línea roja que aconsejaba prudencia.

—Está bien, está bien, frey Jacques, no os pongáis nervioso...

—¿Y qué significa eso, eh? ¿Que no me ponga nervioso, crío imberbe inútil e incompetente? ¡Hasta los burros son más letrados que tú, maldito asno! —Jacques *el Bretón* parecía no tener freno, su indignación ascendía como una furia desatada.

—¡Jacques, Jacques!

—¡Rata rastrera y traidora...! ¿Qué estás insinuando? ¡Me pongo nervioso cuando me da la gana, gandul indolente, vago!

El joven calló y retrocedió dos pasos, sin saber qué responder.

—¡Jacques, Jacques!

—¿Qué, a qué viene tanto grito? —Jacques se giró de golpe, apoyando su enorme cuerpo en el bastón—. ¿Qué pasa ahora, por Dios bendito?

Juan de Salanca estaba en la puerta del establo, lívido, con el rostro cubierto de sudor. El Bretón se lo quedó mirando con asombro, en tanto el joven de la caballeriza aprovechaba el descuido para poner pies en polvorosa.

—¿Qué pasa, a qué vienen estos gritos? ¿Es que nos invaden los franceses? —rugió Jacques, repuesto de su asombro—. ¿No ves que estoy trabajando, Giovanni?

—¡Shhh, no me llames así, por todos los santos! —Frey Juan le hizo señas para que se acercara—. Tengo que hablar contigo, Bretón, y es importante.

Jacques miró fijamente a su compañero sin responder. A pesar de la edad, su impresionante estatura de gigante no había menguado, sólo la leve inclinación de su cuerpo apoyado en el bastón curvaba su espalda para compensar la cojera. Avanzó unos pasos hasta detenerse a un palmo de frey Juan, como si se dispusiera a husmear su olor corporal.

—Pues ya estoy aquí, bastardo papista, acabas de estropearme la lección. Y con uno de mis peores alumnos, este chico parece que tenga las orejas taponadas de excrementos y...

—¡No grites y no me llames bastardo papista! —lo interrumpió frey Juan, alarmado—. Pero ¿qué demonios pretendes, carcamal? ¿Descubrirme, después de tantos años? Tenemos que hablar, Bretón, no estoy para bromas, y tú tampoco lo estarás cuando me escuches.

—¡Bah, qué sensible te has vuelto con tanto rezo! —bramó

el Bretón con su vozarrón—. Y exagerado, diría yo, incluso afirmaría que quisquilloso e impertinente.

Por toda respuesta, Juan de Salanca le agarró del brazo y tiró de él. Era un hombre delgado, nervudo y de estatura media, pero en comparación con su compañero parecía un enano frágil y endeble. El voluntarioso tirón no logró mover al Bretón ni un centímetro, ni tan sólo alterar su equilibrio. Con una expresión desesperada, frey Juan le miró con ojos suplicantes.

—Por favor, Jacques, te lo ruego. He de comunicar esta noticia al comendador, pero antes tengo que avisarte, creo que es importante para ti. —La mirada de Juan impresionó al Bretón—. Mira, igual es una tontería y no tiene nada que ver contigo ni con Bernard Guils, pero...

—¿Con Guils? ¿De qué demonios estás hablando? ¡Guils está muerto, imbécil! —saltó el Bretón recuperando de golpe su legendario carácter—. ¿En qué lío te has metido ahora, Giovanni? Ya me extrañaba que llevaras tanto tiempo portándote bien, no hay que...

—¡No vuelvas a pronunciar ese maldito nombre! —aulló frey Juan con los nervios a flor de piel—. Si no quieres escucharme, me importa un pimiento, asno estúpido. Me saltaré esta visita de cortesía y correré a decirle al comendador que acabo de encontrar a un par de fiambres en ese espantoso lugar del Plasec.

Aquellas palabras actuaron como un resorte que puso en movimiento los viejos músculos del Bretón, que cogió por la camisa a Juan de Salanca y lo levantó un palmo del suelo. Su rostro expresaba una ferocidad contenida. Arrastró a su compañero a una distancia prudencial de la casa, sin emitir ni un sonido, y lo soltó de repente.

—Ya te dije que me parecía importante, pero pareces tan sordo como tu alumno —resolló Juan de Salanca, mientras se acariciaba el cuello con gesto dolorido—. Y te advierto, Bretón, que como vuelvas a llamarme Giovanni doy media vuelta y me largo con viento fresco.

—Suelta lo que tengas que decirme, papista de mierda, y no pierdas el tiempo en amenazas que no puedes cumplir —musitó Jacques muy cerca de su oído.

—Ni hablar, antes dejemos las cosas claras de una puñetera vez. —Juan se plantó frente a su compañero sin una vacilación—. Llevo dieciocho años en esta santa casa, Jacques, tiempo más que suficiente para que dejes de llamarme «maldito papista» a cada instante. Y quiero recordarte, además, que soy un templario como tú gracias a los buenos servicios tanto de Dalmau, ¡que en gloria esté!, como también a los tuyos. Firmamos un pacto de caballeros, Jacques, un maldito pacto que tú te saltas cada vez que te viene en gana. ¡Y ya estoy harto, por Cristo, de que pongas en peligro mi existencia!

El Bretón se relajó repentinamente y su espalda se curvó buscando la estabilidad del bastón. Vaciló, como si bajo sus pies tuviera lugar un profundo movimiento de tierra, y se inclinó hasta sentarse sobre un montón de leña.

—Dalmau, mi viejo y querido compañero... —susurró en voz muy baja inclinando la cabeza—. Casi ni me acuerdo de él, Giovanni, no recuerdo ni las facciones de su rostro.

Juan de Salanca lanzó un profundo suspiro de resignación al oír de nuevo su viejo nombre de guerra. Habían pasado muchos años, y las consecuencias de la vejez caían sobre el Bretón castigando su memoria. En ocasiones, su compañero perdía el rumbo de sus recuerdos, mezclaba hechos y personajes que nada tenían que ver; en otras, su mente disfrutaba de una lucidez esclarecedora. La edad respetaba aquel enorme cuerpo de gigante, pero pasaba factura a su mente en un intercambio difícil de comprender. Suspiró de nuevo y contempló la figura abatida de su compañero. Se sentó a su lado y le dio unos suaves golpecitos en la espalda, pues en ese momento necesitaba su energía. Durante unos minutos se mantuvieron en silencio, mientras Juan reflexionaba en la mejor manera de devolver al Bretón a la realidad.

—Desde luego que te acuerdas de Dalmau, Jacques, cómo no vas a olvidarlo —dijo con voz suave—. Alto y delgado como una raspa de sardina, con aquellos ojos grises que taladraban, ¿recuerdas...? Más bien parecía que su mirada te atravesaba de parte a parte. A veces daba miedo, sobre todo a mí, cuando se plantaba y no te quitaba el ojo de encima. Claro que entonces yo era un maldito espía papista, tienes razón, trabajaba para el bastardo de monseñor... ¿Recuerdas cómo acabamos con el mal nacido de Arles, la maldita Sombra?

—Los caballos, en la playa de Barcelona, sí, lo recuerdo... —susurró el Bretón con una sonrisa.

—Sí, aquello fue impresionante —afirmó Juan, sumido en sus recuerdos—. El hijo de puta en medio de la playa, rodeado por los tres, y de golpe aquella estampida que le convirtió en pura papilla. ¡Qué espectáculo, por Dios!

—Sí, el caballo blanco de Guils le mató... —añadió Jacques, apoyando la cabeza en sus manazas.

—¡Fue increíble! Te juro que por un instante creí que se trataba del espectro de Bernard Guils en busca de venganza. Todo era tan irreal, que incluso ahora, al recordarlo, se me ponen los vellos de punta.

—¿Has encontrado los cuerpos en el Plasec? —inquirió Jacques de repente, volviendo al mundo real.

—Verás, el comendador me ordenó ir allí, cosa que me extrañó, hace años que no me dedico a esas labores, ya lo sabes. —Juan aprovechó el momento de lucidez del Bretón—. Dijo que sólo quería que removiera la tierra, que sacara la porquería acumulada... En fin, estaba maldiciendo mi suerte cuando una mano se quedó atrapada en la azada. ¡Una mano, Jacques! Escarbé un poco y me encontré con dos cráneos como melones, Bretón, dos tíos muertos y bien enterrados.

—Tres, encontrarás a tres... —Jacques le miró con una media sonrisa, mientras se pasaba las manos por el pelo encanecido—. Tres hijos de mala madre que se pudren en el infierno.

—Me estás asustando, Bretón. —Juan tenía el rostro lívido y le temblaban las manos—. ¿Qué quieres que haga? Desde luego, podemos volver a enterrarlos si quieres, los cubrimos con una capa de mierda y callamos como los buenos espías que hemos sido. Aunque viejos, no hemos perdido las buenas costumbres, ¿no crees...?

—Deberíamos avisar a Guillem —murmuró el Bretón en voz muy baja.

—¿A Guillem de Montclar? —preguntó Juan con interés—. Pero no hay tiempo, Bretón, el comendador deseará saber qué demonios he encontrado y, si no quieres que se entere, hemos de volver a enterrarlos. ¿Es que Guillem tiene algo que ver con esos muertos?

—No, nada, absolutamente nada. Esos muertos son cosa vieja, muy vieja, casi tanto como nosotros dos. —Jacques se incorporó con lentitud, paseando la vista por los verdes prados que le rodeaban—. Sin embargo, hay que avisarle. Es el único que sabrá cómo tratar este asunto.

—¿Y dónde demonios le encontramos?

—Teniendo en cuenta la situación, estará haciendo de las suyas, como siempre. —La cicatriz de su rostro se destacó en una gruesa línea de preocupación—. Seguramente, cerca del rey Pere, con la que está cayendo...

—Nosotros no nos metemos en política, Jacques.

La atronadora carcajada del Bretón sobresaltó a Juan de Salanca.

—¡Por todos los Santos, Giovanni! ¿Cómo puedes ser tan ingenuo? —bramó Jacques sin contener la risa—. ¿Quién diría que has estado metido en todo el pastel papista durante años? Me asombras, muchacho. Acaso la orden del Temple haya logrado convertirte en una mansa oveja, pero créeme, más te vale recordar lo que eras con todas tus habilidades. Esos tres difuntos van a levantar mucha polvareda, frey Juan de Salanca, y te aconsejo que te despojes del disfraz de corderito y vuelvas a tu estado natural de lobo hambriento. Eso, desde luego, siempre que quieras seguir vivo.

Juan se lo quedó mirando detenidamente. El Bretón no bromeaba, su generoso cuerpo parecía sufrir una extraña mutación. La espalda se enderezaba y, más que apoyarse, jugueteaba con el bastón. ¡Dios nos asista!, pensó con un escalofrío que le recorrió toda la columna.

—De acuerdo, pero..., ¿qué hago ahora? —repitió con obstinación.

—Ocultarlo sería contraproducente, Giovanni —respondió Jacques sumido en la reflexión—. Debes comunicar tu hallazgo al comendador, desde luego, no hay más remedio. Es probable que actúe por algún motivo que desconocemos por ahora; quizás algún chivatazo de última hora, nunca se sabe. Yo avisaré a Guillem... Y después, bueno, después ya veremos, tendremos que improvisar.

—¿Tú tienes algo que ver en todo esto, Jacques? —Juan temía la respuesta.

—Oh, sí, desde luego que sí, amigo mío, aunque parece que no los enterré lo suficientemente hondo.

Un escalofrío helado recorrió el cuerpo de frey Juan de Salanca ante la respuesta del Bretón. Ya era mala suerte, meditó compungido. Cuando creía haber accedido a una nueva vida exenta de peligro, aquellos muertos que no le correspondían se alzaban amenazantes ante él.

—No, no los enterraste muy bien, Bretón, ya ves el lamentable resultado de tu trabajo... —musitó.

II

Éramos jóvenes y soñadores, ambicionábamos sostener el peso de la tierra sobre nuestras manos en la convicción, un tanto ingenua pero arraigada, de poseer un don especial.

Sant Martí del Canigó, Conflent

Apretó el pie contra el estribo de la ballesta y observó con atención cómo el doble gancho tensaba la cuerda. La levantó muy lentamente hasta la altura de los ojos, sin un solo ruido, y apuntó. El joven ciervo, con el hocico pegado al suelo, pastaba los brotes verdes que todavía surgían entre el barro. El cazador contemplaba al hermoso animal con los músculos de los brazos en tensión, vacilando, conteniendo el aliento. Pasaron unos largos segundos, el bosque se quedó mudo y atento al desenlace, y hasta las hojas de los árboles dejaron de mecerse por la brisa. La ballesta volvió a bajar en silencio, con suavidad. Sin embargo, algo invisible alertó al animal, que levantó la elegante testa mientras en sus ojos brillaba la alarma. Por un instante, las miradas del hombre y del animal se encontraron, la admiración y el miedo toparon en un breve diálogo que pronto concluyó. El ciervo ladeó su esbelto cuello y, sin prisas, desapareció entre la espesura.

Guillem de Montclar lanzó un gruñido de desaprobación y su estómago le respondió en el mismo tono. Estaba hambriento, pero ¿qué demonios iba a hacer con un ciervo entero? No valía la pena tanto esfuerzo para saciar su apetito. Tendría que desollar al pobre animal y, sólo de pensarlo, un sentimiento de culpa recorrió su piel. Se encogió de hombros con la duda en la mirada. Lo que ocurría en realidad, caviló, era que se estaba convirtiendo en un patético sentimental solitario, y si no tomaba precauciones, pronto acabaría sollozando ante el cadáver de un gorrión. Aunque incluso admitiendo aquella ridícula posibilidad, ¿qué culpa tendría la hermosa criatura de la escasez de sus víveres? Volvió sobre sus pasos, hacia el claro del bosque donde su caballo se alimentaba con una concentración envidiable.

—¡Tú sí que no tienes problemas morales, obstinada yegua del demonio! —exclamó en voz alta—. No se puede decir que la hierba aúlle de desesperación ante tu voracidad.

La yegua levantó la oscura testuz y lanzó un relincho de irritación. Sus oscuros ojos lanzaban destellos de enfado ante la interrupción y, como única respuesta, se apartó unos pasos de su dueño lanzando una coz al vacío.

—¡Muy impresionante, mira cómo tiemblo! —gritó Guillem con sorna, dando palmadas para asustarla.

Se sentó en la hierba y rebuscó en las alforjas hasta encontrar un trozo de pan, ya seco y amarillento. Lo dejó sobre una piedra y volvió a meter las manos en busca de algún misterio olvidado en el fondo. Un fragmento enmohecido de queso surgió de las profundidades de la alforja. Guillem miró su comida con abatimiento y de repente lo asaltaron unos deseos locos de hundir la cabeza en la hierba y hacer la competencia a su propio caballo. Por un breve segundo creyó que se estaba volviendo loco. Llevaba demasiado tiempo solo, comiendo poco y mal, perdido en aquel maldito bosque y con la alarma instalada en su cerebro durante todo el día...

El sonido de una rama al romperse le sacó de sus cavilaciones y puso todo su cuerpo en tensión. En sus manos apareció la ballesta que ni tan sólo se había preocupado en descargar. Un relincho de su rebelde yegua, acompañado de bruscas sacudidas de las crines de lado a lado, le confirmó que su reacción era la correcta. Alguien andaba husmeando en su territorio y, por el momento, aún no estaba loco.

—¡Bajad el arma, por Dios, vengo en son de paz! —Una voz surgía, atemorizada, de la espesura.

—Si eso es cierto, avanzad para que pueda veros y mostradme las manos —respondió Guillem con calma, sin bajar el arma.

Una peculiar figura apareció en el claro. Su casaca, de un verde chillón con bordados dorados, refulgía en respuesta a los rayos de sol que se filtraban entre las ramas. Guillem contuvo una exclamación de asombro. ¿Qué especie de idiota se pasearía por el bosque con un atuendo tan estrafalario que, además, llamaba la atención desde varias leguas de distancia?

—Os lo repito, señor, vengo en son de paz, no quiero conflictos —murmuró el intruso con voz aflautada—. Bajad la ballesta, por Dios, es un arma terrible. Podríais atravesarme de parte a parte en un instante... ¿Acaso sois genovés?

Guillem bajó la ballesta y la apoyó a su lado, sin dejar de observar al intruso con curiosidad. Era un hombre joven, alto y de una delgadez impresionante. En su estrecho rostro lucía una ridícula barba rubia, un diminuto triángulo de escaso pelo pegado a su piel.

—¿Creéis que sólo los genoveses utilizan la ballesta? —preguntó al tiempo que roía el mendrugo con voracidad, paladeando cada bocado—. ¿Y adónde vais vestido como un pavo real? ¿Estáis loco? No había visto nada igual en mi vida, parecéis una palmera en medio de un desierto.

—Soy trovador —contestó, ofendido, el intruso.

—¿Trovador? —murmuró Guillem con cara de no comprender nada—. Ya, supongo que eso significa que sois inmune al asalto de bandidos y ladrones, claro, y lo único que desearán de vos es que cantéis un serventesio para alegrarles el día.

El sarcástico comentario de Guillem no hizo mella en el recién llegado, quien se limitó a lanzarle una desmayada sonrisa. Se sentó a una prudencial distancia y empezó a sacar objetos de su zurrón: una tierna hogaza de pan, manzanas, carne seca y un pequeño odre de vino. Los ojos de Guillem de Montclar cambiaron de dirección cuando un rugido de su estómago le obligó a clavar la mirada en aquel suculento banquete.

—¿Queréis compartir mi humilde comida? —preguntó el pretendido trovador con educación.

Guillem de Montclar no se lo pensó dos veces, tiró su mendrugo de pan sobre la piedra y se acercó a él con ligereza.

La saliva empezaba a invadir su boca ante la visión de los alimentos.

—¿Qué hacéis por aquí? ¿Vais a alguna parte? —preguntó el trovador tomando un trago de vino.

—En estos momentos, como podéis ver, estoy comiendo muy a gusto. —Guillem dio un contundente mordisco a una manzana—. Y más que ir a alguna parte, vagabundeo por ahí como una pobre alma en pena.

—Oh, ya entiendo, no quisiera importunaros con mis preguntas, excusad mi curiosidad. Por cierto, mi nombre es Galdric de Centernac, para serviros, señor...

—¿Sois de Centernac? —inquirió Guillem sin dejar de comer, evitando una respuesta directa.

—Pues no, no nací allí, si eso es lo que preguntáis. De hecho creo que nunca he pasado siquiera por ese pueblo... —Unos ojos claros, redondos, se abrieron de par en par—. Pero queda bien, ¿no os parece? Resulta poético, es un buen nombre para un trovador. Y os aseguro que no es fácil encontrar un nombre adecuado para el arte.

—No os lo negaré, ya que estáis tan seguro, aunque no sabía que los juglares necesitaran un nombre especial y...

—¡Yo no soy un juglar, señor, soy un trovador, dos cosas muy diferentes! —lo interrumpió el intruso con enfado—. Yo compongo música y creo poemas, no recito como una cotorra amaestrada las obras de otros autores. ¡Ni tampoco necesito dar saltos y volteretas para llamar la atención! ¡Soy un artista, no un saltimbanqui!

—Por Dios bendito, ni que hubiera dicho una herejía. Calmaos, os lo ruego, no era mi intención ofenderos —farfulló Guillem con la boca llena, admirado ante aquella catarata de indignación.

—Para un artista como yo, señor, que me confundan con un mediocre juglar es una herejía, casi un insulto personal que merecería una reparación. —Galdric suavizó el tono, parecía arrepentido—. Pero es que no es lo mismo, debéis entenderlo; un trovador es la más alta expresión del arte y la poesía y un...

—Y un juglar es un simple saltimbanqui que da saltos como una rana y recita como una cotorra. —Guillem acabó la frase con un gesto de comprensión y sin dejar de masticar—. Entiendo, no volveré a cometer una equivocación tan grave, podéis estar tranquilo. ¿Y qué hace un artista como vos en estas tierras? No parece el lugar adecuado para vuestra profesión.

—Inspirarme, señor, correr tras la huidiza musa que me niega sus favores. Llevo mucho tiempo intentando componer un cantar de gesta que confirme mi talento, una epopeya que consiga conmover los cimientos de la poesía. —Galdric cerró los ojos y lanzó un profundo suspiro.

Guillem se fijó por primera vez en el laúd que colgaba de su espalda y que, a simple vista, había confundido con un arma. Siguió comiendo en silencio, no estaba seguro de querer escuchar un largo discurso sobre epopeyas literarias. Tampoco se fiaba del joven, no eran tiempos ni lugar para la confianza, y había que reconocer que los espías franceses gozaban de una gran imaginación. Disfrazarse de bardos en busca de inspiración era una medida desesperada, pero no imposible, meditó con una sonrisa.

—Es un artefacto ingenioso... —murmuró Galdric mirando la ballesta.

—Sí, ingenioso y poético —respondió Guillem con seriedad ante el asombro del trovador—. Obliga a reflexionar entre dardo y dardo, es lenta pero segura, y uno debe estar muy atento antes de disparar. La ballesta también es un arma para artistas, Galdric.

—No os entiendo, no hay poesía en esta temible arma, es peligrosa y sólo inspira muerte. —Galdric le contemplaba con gesto grave.

—Veréis, si disparáis con una ballesta, debéis hacerlo con la convicción de contar con el tiempo suficiente para volver a tenerla lista. —La ironía se deslizaba en las palabras de Guillem, divertido ante la cara de estupor del trovador—. Y en esa breve espera, amigo mío, os puedo jurar que tenéis tiempo de sobra para componer varios poemas. En cuanto al motivo de inspiración, nada más adecuado que la muerte, amigo mío, la más elevada reflexión sobre el final de reyes, héroes y paladines de la poesía.

—Os estáis riendo de mí descaradamente, y aún no sé vuestro nombre. —Galdric tenía un gesto ofendido e insistió—: Al menos decidme vuestro nombre, es una norma elemental de la cortesía.

—Sólo me divierto un poco, Galdric. Habéis conseguido romper mi estado natural de aburrimiento, y uno no conoce a un artista todos los días —aseguró Guillem con media sonrisa—. En cuanto a mi nombre..., veamos, ¿os gusta Guillem, por ejemplo?

—¿Guillem? ¿Acaso acabáis de inventároslo, Guillem qué más?

—Guillem a secas, no hay nobleza que me acompañe para alargar mi nombre. Como vos, yo también busco un nombre apropiado que me plazca... Y he creído entender que Galdric de Centernac no es vuestro auténtico nombre, vos lo habéis dicho, es un nombre para el arte. —Guillem empezó a masticar una tira de carne con una hogaza de pan, sintiendo unos deseos irresistibles de soltar una carcajada—. Siento decepcionaros, Galdric, pero creo tener el mismo derecho que vos para inventarme el primer nombre que me venga a la cabeza. Y por cierto, dudo que yo pueda inspiraros la menor gesta.

—¡Oh, no, no es ésa la inspiración que busco! —Una expresión de felicidad se instaló en el rostro del trovador—. Yo quiero escribir sobre el rey Pere, sobre lo que ha sucedido en Burdeos, es un tema extraordinario para un artista de la epopeya.

—¿Y qué ha sucedido en Burdeos? ¿Qué me he perdido esta vez? —preguntó Guillem con inocencia ante el asombro del poeta.

—¡No sabéis lo que ha ocurrido! —gritó Galdric, escandalizado por su ignorancia—. ¡Esto es totalmente increíble, el mundo tiembla a vuestro alrededor y vos tan tranquilo!

—El mundo no ha dejado de temblar desde que tengo uso

de razón, Galdric, ya me he acostumbrado al movimiento. —Guillem lanzó una carcajada atronadora—. Pero no tengo el más mínimo interés en saber el motivo de tanta algarabía, yo no soy un poeta a la espera de temblores épicos.

—Pero esas cosas nos afectan, no podéis vivir en la ignorancia. Si hay una guerra ya os enteraréis, y después sólo habrán quejas y lamentos, tenedlo presente —aseguró Galdric, todavía atónito y con un mohín de disgusto.

—¿Una guerra, aquí, en este bosque? —preguntó Guillem con la ingenuidad de un campesino, mirando a todos lados—. ¿No creéis que vuestra inspiración exagera con tanto drama?

—Sabed que los franceses están muy enfadados con lo de Sicilia, Guillem, y que la actuación del rey Pere en Burdeos sólo ha aumentado su cólera. ¡Y no olvidéis que el papa está del lado del rey de Francia y ha excomulgado a nuestro monarca! —exclamó el trovador como si recitara una letanía—. Estos bosques están llenos de espías, soldados y mala gente, deberíais tenerlo en cuenta por vuestra seguridad.

—¡Dios nos libre de reyes y papas, Galdric! —exclamó Guillem, atento a las palabras del trovador—. Ésos sí que hacen temblar al mundo, por lo que yo os recomiendo cautela y, sobre todo, distancia. Y si queréis un consejo, dedicaros a los poemas de amor, os evitaréis problemas.

—Pero...

—Y espero que vos no seáis un espía o algo peor, Galdric, porque hasta ahora no me he topado con nadie parecido —mintió Guillem con desfachatez, mirando fijamente a su interlocutor.

—No os tomáis nada en serio, Guillem, ¿cómo voy a ser yo un espía? —replicó Galdric, abriendo unos enormes ojos perplejos—. Pero me han advertido, os lo aseguro, que este camino es muy peligroso. Tal y como está la situación, los franceses son capaces de invadirnos cualquier día de éstos...

Guillem suspiró con resignación, sin saber qué pensar de aquel tipo tan estrafalario. Pero no compartió sus opiniones con el trovador, no era prudente, prefería seguir con su representación de vagabundo ignorante. Se levantó y estiró los brazos, sus músculos empezaban a entumecerse y había llegado el momento de largarse de allí. No convenía quedarse mucho tiempo en el mismo lugar. Notó que la mirada del trovador se detenía en él y su ballesta con disimulo. Aquel hombre era tan de fiar como un salteador de caminos, reflexionó, con aquel disfraz ridículo y la barbita de chivo. ¿A quién demonios podía ocurrírsele un disfraz tan absurdo? Todas sus alertas estaban encendidas desde hacía meses, casi sin descanso, y empezaba a estar harto. El territorio de la frontera se había convertido en el punto de reunión de toda clase de espías, delatores e individuos que intentaban sacar tajada de la situación. ¿A qué categoría pertenecía el trovador? Era difícil de catalogar, bien podía ser un simple idiota en busca de problemas. Sin embargo, una de las normas de Guillem de Montclar consistía en negar siempre la casualidad de un encuentro. Una norma de supervivencia en su trabajo. Los tiempos que corrían no eran adecuados para corretear por el bosque en pos de la inspiración, meditó, y eso convertía al tal Galdric de Centernac en sospechoso.

—La compañía se agradece, pero un servidor debe seguir su camino, Galdric —dijo con una leve inclinación de cabeza—. Os agradezco la comida, mis víveres empezaban a escasear.

—¿Y adónde vais ahora, Guillem a secas? —preguntó el trovador en un vano intento de ironizar.

—Al monasterio, desde luego; siempre tendrán algo con qué llenar mis alforjas —respondió Guillem con una sonrisa lobuna—. Os deseo suerte con las musas, Galdric de Centernac, y si las atrapáis, atadlas en corto, ya sabéis que son veleidosas en sus favores.

Le pareció advertir un breve mohín de disgusto en el rostro de Galdric, aunque fue tan fugaz que resultaba difícil de calibrar. Recogió sus alforjas y avanzó hacia la yegua, que seguía paciendo tranquilamente, libre de ataduras. Levantó la silla y los arreos, empezó a colocárselos al animal, prescindiendo del movimiento de disgusto de la nerviosa yegua, y evitó un par de coces con maestría. Esperaba una pregunta que tardaba en manifestarse, «la pregunta», la que pondría las cosas en su lugar, meditó concentrado en su trabajo.

—¿Os molestaría que fuera con vos, Guillem? —La voz de Galdric, en un agudo tono de flauta pastoril, resonó en sus oídos—. No me vendría mal pasar por el monasterio, dormir en un jergón y también aprovisionarme... Además, si vamos juntos podremos defendernos mejor.

—Nada me complacería más que gozar de vuestra compañía en estos momentos, Galdric.

Una sonrisa sarcástica resplandeció en el rostro de Guillem de Montclar. Por fin la pregunta adecuada, las palabras que traslucían los intereses del hombre que tenía delante. ¿Espía, idiota, o acaso un simple asesino a sueldo?, se preguntó de nuevo con interés. Un cálido sentimiento de excitación ascendió suavemente por su espalda. Se estaba aburriendo, tanta reflexión y vigilancia le tenían harto. Le convenía un poco de movimiento, acción, que la tierra volviera a temblar bajo sus pies y le transmitiera el impulso vital de sus entrañas. Y el camino era largo, tiempo más que suficiente para adivinar las intenciones de Galdric, pero... ¿Y si a fin de cuentas aquel tipo era un poeta de verdad? Podía resultar mucho más peligroso que huir de cien espías franceses deseosos de hacerse con su pellejo, meditó sujetando las riendas. Tendría que arriesgarse, no había más remedio. Pegó una fuerte palmada en el trasero de la malhumorada yegua, saltando a un lado con rapidez para evitar la previsible coz. Un día u otro tendría que ocuparse del obstinado animal, pensó con cansancio, pero antes debía adivinar las intenciones de aquel estrafalario personaje con aires épicos. ¿Galdric de Centernac? Era la primera vez que oía ese nombre, aunque eso no significaba nada, pues la poesía no era una de sus prioridades. Lanzó un profundo suspiro mientras montaba, deseando con todas sus fuerzas que la musa de la inspiración hubiera decidido esconderse en lo más profundo, lejos, muy lejos de Galdric de Centernac.

Costas de Chipre

Un fuerte impacto lanzó a Ebre contra la mesa haciendo añicos la copa y el plato, que salieron volando en dirección al suelo. Con dificultad, se agarró a una de las cuerdas que pendían del techo con las dos manos, al tiempo que un nuevo impacto le lanzaba por los aires. La tormenta caía en todo su apogeo sobre el barco del Temple, cargado de peregrinos que volvían a Occidente. Gritos atemorizados y sollozos se alzaban sobre el rugido de las olas que zarandeaban la nave, en tanto Ebre avanzaba, paso a paso, hacia la escotilla de cubierta. Asomó la cabeza con cierta cautela, aunque no la suficiente. Una gran ola cayó sobre su cabeza con tal fuerza que volvió a lanzarlo escaleras abajo en medio de un torrente de agua que se escurrió entre los peregrinos. Los aullidos de terror se incrementaron, mezclados con plegarias y maldiciones. Obstinado, Ebre volvió a subir, jadeando, y se arrastró hasta el timonel agarrándose con fuerza a las cuerdas que recorrían la nave.

—¡Mal tiempo para hacerse a la mar! —gritó el timonel con una sonrisa crispada—. ¡Átate con una de las sogas, muchacho, no sea que salgas galopando sobre una ola gigante!

Ebre le obedeció al instante, con el rostro lívido. Una gran masa oscura surgió de repente por el lado de estribor, iluminada por un relámpago que partió el cielo en dos. Zarandeó al timonel con el terror en la mirada y un dedo apuntando hacia la enorme roca que se acercaba a gran velocidad. El marinero se agarró al timón con todas sus fuerzas inclinando la dirección de la nave bruscamente. Ebre notó bajo sus pies el crujido escalofriante de la madera en demanda de auxilio, y su cuerpo experimentó un fuerte tirón. La nave se inclinaba a estribor rozando la enfurecida superficie líquida y, por un instante, creyó que se hundiría irremediablemente tragado por las aguas. La enorme masa oscura de la roca sobresalía a su lado, a apenas dos dedos de la nave. Un ligero empujón consiguió erizarle el vello de la nuca, mientras el timonel volvía a hacer girar el timón en medio de carcajadas y maldiciones.

—¡Esta vez no me atraparás, hija del demonio! —clamaba a voz en grito.

Como si hubiera oído la amenaza, la roca se perdió a sus espaldas, aunque Ebre tuvo la sensación de que unos largos brazos oscuros salían de la piedra para perseguirles. Atontado y con el miedo reptando por su espalda, sintiendo los tirones de la cuerda que le unía a la vida, Ebre cerró los ojos.

No hacía mucho que habían salido de San Juan de Acre, cuando la tormenta se lanzó sobre ellos ante las costas de Chipre. Allí debían hacer una parada para recoger a otros viajeros, pero el prudente timonel decidió pasar de largo. Aunque no lo suficiente, ya que la corriente los lanzaba una y otra vez contra los acantilados de la costa. Volvió a oír los gritos de los aterrorizados peregrinos y se persignó. No podía morir en ese momento, pensó, no sin ver antes a Guillem de Montclar... No había sido honesto con sus amigos, ésa era la triste realidad que había descubierto en Tierra Santa. Se había largado sin despedirse y sin avisar, ni tan sólo había comunicado su decisión al Bretón. Su enfado había superado cualquier muestra de cortesía. Y de valor, pensó con la mirada perdida en la cortina de agua que empapaba su rostro. Había sido un cobarde, había huido como una rata asustada, temeroso de que sus amigos le hicieran cambiar de idea. ¿Cómo reaccionaría Guillem en cuanto le viera? Acaso no volvería a dirigirle una sola palabra o, aún mejor, le rompería la nariz de un certero puñetazo. Tendría razón de todos modos, era indiscutible. Sin embargo, había otro motivo para seguir vivo... Tenía que transmitirle un importante mensaje.

Un sonido de ultratumba rompió su concentración, un chirrido largo y dolorido. Vio que el palo mayor se balanceaba de un lado a otro y contempló atónito a la tripulación, que gritaba moviendo las manos con desespero. El ruido que produjo el palo mayor al romperse se mantendría en sus pesadillas durante muchos años, un sonido grave y agudo al mismo tiempo, largo como el suspiro de la agonía. Y después, observó su caída como en un sueño, lenta e inexorable, mientras seguía escuchando los gritos del timonel maldiciendo al dios de las aguas. Era tal su consternación, que vio con sus propios ojos la figura del viejo frey Beson surgiendo de una ola. Un hombre muy viejo, sentado sobre una silla tan añosa como él, que viajaba en la cresta de la ola. Diminuto, encogido, con un número tan incalculable de arrugas que hacía difícil adivinar su rostro. Y sonreía...

—Vamos, muchacho, no hay por qué tener miedo, ya conoces los anillos de la serpiente, Ebre. Y ella siempre te ha permitido vivir, no lo olvides.

La nave volvió a escorarse peligrosamente, la borda rozó de nuevo las aguas. El palo mayor colgaba a un lado, azotado por la tormenta, mientras la tripulación luchaba para mantener la esperanza. Ebre sonrió en mitad del desastre, si frey Beson se había dignado visitarle desde la tumba, no había motivo para asustarse. Siempre había confiado en su buen criterio...

III

¿Acaso éramos diferentes, viejo amigo? Con el paso de los años, he contemplado a otros con la misma soberbia en la mirada, hombres convencidos que no contaban con la juventud como excusa.

Perpinyà, el Rosselló

Gruesas nubes oscuras se cernían sobre la ciudad amenazando lluvia y tiznaban el cielo con una extraordinaria gama de grises. La brisa del norte iniciaba un suave soplo que balanceaba las ramas de los árboles en una danza improvisada. Guillelma de Brouilla se apartó de la ventana con brusquedad, detestaba la lluvia, no podía soportar que el clima se atreviera a desafiar sus deseos. Dio media vuelta y emprendió ligera su obligada visita de inspección, reprendiendo a todos los sirvientes que encontraba a su paso. Su rostro largo y delgado mantenía una expresión de severidad que acentuaba la rigidez de sus facciones. Las cejas, siempre elevadas en una elegante mueca de superioridad, conseguían transmitir una sensación helada a su mirada. Entró en la sala principal de la casa con prisas, ahuyentando con un gesto de la mano a la sirvienta que se disponía a preparar el fuego.

—¡No, no, nada de fuego, Marie! Hoy no encenderemos la chimenea hasta la tarde, como es costumbre —exclamó con voz agria y autoritaria—. Nadie te ha dicho que lo hagas, deberías estar fregando la entrada.

—Lo siento, señora Guillelma, pero la señora Adelaide tenía frío y me ha rogado que...

—¿Acaso te ocupas ahora de la salud de mi madre, Marie? —interrumpió en tono despectivo—. ¡Desaparece de mi vista y no te atrevas a responderme!

Guillelma observó la salida de la criada con manifiesto enojo mientras la indignación recorría cada centímetro de su piel.
Se sentó en una silla de respaldo recto con un suspiro, mientras
tironeaba de sus faldas y las alisaba con nerviosismo. No se podía confiar en los criados, pensó, no valían para nada, y si no
fuera por su estricta vigilancia la casa se caería sobre sus estúpidas cabezas. Cerró los puños con fuerza, sólo le faltaba Marie y sus impertinencias.

—Deberíamos encender el fuego, Guillelma, tengo frío. Mis
pobres huesos ya no soportan esta humedad... —Una delicada
voz surgió del sillón que había cerca de la chimenea, casi tan
pegado a ella que corría el peligro de arder en cuanto prendie-
ran el fuego—. Y no deberías tratar así a la pobre Marie, lleva
muchos años conmigo y es una buena mujer.

—Tendrás que conformarte, madre, hemos de ahorrar en
leña. Si tienes frío, tápate con una manta. La chimenea no se en-
cenderá hasta la tarde, tal y como hacemos cada día. Tendrías
que haberlo pensado antes... Si hubieses sido más precavida en
tu juventud, no tendríamos que pasar por esta vergüenza.
—Sus palabras salieron como dardos envenenados de rencor.

—No hay vergüenza alguna en nuestra situación, Guillelma, tenemos mucho más de lo que necesitamos. —Un rostro
pálido y arrugado asomó por un lado del sillón—. No nos hacen falta tantos criados para una casa tan pequeña, sería mucho
mejor procurarnos calor.

—¡La señora tiene frío y el resto del mundo ha de ponerse
a temblar! —estalló la mujer con ira—. Soy yo quien lleva la
casa, madre, no lo olvides.

—No podría olvidarlo aunque quisiera. Tú te encargas de
recordármelo cada día. —No había atisbo de resentimiento en
las palabras de la anciana, la voz se mantenía inalterable, ajena
al mal humor de su hija.

Guillelma de Brouilla dirigió una maliciosa mirada hacia su
madre. Cada día era peor, no soportaba su presencia. Un rictus
de amargura torció sus labios en una extraña sonrisa. Tenía leña
más que suficiente para pasar tres inviernos, pensó, pero el he-

cho de contemplar a la anciana temblando ante el hogar vacío le producía una satisfacción difícil de comprender. En realidad, ella misma se lo había buscado, por su culpa lo habían perdido todo, nombre y propiedades. Se la quedó mirando fijamente, repasando cada arruga de su rostro y tratando de encontrar a la pobre vieja que temblaba de frío y se quejaba con voz amable. Era incapaz de verla. Sabía perfectamente quién se escondía detrás de aquella frágil e hipócrita apariencia: la hermosa Adelaide de Brouilla, la inspiración de poetas y trovadores de la región, una mujer célebre por su belleza y sus virtudes. Por muchos años que hubieran pasado, ésa era la imagen que mantenía a Guillelma en una tensión permanente. Su madre le había robado la juventud eclipsando cualquier destello propio, ya que su luz hacía palidecer a cuantos la rodeaban, incluyendo a su propia hija. Todos aseguraban que Guillelma era el vivo retrato de su padre, y con ello soslayaban de forma discreta su escaso atractivo. Nunca la comparaban con Adelaide, e incluso parecían extrañarse de su parentesco. Eran cosas que sabía desde que era pequeña, cosas que no perdonaba, pequeñas semillas de rencor regadas cuidadosamente, día tras día, engendrando un odio ilimitado que la devoraba.

«¡Ni siquiera puedo pensar en mi padre sin que se me revuelva el estómago!», murmuró para sí. Un hombre que jamás dedicó ni un instante en pensar en el futuro de su única hija, obsesionado por la ausencia de un descendiente varón. Todo lo que había poseído, todo, tierras y patrimonio, lo dejó en testamento a la orden del Temple. Todo, con la única excepción de aquella casa y una renta miserable. Sí, ése era el regalo que el miserable caballero le había dejado... Guillelma rezaba cada noche para que su progenitor ardiera eternamente en el infierno. Ésa sería su compensación, si es que existía alguna forma de desagravio para tal ofensa. Sus ojos se cerraron dejando una minúscula rendija por la que seguía espiando a su anciana madre. ¿Por qué seguía viva?, se preguntó en tanto sus manos se aferraban crispadas a sus faldas. ¿Por qué no se moría de una maldita vez y la dejaba en paz? Estaba comprobado que el frío no hacía mella en su organismo, por mucho que se quejara. Tendría que pensar en otra cosa, aunque era aconsejable la prudencia. Los templarios de la ciudad sentían un afecto especial por ella, meditó, sobre todo frey Adhemar. No era de extrañar, poseían todo lo que le correspondía a ella por sangre. Y estaban las joyas, desde luego, por mucho que Adelaide lo negara. Guillelma sabía que su madre no se había desprendido de todas sus alhajas, estaba segura. Las tenía escondidas para que nadie gozara de su provecho, ni tan sólo su única y legítima heredera. Y la vieja hipócrita era muy capaz de regalarlas al primero que se le ocurriera, sin pensar en ella. Involuntariamente, una exclamación ahogada de desagrado escapó de sus labios.

—Me gustaría saber antes de morir el motivo de tanta amargura, Guillelma. —La voz de su madre surgió de entre las cenizas del hogar como un espectro—. Has tenido una vida de comodidad, lejos del hambre y las penurias. Te cortejaron buenos hombres que deseaban compartir su vida contigo, y a todos los rechazaste.

—¿Buenos hombres? Vamos, madre, no me hagas reír. Una reata de simples campesinos ignorantes y comerciantes enriquecidos, sin una sola gota de nobleza en sus venas. ¡Buenos hombres! —graznó Guillelma con una seca carcajada—. Pero eso te habría gustado, no lo dudo, así seguirías conservando a tus admiradores, mientras tu hija envejecía cuidando cabras. ¡Odas y poemas para la bella Adelaide, y sucias cabras para la corte de Guillelma!

Su rostro se contrajo por la cólera que sentía, incapaz de frenar aquel discurso ensayado una y otra vez en su mente. Sus ojos de un gris acerado, pequeños y separados, despedían llamas.

—Y así podrías quedarte con esta casa para ti solita, en tanto yo me encerraba en un miserable caserón como una vulgar sirvienta. ¿No es eso, Adelaide, no es eso lo que querías? Desde luego que sí, te conozco, madre —continuó, afirmando con rotundidad sin esperar respuesta—. La hermosa Adelaide lo quiere todo, aferrada a sus joyas, sin contribuir en nada.

—Tienes una gran imaginación, Guillelma; nadie en esta

ciudad tendría la fantasía de verte como una sirvienta, no se atreverían a cargar con tu resentimiento. Has conseguido que teman tu lengua, eso sí... Pero no has logrado su respeto, tus murmuraciones han afectado a demasiada gente —replicó Adelaide sin alterar el tono de su voz—. Y esas joyas no existen, te lo he repetido demasiadas veces. Las pocas que aún conservaba se vendieron hace ya mucho tiempo, es inútil que te obsesiones con esa fantasía.

—Vieja pero sabia, madre, y mentirosa, muy mentirosa... —Guillelma se levantó de un salto. Estaba harta y poco dispuesta a oír uno de los sermones de su madre—. Y yo no murmuro, madre, nunca lo he hecho, sólo me ajusto a la verdad cuando alguien tropieza y se obstina en negarlo. Ah, y no vuelvas a llamar a Marie para que te encienda el fuego, porque si lo hace la despediré inmediatamente.

Adelaide de Brouilla se estremeció ante el portazo que su hija le ofreció como despedida. Estaba cansada de vivir, pero la muerte huía de ella en una cruel burla. Había rogado a Dios para que el frío se la llevara, para que un escalofrío helado acabara con sus huesos y su alma, pero la divinidad permanecía sorda a sus ruegos. Y quizá se lo merecía, pensó con tristeza, aunque en realidad no sentía ni una pizca de arrepentimiento. Había vivido con intensidad cada momento de su vida, sin desaprovechar un solo aliento, sin renunciar al dolor ni a la felicidad. Guillelma no lo entendía, no lo entendería nunca por más bienes que poseyera. La envidia la corroía por dentro, se había instalado en el fondo de su alma sin dejar espacio a otro sentimiento que no fuera la furia de los celos. Y lo peor de todo, reconoció Adelaide, era su propia incapacidad para comprender aquella cólera soterrada, el odio que desprendía su mirada. ¿En qué momento había herido tan profundamente a su hija para convertirla en semejante monstruo despiadado? También sabía que era una pregunta inútil... Ya desde muy pequeña, Guillelma había mostrado un carácter hosco y altanero, malicioso, como si estuviera convencida de haber nacido en el seno de una familia real, reflexionó Adelaide, envuelta en la manta. Caprichosa y tiránica desde que tenía uso de razón. No lograba entender de dónde extraía las fuerzas ni la imaginación para tales delirios de grandeza. Miró la ceniza que se acumulaba en la chimenea, los rescoldos apagados, y se le antojaron una imagen de su presente. Sus recuerdos también estaban tejidos de ceniza. Las grandes hogueras de su vida se habían apagado, pero al contrario que Guillelma, todavía existían rescoldos que seguían ardiendo en su interior. Bernard, pensó con una sonrisa, Bernard seguía presente en su existencia, más vivo que su propia hija, aunque él hubiera muerto hacía ya mucho tiempo. Y por más que Guillelma lo ignorara, esa casa en la que vivían había pertenecido a Bernard.

Adelaide lanzó un corto gemido y movió los dedos de una mano, que tenía agarrotados. El dolor de sus articulaciones ascendía como una chispa que prendiera la mecha de su memoria. Recordó la insistencia de Bernard en donarle, discretamente, la propiedad de aquella casa como parte de su patrimonio. Ella había aceptado el testamento de su marido, que legaba la casi totalidad de sus posesiones al Temple, dejándola en una difícil situación. No le cabía la menor duda de que la Orden cubriría sus necesidades, era parte del trato, pero aun así, sólo Bernard comprendía hasta qué punto detestaba ella semejante dependencia... Aunque había otras razones, desde luego, los motivos de Bernard siempre eran complicados y difíciles de entender para la gente común. Adelaide aguardaba, sus instrucciones siempre habían sido muy precisas, pero se hacía vieja y estaba cansada de esperar. De todas maneras, pensó moviendo la cabeza de un lado a otro, Bernard aceptó su voluntad para que la propiedad de la casa fuera para Guillelma, no le quedó más remedio, aunque siempre había observado a la niña con una mirada extraña y recelosa. Se encargó de que todo pareciera legal y de que el imaginativo documento expresara una voluntad paterna que nunca había existido. Su marido, Girard de Brouilla, un hombre arrogante y siempre obsesionado por sus frustraciones, nunca habría pensado en su propia hija. Por encima de su familia y de su patrimonio, se alzaba una poderosa ambición.

Como primogénito tuvo que hacerse cargo de los bienes familiares, renunciando a su deseo de ingresar en una orden militar. Una renuncia que siempre hizo pagar a cuantos le rodeaban, especialmente a ella. Adelaide se recostó en el sillón con la mirada fija en la ceniza del hogar y su mano rozó el pecho. Los dedos agarrotados se asieron a una forma metálica que se escondía bajo sus ropas. Siempre que se sentía desfallecer, el simple tacto de ese objeto la reconfortaba. Era el símbolo de una promesa, la brasa que aún ardía en su interior para calmar el frío de la existencia.

—Aún espero, Bernard, y no tengo demasiado tiempo...

Inclinó la cabeza con suavidad, mientras el sopor cargaba sus párpados cansados. Se dejó vencer por la modorra, un recurso útil para combatir el frío que se apoderaba de sus huesos y amenazaba su mente. En su sueño, Bernard la escuchaba, le cogía la mano con suavidad, y ella sintió la calidez de su piel transmitiéndole seguridad...

Sant Martí del Canigó, Conflent

La abadía de Sant Martí se alzaba sobre un pico rocoso del macizo del Canigó, a 1.055 metros de altura. Era un cenobio muy antiguo, y aunque sus raíces se hundieran en tiempos remotos, fue el conde de la Cerdanya quien fundó la abadía benedictina, la amplió y fue enterrado en ella en una tumba excavada en la roca. Las leyendas aseguraban que fue el propio conde, Guifré II, retirado en el monasterio, quien cavó su sepulcro en una penitencia que nadie le exigió. El camino que llevaba hacia la abadía salía del pequeño pueblo de Castell, cerca de las heladas aguas del río Cadí, y ascendía abruptamente entre encinas y castaños. El esfuerzo de la empinada cuesta se compensaba por el extraordinario paisaje que la rodeaba, en un sendero que parecía dirigirse directamente hacia el cielo.

Guillem de Montclar se detuvo un instante para aspirar la fresca brisa y contemplar un cielo de un azul purísimo. Estaba cansado y sentía la mente a punto de estallar. La compañía de Galdric de Centernac había resultado mucho peor de lo que imaginó. El esfuerzo por controlar su hastío y el deseo feroz de darle con una piedra en la boca habían agotado su escasa paciencia. La verborrea incontenible de Galdric, inspirado de golpe, no había cesado en las tres horas de viaje.

¿Un espía?, se repitió por enésima vez Guillem, vacilando... Si su sospecha fuera cierta, era indiscutible que los franceses habían descubierto un arma temible: la muerte de sus enemigos por pura desesperación. No hacía ni quince minutos que Guillem, en un arrebato de furia, se había plantado ante el bardo con el rostro crispado.

—¡Cerrad la boca de una maldita vez, Galdric, porque de lo contrario os estamparé ese laúd en el centro exacto de vuestro inspirado cerebro!

Galdric de Centernac obedeció con un destello de alarma en la mirada. Estaba impresionado. Su reacción no se debió a los gritos de su compañero, sino a su murmullo bajo, grave y amenazante, que sonaba más amenazador que una condena a muerte. Repentinamente mudo, se limitó a seguir a Guillem a tres pasos de distancia, convencido en su fuero interno de que aquel bárbaro sería muy capaz de atravesarlo con su ballesta a la menor insinuación poética.

Al llegar a las puertas del cenobio y entrar en él, el trovador se esfumó en busca de refugio seguro. Guillem de Montclar, con el ceño fruncido, se dirigió a las dependencias del abad después de dejar su montura en los establos.

—¡Vaya por Dios, Guillem, empezaba a estar preocupado por ti!

Guillem se inclinó para besar la mano del abad y le miró con calidez. Era un hombre del que emanaba una serenidad contagiosa, y el contacto de su mano diluyó su enfado milagrosamente.

—Estoy cansado, señor abad, cansado y aburrido...

—Vamos, eso no puedo creérmelo, muchacho. Eres joven todavía para que ese tortuoso camino hacia nosotros acabe con tus fuerzas. —El abad le contemplaba con sus ojos pequeños y oscuros.

—No es el camino, señor abad, sino las malas compañías. —Las facciones de Guillem se crisparon de nuevo ante el recuerdo del viaje—. He encontrado a un hombre en el bosque, dice que es trovador, y se ha empeñado en acompañarme hasta aquí... Pero eso no es lo peor, también se ha obstinado en alegrarme el trayecto con sus horrendas composiciones.

—No te veo muy convencido de sus dotes poéticas, Guillem. —El abad no pudo contener una breve carcajada ante el rostro desencajado de su visitante—. ¿Acaso sospechas que no es lo que aparenta?

—Ya ni sé lo que sospecho, os lo aseguro... —Guillem parecía vacilar—. Después de aguantar su recital no puedo garantizaros nada, señor abad, todavía no sé si Galdric de Centernac es peligroso... Siempre que no os prestéis a oír su abominable poesía.

—¿Galdric de Centernac? Nunca había oído tal nombre, lo reconozco. —El abad le miraba con interés.

—Ni yo tampoco... Sin embargo, él mismo confiesa que no es su verdadero nombre, sino uno inventado en honor a su arte. —Guillem no pudo evitar un escalofrío—. También reconoce que no es de Centernac, ni ha pisado ese pueblo en su vida. De su verdadero origen y nombre no he logrado arrancarle ni una sílaba.

—¿Qué quieres que hagamos con él, Guillem? ¿Qué me aconsejas? —Una incipiente inquietud latía en la pregunta.

—La indiferencia, señor abad, seguirle la corriente y prohibirle que abra la boca. Podéis decirle que habéis hecho un voto de silencio temporal... —respondió Guillem, tajante—. No quiero preocuparos, sea quien sea Galdric, dudo que quiera perjudicar a la comunidad. Lo más probable es que siga mis pasos, aunque aún no puedo estar seguro del todo.

—De acuerdo, seguiré tus sabias indicaciones.

—¿Algún mensaje, señor abad?

—Sí, ha llegado un recado para ti. —El abad cerró los ojos, concentrado en sus palabras—. Procede de la Encomienda del Masdéu. Alguien pensó que podías estar por aquí, y tengo entendido que te buscan con urgencia.

—¿Quién os trajo el mensaje? —La desconfianza apareció en su mirada.

—Un hombre de toda confianza, Guillem, uno de los tuyos —le tranquilizó el abad con una sonrisa—. Le conozco bien, no te preocupes... Parece que en el Masdéu han encontrado algo que ha conmocionado a toda la comunidad. Tu amigo, el Bretón, anda buscándote con auténtico desespero.

—¿En el Masdéu? ¡Y qué demonios han encontrado! —saltó Guillem, arrepintiéndose en el acto del tono utilizado—. Perdonad mi lenguaje, señor abad.

—Bah, no te preocupes, en ocasiones cosas peores me han pasado por la cabeza, ¡Dios me perdone! —El abad buscaba las palabras adecuadas—. No puedo decirte nada más, porque el mensaje no es muy explícito. Sólo dice que acudas con urgencia, ya sabes que el Temple es muy discreto en sus cosas.

—Lleváis razón, señor abad, como siempre —comentó Guillem. Tres surcos habían aparecido en su frente, un reflejo de su inquietud—. Bien, no hay más remedio que acudir, pero antes necesito comer y descansar unas horas. Saldré de madrugada, y...

—No te preocupes, haré todo lo posible para que el bardo no siga tus pasos, por si acaso —lo interrumpió el abad con una irónica sonrisa—. No quisiera que enloquecieras por el camino, muchacho.

Guillem asintió con una inclinación de cabeza, besó de nuevo la mano del abad y salió al aire fresco del claustro. El convento se hallaba en obras de mejora, y el repicar de los canteros resonaba entre las cuatro paredes creando una música extraña. Trabajaban en los capiteles del claustro y su actividad fascinó a Guillem. Extraían de la piedra secretos convertidos en hermosas imágenes esculpidas, pensó, y no pudo evitar el recuerdo del maestro Serpentarius. Aquel hombre misterioso que guardaba su intimidad en las profundidades de la tierra... El recuerdo avivó su memoria y la imagen de Ebre apareció en su mente como un destello de luz. ¿Estaría bien, le habrían herido, o acaso ya estaba muerto? Hacía seis años que no quería pensar en él, temeroso por su seguridad, sin recibir noticias. Movió bruscamente la cabeza, pues no quería dejarse llevar por sus recuerdos. Observó durante unos minutos el trabajo de los escultores, con la mente en blanco, hasta que notó que sus párpados descendían sin que su voluntad los mantuviera abiertos. Era hora de descansar, la tristeza no le iba a servir de mucho... ¿Y qué le estaría pasando al Bretón? Hacía cerca de un año que no le veía, siempre inmerso en su trabajo, y un rescoldo de culpa quemó su conciencia. Volvió a sacudir la cabeza de la misma manera que lo habría hecho su yegua, medio amodorrado. Mañana, pensó, mañana tendría el tiempo necesario para la reflexión y la penitencia, siempre que esta última fuera estrictamente necesaria.

IV

Sin embargo, pronto la arrogancia desapareció de nuestra alma y su vacío fue ocupado por la incertidumbre. Y quizá fue en ese preciso instante cuando se nos otorgó aquel don especial que creímos poseer.

Encomienda del Masdéu, el Rosselló

El conjunto de edificaciones que conformaban la Encomienda se hallaba en una colina que dominaba el valle hasta el mar. Era un convento rural, construido en forma de L y rodeado de una muralla en cada uno de cuyos ángulos se alzaba una torre. Lejos de ser una fortaleza con fines militares, se trataba de una gran explotación agrícola que se ocupaba de obtener rendimiento de un vasto territorio y que acogía una comunidad de unas trece personas, todas ellas pertenecientes al Temple. Casa madre de las posesiones templarias en el territorio, de ella dependían la subpreceptorías de Perpinyà, Palau del Vidre, Nils, Sant Hipòlit, Mas de la Garriga, Orla, Centernac y Corbós. Su nombre provenía de la expresión latina *mansus Dei*, «la casa de Dios».

En la torre del lado noreste del recinto amurallado, un cuadrado robusto de dos pisos coronado por una terraza, tenía lugar una tensa conversación. El comendador, Ramon de Bac, paseaba nerviosamente de un lado a otro de la habitación del segundo piso, mientras tres hombres le observaban con manifiesta inquietud.

—¡Cadáveres en nuestras tierras, lo que nos faltaba! —exclamó el comendador con furia contenida—. ¿Cómo he de entenderlo, si es que hay manera de hacerlo? Difuntos anónimos, que nadie sabe de dónde han salido y que no descansan en la paz del camposanto. ¿Podéis vosotros explicarlo?

Un silencio incómodo respondió a sus preguntas retóricas. El comendador se detuvo y miró a sus hombres con el enfado impreso en sus facciones.

—No sabría qué responderos, frey Ramon, lo siento —murmuró frey Jaume, el *bajulus forensis*, el batlle, un cargo que se ocupaba de la coordinación y vigilancia de las tierras de la Encomienda—. No encuentro una explicación lógica para un hecho tan, tan... Ni siquiera hallo una palabra que pueda definirlo, frey Ramon, estoy tan perplejo como vos.

—¿Ya han acabado de desenterrar a esos desgraciados, frey Juan? —preguntó el comendador, repentinamente calmado por las palabras de estupor de su ayudante.

—Están en ello, señor, he mandado a tres hombres de confianza para que hagan el trabajo y traigan los cuerpos a la iglesia y... —Juan de Salanca se detuvo de golpe, no sabía cómo continuar.

—¿Tienes la más mínima idea de cómo han llegado esos cadáveres a nuestra zona, y de cuál puede ser la identidad de esos dos muertos? —insistió el comendador, arqueando sus espesas cejas.

—Tres señor, hay tres difuntos... —Juan de Salanca bajó los ojos, incapaz de enfrentarse al asombro de su superior.

—¡Tres! ¡Ahora son tres! ¡Creí que me habías dicho que sólo eran dos, por Dios Santo! —Ramon de Bac estaba atónito.

—Es que cuando empecé a escarbar, sólo vi a dos, señor, sólo sobresalían dos cráneos. Estaba tan asustado que dejé de cavar y vine corriendo a avisaros... —Juan de Salanca vaciló—. Pero cuando esos hombres vinieron a ayudarme salió a la luz el tercer cadáver. Y son tres, señor, ahora no hay duda posible.

—¿Y tú, Jacques, sabes algo de todo este lío? —inquirió el comendador dirigiéndose al Bretón, que intentaba disimular su estatura detrás de sus dos compañeros—. ¿Alguien sabe algo de este macabro desastre? ¿Puedo confiar en que sólo haya tres muertos y no empiecen a brotar difuntos como si fueran coles?

—¿Y cómo voy yo a saberlo, frey Ramon? —respondió Jacques con candidez—. Sólo llevo siete años aquí, y esos muertos tienen toda la pinta de estar bajo tierra desde hace muchos más. Acaso alguien de la zona pueda responderos mejor que yo, no sé, es posible que no tenga nada que ver con nosotros.

—¿Que no tienen nada que ver con nosotros? ¿Qué insinúas? Tres muertos enterrados en mi Encomienda, bajo mis propios pies, ¿y no van a tener nada que ver con nosotros? —Frey Ramon de Bac clavó su mirada en el Bretón. En sus ojos brillaba la sospecha—. ¿Acaso crees que esos desgraciados vinieron hasta aquí, por pura casualidad, para morirse? ¿Y después de haber expirado tan tranquilos se dedicaron a enterrarse ellos mismos con sus propias manos? ¿Es ésa tu absurda teoría, Bretón? ¿Pretendes tomarme el pelo?

—Creo, señor, que frey Jacques tiene en cuenta la posibilidad de que alguien, ajeno a la Encomienda, enterrara esos cadáveres —intervino el *batlle* ante el persistente silencio del Bretón—. Es posible que pensara que aquí nadie los encontraría, señor. Ese pedregal hace mucho que se utiliza como vertedero, y ése es un hecho conocido por todos los vecinos de la comarca. Cualquiera pudo hacerlo, incluso algún forastero deseoso de deshacerse de los muertos y...

—¡Forasteros, la solución perfecta! —saltó el comendador en tono sarcástico—. Es un milagro que no se me haya ocurrido a mí, *batlle*, muy oportuno de vuestra parte.

—Lo cierto, señor, es que es una teoría como cualquier otra, y debemos tenerla en cuenta —terció frey Juan de Salanca, aferrándose a la posibilidad como quien se agarra a un clavo ardiendo—. No podemos descartarla, por muy oportuna que sea. Y la verdad es que bien poco podemos hacer por los difuntos, como no sea enterrarlos como Dios manda.

—Eso tampoco se me había ocurrido, frey Juan, estoy rodeado de inteligencias extraordinarias. —La ironía campaba en la respuesta del comendador, cansado y harto de las opiniones de sus subordinados—. Sin embargo, enterrarlos decentemente no responderá a la pregunta de por qué están entre nosotros, ¿no te parece, Juan? Además, ¿no crees que volver a enterrarlos es una elegante manera de deshacernos del problema? De fosa en fosa, señores, y tan hondo como sea posible, para que no turben nuestra magnífica vista. ¡Me rindo ante el poder de vuestro razonamiento!

De nuevo el silencio planeó en la habitación. El comendador, con las manos a la espalda y la mirada perdida más allá del ventanal, farfullaba para sí mismo. Su rostro, curtido por la vida al aire libre, se contraía en una mueca que pasaba de la angustia al enfado.

—Tengo que ir a Perpinyà y el *batlle* debe acompañarme, caballeros. Es el momento de visitar las preceptorías que dependen de nosotros —musitó en voz baja, antes de añadir mordazmente—: He mandado a un mensajero en demanda de instrucciones, no tengo la menor idea de lo que debe hacerse en un caso así. Y a tenor de vuestros sabios consejos, veo que vosotros tampoco... Dejemos que se ocupen del asunto los expertos en temas macabros de la Orden, porque estoy seguro de que existen en algún recóndito lugar. Así podremos volver a nuestro trabajo: hay que enviar cereales a Tierra Santa para nuestros compañeros, si no queremos que se mueran de hambre. Y eso, señores, sí es algo que sabemos hacer.

Ramon de Bac se volvió y miró a sus hombres con atención. El *batlle* asentía a sus palabras dando cabezazos afirmativos, mientras Juan de Salanca y el Bretón mantenían los ojos bajos. Resultaba sospechosa tanta humildad en ellos, pensó el comendador, pero estaba convencido de que ni atados al potro de tortura iban a soltar una palabra más acerca del tema. También existía la posibilidad de que el hallazgo los hubiera conmocionado, como a casi todos, aunque Ramon de Bac no acababa de creérselo. Aquellos dos habían visto cosas peores en su vida, meditó, pues conocía perfectamente el pasado de ambos. Debía decidirse de una vez, no tenía tiempo para ocuparse de cadáveres antiguos ni sepulcros anónimos. Avanzó un paso hacia sus hombres, en particular hacia aquellos dos viejos espías retirados que eludían su mirada. ¿Acaso era un trabajo del que uno pudiera jubilarse?, se preguntó con una inquietud mal disimulada.

—Bien, el *batlle* y yo tenemos que irnos, hermanos, no podemos demorar nuestro trabajo, como bien sabéis —empezó en voz baja, casi entre dientes—. Os dejaré al cargo de este asunto; supongo que vuestra experiencia en «trabajillos anteriores» os ayudará a resolver este desastre con discreción. Quiero que hagáis un informe detallado de todo lo que encontréis en esa fosa, y hasta que la Orden no nos mande a alguien más preparado en estos menesteres, vosotros seréis los responsables de que las cosas se hagan bien. ¿Entendido? Y entre esas cuestiones, espero que deis cristiana sepultura a esos... a esos difuntos del demonio.

—Sí, señor, así lo haremos, seguiremos vuestras órdenes a pies juntillas —contestó Juan de Salanca dando un codazo a su silencioso compañero.

—¿Lo has entendido bien, Jacques, o quieres que te lo repita? —insistió el comendador ante el mutismo del Bretón.

—Perfectamente, frey Ramon, lo he entendido perfectamente.

La mirada de duda del comendador no afectó al Bretón ni consiguió arrancarle del silencio. No tenía por qué decirle que ya se había encargado de avisar a Guillem de Montclar, sólo se anticipaba a los previsibles deseos de su superior. Y si había alguien en toda la orden del Temple capaz de solventar aquel asunto, ése era Guillem. Él solucionaría el problema a gusto de todos, como siempre. Se mantuvo en silencio y con la cabeza gacha, a la espera de que el comendador diera por terminada la entrevista.

Con un suspiro de resignación, Ramon de Bac los despidió con un brusco gesto de la mano. Aquellos dos se habían portado muy bien los últimos años, su conducta era excelente. Sin embargo, ¿quién sabía de lo que eran capaces?, reflexionó mientras volvía a la ventana. Lo único que el comendador podía confirmar era su pasado, tan turbio que resultaba mucho mejor no pensar en ello. Se persignó con un gesto de arrepentimiento, no era quién para juzgar a sus hermanos y la sospecha le incomodaba. De todas maneras, aunque viejos, eran los mejor preparados para enfrentarse a los cuerpos enterrados que surgían de la tierra en demanda de auxilio. Tenía demasiado trabajo para ocuparse de un asunto tan desagradable, su función era cuadrar las cuentas en unos tiempos en que nada se ajustaba a lo que debía ser. Apartó de su mente la visión de aquellos cuerpos y volvió a lanzar un profundo suspiro.

—No me digáis que sospecháis del Bretón, señor comendador... —Más que una pregunta parecía una afirmación, y el gesto de curiosidad del *batlle* era patente—. Está ya demasiado viejo para andar enterrando cadáveres, os lo aseguro.

—Admiro y envidio vuestra buena disposición, frey Jaume, sois un hombre bueno. —El comendador le dio una afectuosa palmada en la espalda—. Pero no os preocupéis, perderíais un tiempo que no poseemos. ¿Cómo sospechar de esos dos viejos recalcitrantes? Más bien es por su actitud, frey Jaume. Ese silencio del Bretón en algunas ocasiones me inquieta y me pone nervioso. En cuanto a Juan de Salanca, confieso que soy incapaz de adivinar lo que está pensando.

—Frey Jacques no está muy bien, señor... —El *batlle* buscaba las palabras adecuadas para excusar el comportamiento del Bretón—. Últimamente su mente parece perdida, desorientada. Hace unos días, despertó a los mozos de cuadra gritando como un loco, convencido de estar en San Juan de Acre y en mitad de un combate. En cuanto a Juan de Salanca, siempre se ha comportado con prudencia desde que llegó aquí, señor, nunca he escuchado una sola queja. Están retirados, comendador, y ya sabéis que las murmuraciones siempre exageran...

—Lo sé, *batlle*, estoy al corriente de todo cuanto me comentáis. Y tenéis razón, nada puedo discutiros, pero... —Ramon de Bac se detuvo y su mano flotó en el aire buscando un argumento sólido para expresar una duda—. Me temo que, en el caso de esos dos hombres, cualquier murmuración se queda corta, frey Jaume.

Preceptoría de Perpinyà, el Rosselló

—Los han encontrado, Adhemar, finalmente los han encontrado...

El aludido levantó la vista de los documentos que tenía en la mano y, por un fugaz instante, pareció perplejo. Bajo una frente ancha y despejada debido a una incipiente calvicie, aparecieron unos ojos de un azul muy claro, que se detuvieron con interés en el recién llegado.

—Digo que los han encontrado... —insistió con voz ronca.

—¿De qué estás hablando, Cabot, qué demonios han encontrado? —El tono grave, cortés, se elevó controlando la irritación.

—Pues, la porquería del Plasec, eso han encontrado. —Cabot, un sargento templario de mediana edad, con un rostro de facciones cortantes, tomó asiento ante su superior con cansancio.

—Vaya, eso sí que es una novedad inquietante —murmuró Adhemar en voz baja y, tras una larga pausa, continuó—: En fin, era un riesgo asumido, aunque confieso que después de tantos años ya había empezado a olvidarme del maldito asunto. ¿Y cómo ha ocurrido?

—Cavando, Adhemar, esas cosas se encuentran cavando en el lugar adecuado. A estas alturas ya deberías saberlo... —Su tono intentaba ser mordaz, sin conseguirlo—. Por lo que parece, el comendador, Ramon de Bac, ordenó a Juan de Salanca que «limpiara» ese terreno del infierno.

—¡Qué cosa más absurda, por Dios! ¿Y cuál era el motivo para una orden de semejante naturaleza? —graznó Adhemar con creciente irritación—. ¿Desde cuándo se limpian los vertederos?

—¡Y a mí qué me cuentas, qué sé yo! —El enojo se traslucía en la respuesta de Cabot—. No hace falta tener estudios teológicos para suponer que alguien susurró las palabras adecuadas en los oídos del comendador, ¿no crees? Y deja de mirarme así, estás poniéndome nervioso.

—Deja ya ese ingenio retórico, Cabot, que no estoy para bromas. —Adhemar se levantó de un salto de su escritorio y se aproximó al ventanal que iluminaba la estancia—. Por lo que veo, ese alguien quiere jugar de nuevo.

—Quizá, pero ¿quién...? Piensa un poco, Adhemar, no es tan sencillo. Bernard Guils tardó en liquidar el tema, pero finalmente lo hizo. Aunque le costó la vida, no paró hasta acabar con todos los implicados.

—¡Por los clavos de Cristo, no me esperaba que este asunto resucitara! —El delicado rostro de Adhemar se congestionó y el rubor inundó sus mejillas.

—¿A quién puede beneficiar que esos cadáveres vuelvan a la vida ahora? No dejo de pensar en ello, Adhemar, me resulta sospechoso... —Cabot se acercó a su superior—. ¿Crees que alguien está buscando venganza?

—¿Venganza...? —Adhemar, atónito, clavó la mirada en el sargento—. ¿Acaso olvidas que nosotros fuimos víctimas y no verdugos? Si existe venganza, Cabot, será la nuestra, no debes olvidarlo. Por cierto, ¿sigues vigilando a Gausbert de Delfià?

—Sí, tal y como ordenaste... ¿Crees que tiene algo que ver en todo este repugnante asunto?

—Habrás de admitir que su repentina aparición coincide milagrosamente con el hallazgo de esos cadáveres, Cabot. —Adhemar se acarició la canosa barba, pensativo—. Y de alguna manera, es el único que aún mantiene una extraña relación con esos hijos de perra.

—Sí, es evidente, pero todavía hay más... —Cabot esperó a que Adhemar le prestara la atención adecuada antes de continuar—. El Bretón ha llamado a Guillem de Montclar, y dudo mucho que éste tarde en llegar.

—¡Por fin una noticia sensata! —murmuró Adhemar, asintiendo con la cabeza—. Aunque hay que tener en cuenta que el de Montclar no sabe nada de este asunto; por entonces era un crío y Bernard le mandó a Barberà una buena temporada. ¡Vete tú a saber cómo va a reaccionar cuando se entere!

—Pues como todos, Adhemar, con asombro y furia, en este preciso orden. Es el mejor de todos, el mejor alumno de Guils. —Cabot se encogió de hombros—. Supongo que el Bretón le pondrá al corriente...

—¡Dios Santo, sólo nos faltaba que Jacques enfermara en este preciso instante! —Adhemar se llevó las manos a la cabeza—. ¿Qué demonios le va a contar? No puedo entender que a un hombre como él, fuerte como un buey, pueda ocurrirle una cosa parecida. ¿No te parece extraño, Cabot, perder la memoria como quien pierde la capa? ¡Santo cielo, nunca había visto nada igual!

—No pierde la memoria, no exageres. Sólo tiene momentos de confusión, Adhemar, y deja de mentar al cielo, que nada tiene que ver en todo esto —replicó Cabot en defensa del Bretón—. Está viejo, sólo es eso, deberías saber que la edad tiene esas cosas.

—Pues no le pasa a Juan de Salanca, por poner un ejemplo, y es casi tan viejo como él —objetó Adhemar, rumiando sus pensamientos en voz alta—. Ni a mí, y tampoco me lleva tantos años... ¿No habría un remedio para aliviarle? Deberíamos hablar con el boticario, Cabot, y buscar una solución a su problema. Sin la colaboración de Jacques, esto puede convertirse en un infierno.

—No sé, no tengo suficiente fe en el hermano boticario para esperar milagros. Y las novedades no han terminado, Adhemar... —Cabot no quería seguir hablando del Bretón—. Ayer por la noche me llegó la noticia de que uno de nuestros barcos había llegado a Marsella. Ebre, el discípulo de Guillem de Montclar, viajaba en él y, según mi informante, se dirige hacia aquí.

—¿Ebre? ¿ Pero no estaba en Tierra Santa ese chico?

—Sí, estaba, es lo que te estoy diciendo, Adhemar —contestó Cabot encogiéndose de hombros—. Dicen que ha sido un auténtico milagro que llegaran. Una tormenta les dejó la nave hecha pedazos, y se cree que han perdido a ocho peregrinos.

—¿Y ahora viene hacia aquí, a Perpinyà, a nuestro convento? —Adhemar no salía de su asombro.

Cabot asintió en silencio. Adhemar tenía el vicio de insistir en sus preguntas por triplicado, cosa que le irritaba profundamente.

—¿Y qué se supone que hace aquí, qué busca, por qué ha abandonado Palestina? —Sus preguntas no obtuvieron respuesta—. No puede saber nada de este asunto, y es imposible que puedan haberle avisado. ¿Qué buscará este crío?

—¿Un crío de veinticuatro años? —le interrumpió Cabot, mirándole con estupor y harto de las divagaciones de su compañero—. ¡Ya está crecidito, Adhemar, incluso creo que le han destetado definitivamente! El tiempo no sólo pasa para nosotros, hombre de Dios, el resto de la humanidad también envejece a buen ritmo.

Cabot contempló a su jefe con gesto enfurruñado. En ocasiones parecía que Adhemar vivía en un paraíso tan extraño y alejado como el del Bretón.

—No hace falta mucha imaginación para pensar que el muchacho busca a sus amigos, ¿no crees? —añadió con un largo suspiro—. Aunque no sepa nada, deberíamos agradecer su presencia, Adhemar. No es que seamos precisamente un pelotón para enfrentarnos de nuevo a este maldito asunto. Incluso he pensado que lo más sensato sería avisar a la Orden y pedir consejo.

—Sí, sí, en parte llevas razón, no te lo discuto. —Adhemar se sentó de nuevo y en sus facciones apareció una mueca de cansancio—. Sin embargo, creo que sería mejor esperar unos días, quizás esos muertos no signifiquen nada de lo que nos tememos... Encargarte de transmitir a ese chico que Guillem de Montclar se encuentra en el Masdéu, y hazlo con disimulo, Cabot. No vamos a ponerle al corriente de este desastre de sopetón antes que a su jefe. Quizá lo más conveniente en estos momentos sea dejar que las cosas sigan su propio ritmo, sin empujar. Es preferible que sean ellos los que acudan a nosotros, Cabot... Y recemos para que no surjan complicaciones imprevistas.

—Yo en tu lugar esperaría todas las complicaciones posibles, Adhemar, porque éstas siempre surgen de improviso y sin avisar. —Cabot, con los brazos cruzados, no parecía convencido—. Olvidas que no somos nosotros quienes llevamos la iniciativa... Ya sé que ahora no podemos hacerlo, no hace falta que me dediques un sermón, pero hay que tener en cuenta el peligro que conlleva nuestra ignorancia. Por lo menos, deberías avisar de que algo se está moviendo bajo nuestros pies.

Adhemar se volvió con rapidez, miró a Cabot con un dedo cruzado sobre sus labios, y se acercó a la puerta sin hacer ruido. Respiró hondo y abrió la puerta de golpe asomando la cabeza. Creyó percibir una sombra que desaparecía por el corredor.

—¿Había alguien escuchando? —La voz preocupada de Cabot le llegó como un hálito húmedo en el cogote.

Adhemar volvió a cerrar la puerta con suavidad, con un gesto de duda en la mirada. Cabot, pegado a su espalda, hizo el intento de salir en busca del fisgón, pero el brazo de Adhemar se lo impidió.

—No, no vamos a levantar la liebre tan fácilmente, Cabot. —Las palabras, susurradas en voz baja, llegaron con total claridad al sargento.

—Si sigues así, Adhemar, las «liebres» van a acumularse peligrosamente, no vas a tener flechas suficientes para combatirlas. —Cabot soltó una ronca carcajada—. Deberías avisar a Adelaide de la invasión...

—Cada día es más difícil ponerse en contacto con Adelaide, la bruja de su hija hace lo imposible para impedirme la entrada. —Adhemar estaba abstraído, ajeno a la ironía del sargento—. Ni tan sólo admite un poco de consuelo para su pobre madre... Hay que andar con mucho cuidado, Cabot, sería una catástrofe que este asunto nos estallara en las narices antes de que pudiéramos organizarnos.

—Eso es lo más sensato que has dicho hasta ahora, Adhemar. La prudencia puede beneficiarnos, pero no hay que abusar de ella... —Cabot se detuvo y cerró los ojos con resignación—. Aunque cabe en lo posible que uno de nuestros hermanos se entere de algo y se vaya de la lengua, en esta casa los chismes corren más que el viento.

Se dirigió hacia la puerta con gesto de cansancio y, cuando estaba a punto de abrirla, sus finos oídos captaron voces alborotadas en el piso de abajo.

—¿Oyes eso? —preguntó, contemplando con perplejidad el gesto de su compañero.

Adhemar se inclinaba por la ventana con el cuerpo tenso, atento a lo que sucedía en el patio interior. De repente, se volvió y empezó a correr hacia la puerta seguido por la fiel sombra de Cabot. Se desplazaron con rapidez hacia el patio de armas, donde empezaba a reunirse un pequeño grupo de templarios con la excitación impresa en el rostro.

—¿Qué ocurre, qué ha pasado? —preguntó Adhemar uniéndose al grupo.

—¡Santo cielo, Adhemar, hemos encontrado a frey Berenguer!

—¿El viejo sacerdote? —Adhemar controló en el acto la sorpresa—. ¿Acaso se había ido del convento?

—¡Se ha colgado, Adhemar, ese viejo loco se ha colgado en el granero!

La consternación se adueñó de las facciones de Adhemar, una mezcla de miedo y sorpresa. Miró a Cabot, que estaba a sus espaldas, y reconoció en su rostro la misma expresión de estupor. Se apartaron lentamente del grupo y se dirigieron al granero, incapaces de dar crédito a la noticia. Una sombra se balanceaba, acompañada del chirriar de una vieja viga. Cabot contempló la lengua azulada, hinchada, que sobresalía de un rostro largo y arrugado. Un pequeño taburete yacía a un lado, bajo las piernas que colgaban. Se persignó rápidamente, al tiempo que su mirada recorría cada detalle de la escena que tenía ante los ojos.

—Te lo dije, Adhemar, las complicaciones surgen de improviso y sin avisar, siempre es así...

V

De nada me arrepiento, Jacques, ni tan sólo de lo peor. No hay en mí rastro de culpa que pueda perseguir, ni existe nadie a quien pueda responsabilizar de mis actos. Y reconozco que es un sentimiento profundo que me reconforta y me acompaña.

Encomienda del Masdéu, el Rosselló

La iglesia de Santa María, adosada por el lado norte a la casa-habitación de la encomienda, era un sencillo rectángulo cubierto por una bóveda de cañón apuntado. Austera y sencilla, de una sola nave orientada hacia levante, mantenía la severidad propia de la Orden.

Juan de Salanca y Jacques salieron al patio central y se dirigieron hacia la iglesia. Aún no habían intercambiado una sola palabra desde la entrevista con el comendador, ambos inmersos en sus propias reflexiones.

—Sospecha de nosotros, Jacques... —dijo Juan, rompiendo el espeso silencio.

—¿Y de qué demonios va a sospechar, Giovanni? ¿Acaso crees que no sabe quiénes somos? —ladró el Bretón con un gruñido.

—Quiénes fuimos, Jacques, tenlo presente cuando te refieras a nuestro pasado —recalcó Juan de Salanca—. Ahora sólo somos dos viejos templarios retirados en esta santa casa. ¡Retirados, no lo olvides!

—Ya, entiendo, re-ti-ra-dos... —El Bretón lanzó una bronca carcajada mientras ponía énfasis en cada sílaba—. Lo cual, y en mi idioma, no significa que estemos muertos, maldito genovés papista. Si tú lo estás, ya puedes enterrarte y te juro que asistiré a tus exequias, pero no me confundas más de lo que estoy. Por cierto, deberíamos llamar a Guillem y...

—¡Ya lo has avisado, no me jodas con tus lagunas de memoria! —lo interrumpió Juan de Salanca con ferocidad, recuperando rápidamente su viejo vocabulario—. Y por favor, te lo ruego, dime de una puñetera vez qué vamos a hacer ahora.

—Sí, creo que tienes razón, ya le he avisado. ¿Qué haría sin ti, Giovanni? —Jacques, inmutable, sonrió con tristeza—. Verás, lo primero que debes hacer como buen compañero es corregirme con disimulo si me confundo y, sobre todo, no decirle nada a Guillem. Necesito que me ayudes en esto, Giovanni, me lo debes. Tampoco es tan raro que me confunda a veces, o que me olvide de algún detalle sin importancia; a ti también te pasa, no eres un prodigio. En más de una ocasión te he pillado en falso y no he dicho nada.

—¡Ja, y una mierda, Bretón, no has desaprovechado ni un instante para reírte y mofarte a gusto, no me vengas con esa cara de beata hipócrita! —Giovanni tenía el rostro congestionado, y sólo después de soltar un largo suspiro continuó—: Sin embargo, y por esta vez, haré una excepción y te ayudaré, por la remisión de mis muchos pecados. Te lo debo, tienes razón, pero después de esto habré saldado mi deuda con creces, estaremos en paz. A cambio del favor, dejarás de dirigirte a mí por mis antiguos apodos y te olvidarás de los insultos.

—De acuerdo, Giovanni, te lo prometo, trato hecho —respondió el Bretón con seriedad, saltándose el acuerdo sin pretenderlo.

—No tienes cura posible, te lo aseguro. —Juan de Salanca le observaba debatiéndose entre la perplejidad y la resignación—. No creo que nadie se trague el cuento de que estás bien, Jacques, ni siquiera con mi ayuda. Acabas de prometer que no volverías a pronunciar el nombre de Giovanni, y eso es lo primero que te viene a la boca. ¿Te das cuenta, carcamal?

Jacques se lo quedó mirando estupefacto, sin ganas de discutir. Giovanni tenía razón, era un estúpido iluso al creer que Guillem no se daría cuenta de su desorientación, reflexionó cerrando los ojos y deteniéndose ante la iglesia.

—Creo que me estoy volviendo loco, Giovanni, pierdo la razón. —El Bretón, inmóvil, se frotó la frente con la mano.

—¡No te pongas dramático ahora, por los clavos de Cristo! —Giovanni le observó con preocupación—. Estamos viejos, eso es todo, no le des una importancia que no tiene. También yo me olvido de cosas, a veces ni siquiera sé en qué maldito año vivimos y...

—¡No me mientas, maldito esbirro romano, a ti no te pasa nada parecido! —Jacques negó con la cabeza repetidas veces—. ¡No me trates como si fuera un completo imbécil! Si lo que pretendes es confundirme aún más, te juro que te partiré el cráneo de un solo golpe. Y puedo hacerlo, te lo juro, todavía soy capaz de enviarte a Perpinyà de un sopapo, papista repugnante.

—¡Estoy aterrado, temblando de espanto! —gritó Juan de Salanca con expresión burlona, moviendo los brazos hacia lo alto en demanda de misericordia—. Y ahora, Jacques, escúchame con atención: si sigues por ese patético camino tendrás que hacerlo en solitario, amigo mío, porque no pienso acompañarte en el papel de plañidera. En conclusión, o me dices lo que hay que hacer en este preciso instante, o un servidor se larga a la cocina en busca del barril más grande de vino. Si hay que morir, prefiero hacerlo a mi manera, apestoso carcamal.

Jacques *el Bretón* cerró los enormes puños con fuerza y entornó los ojos. Por un breve instante, el deseo de golpear a Giovanni hasta borrar su insolente sonrisa se impuso con intensidad. Su cuerpo temblaba en un intento de controlar la furia que ascendía como una hoguera. Cuando su puño derecho se alzó sin que la voluntad pudiera detenerlo, el rostro delgado y cálido de Dalmau apareció en su mente con un brillante destello. Repentinamente, la furia se desvaneció de inmediato y su cuerpo se aflojó en una lasitud extraña y agradable. Recordaba el rostro de su compañero con todo detalle, pensó sonriendo de oreja a oreja. Inspiró varias veces con fuerza, como si le faltara el aire, y cuando abrió los ojos contempló el gesto de extrañeza de su compañero.

—¿Qué, vas a matarme ahora, o esperarás a que esté completamente borracho? —Giovanni no mostraba el más mínimo temor.

—Tenemos mucho que hacer, sucia rata angevina —clamó el Bretón, exasperado.

Ante el asombro de Juan de Salanca, Jacques salió de su inmovilidad y avanzó a grandes pasos hacia la iglesia. Le siguió con docilidad, con la duda brotando en su mente. Acaso el Bretón llevara razón y estuviera perdiendo el juicio, caviló, convencido de haber visto en sus ojos el brillo de la locura hacía sólo unos instantes. Un brillo especial que se apagó con la rapidez de un rayo, pero allí estaba... ¿Qué ayuda podía prestarle él en tales circunstancias? Sin embargo, cuerdo o loco, un delgado hilo de gratitud unía su destino hasta el final. Se encogió de hombros en un gesto de aceptación: una deuda era una deuda, y no tenía más remedio que pagarla. Entró en la iglesia sin vacilar, pegado a la sombra de su compañero y fundiéndose con ella. Dos sombras, en eso se habían convertido, pensó cabizbajo, dos sombras perdidas entre las tinieblas de su pasado.

Perpinyà, el Rosselló

Largas nubes de un gris intenso oscurecían la ciudad de Perpinyà y se mezclaban con retazos vaporosos de un blanco sucio y transparente. A lo lejos, una masa oscura amenazaba el cielo con destellos eléctricos. Empezó a caer una lluvia ligera, fría, que dejó las estrechas callejuelas casi vacías. En la plaza Mayor, los escasos campesinos que se habían arriesgado a mostrar su mercancía se apresuraban a cubrir con pieles las frutas y verduras con un gesto de decepción en sus rostros. Los mercaderes, protegidos bajo los porches, imitaron su expresión; aun a cubierto sabían que los posibles clientes se quedarían a resguardo de la lluvia. Un intenso olor a humedad ascendió del suelo y se mezcló con el de la basura acumulada en las calles.

Gausbert de Delfià caminaba a grandes saltos para evitar los incipientes charcos de agua sucia y maloliente que se formaban a su paso. Su boca se torció en una mueca de desagrado. Era un hombre alto y corpulento que destacaba entre los ciudadanos que huían de la lluvia. Un tanto distraído, tropezó con un hombre que corría cargando un grueso fardo de leña y resbaló cuando estaba a punto de superar un considerable charco. Se volvió bruscamente con el rostro crispado por la ira, al tiempo que intentaba mantener el equilibrio. Estaba dispuesto a hacer pagar a aquel estúpido campesino el empujón, pero su reacción fue tardía: el hombre había desaparecido a toda prisa entre la lluvia. Le recordaban, pensó con un amago de sonrisa, le conocían y le temían. ¿Qué otra cosa podía pedirse de aquellos miserables bastardos?

Salió del charco con dificultad, golpeando el suelo con los pies, mientras observaba el rastro de barro en sus elegantes calzones. Sus relucientes botas, de un excelente cuero, parecían zuecos repugnantes, pensó con un gesto de mal humor. ¿Iba a presentarse así ante Guillelma, sucio y cubierto de barro? La pregunta le inquietó durante unos breves instantes, hasta que decidió que no era culpa suya que la lluvia hubiera convertido las calles en un lodazal. Apresuró el paso y no se detuvo hasta llegar a la casa de los Brouilla, escondida en un estrecho callejón tras la muralla de la fortaleza del Temple. Siempre le había gustado aquella casa, que mantenía una característica especial que la hacía diferente de las otras. Una especie de anonimato oscuro envolvía el edificio, como si no existiera, escondido de miradas ajenas y curiosas. Anonimato y secreto, pensó Gausbert con una irónica sonrisa, muchos secretos...

Después de llamar a la puerta, esperó en una pequeña estancia que Guillelma, pomposamente, llamaba biblioteca. Por no haber, no había ni rastro de un solo libro, observó Gausbert con malicia, pero los delirios de grandeza de aquella mujer servían bien a sus intereses, o sea que no podía quejarse.

—¡Señor De Delfià, es un gran placer recibiros! —Guillelma de Brouilla hizo una entrada teatral, vacilando entre la alegría de la visita y la recriminación por una larga ausencia—. Hacía mucho tiempo que no gozaba de vuestra compañía...

Gausbert se inclinó en un cortés saludo, estudiando a su anfitriona con interés. Debía de rondar la cuarentena, calculó mientras tomaba asiento. Era casi tan alta como él, entrada en carnes, con un rostro estrecho y alargado que contrastaba con las generosas formas de su cuerpo.

—Estáis muy elegante, Guillelma, como siempre —mintió con toda naturalidad, sonriendo ante el imprevisto rubor de la mujer—. Lamento mucho no haber venido antes a visitaros, pero mis negocios me han mantenido alejado de la ciudad. Pero, en fin, ya veo que estáis mucho mejor, vuestra salud parece excelente.

—Os lo agradezco, Gausbert, como veis me he cuidado tal y como me aconsejasteis. Aunque, en estos momentos, es la salud de mi madre la que ocupa todas mis energías. —Guillelma bajó la cabeza con coquetería y lanzó un suspiro contenido.

—Me preocupáis, querida amiga, ¿acaso se encuentra enferma?

—Soy una buena cristiana, Gausbert, pero mis desvelos no parecen servir de mucho... —Sus manos tironearon de la falda con nerviosismo en una actuación brillante, que remató con dos esforzadas lágrimas—. Creo que mi pobre madre inicia el camino para reunirse con el Señor, Gausbert, y yo no tengo el remedio para detener su partida.

—¡Mi querida Guillelma, vos no podéis hacer nada contra la voluntad divina! —clamó Gausbert, al tiempo que le tomaba una mano—. Vuestra madre tiene ya muchos años, debéis aceptar lo que es ley de vida.

—Sí, tenéis razón, Gausbert, agradezco vuestras palabras de consuelo. —Guillelma controló una risa nerviosa que parecía bloquear su garganta—. Pero, por favor, contadme cosas de vuestro viaje, siempre lográis rescatarme de la tristeza.

—Haré algo mucho mejor, querida Guillelma, traigo noticias frescas de la ciudad. —Gausbert lanzó una carcajada, coreada de inmediato por su interlocutora—. Noticias que, a buen seguro, merecerán vuestro interés y os distraerán de vuestras penas.

—Contadme, os lo ruego, me tenéis sobre ascuas. Si no fuera por vos, me moriría de aburrimiento en esta asquerosa ciudad. —Las supuestas penalidades de Guillelma desaparecieron en un instante y la mujer se inclinó hacia su visitante con una mueca de avidez.

Gausbert la contempló con una amplia sonrisa de satisfacción, aunque en el fondo sentía una especie de hastío por tanto talento malgastado. Guillelma era tan fácil de manipular que siempre mordía el anzuelo y era previsible hasta el aburrimiento.

—Parece ser que han encontrado algo sumamente desagradable en el Masdéu, querida... —susurró en voz baja sin abandonar su eterna sonrisa.

—¿En la encomienda del Temple?

—En las tierras de la encomienda, para ser exactos. —Gausbert hizo una larga pausa, jugando con la impaciencia de la dama—. Corren rumores de que han hallado tres cadáveres... ¿Os lo podéis imaginar?

El estrecho rostro de Guillelma se alargó, sus angulosos pómulos se acentuaron aún más. Su expresión era de auténtico asombro, como si fuera incapaz de calibrar la importancia de la noticia.

—¿Cadáveres? ¿Queréis decir difuntos? —balbució confusa—. No os entiendo, ¿qué puede significar un hallazgo así? Los templarios tienen su propio cementerio, Gausbert, pueden enterrar allí a quien les plazca; pagando, por supuesto. ¿Tres cadáveres? Vamos, amigo mío, en ese cementerio deben de haber centenares de difuntos que, incluso muertos, buscan la protección de la Orden.

—Tenéis razón, Guillelma, pero esos muertos de los que os hablo no salen de su cementerio, sino de su vertedero —remató Gausbert con sarcasmo.

—Pues sigo sin entenderos... ¿Estáis insinuando que esos pobres difuntos no recibieron un entierro cristiano? —Guillelma pasó del asombro a la sospecha—. ¿Acaso son herejes? No me extrañaría, son capaces de todo, ya lo han demostrado en demasiadas ocasiones. Creen que las leyes no van con ellos, e incluso acogen a criminales, todo el mundo lo sabe.

—Os repito que, por ahora, son simples habladurías. Se trata de cadáveres antiguos, Guillelma, parece que llevaban mucho tiempo escondidos entre los desechos... —Gausbert inspiró una bocanada de aire y continuó—. Ese descubrimiento ofrece múltiples posibilidades de interpretación. ¿Qué motivo podrían tener para hacer algo así?

—Entiendo, vos pensáis que esconden algo ilegal, Gausbert, algún pecadillo templario que nadie conoce... —Los ojos de

Guillelma brillaron de excitación y sus manos se crisparon sobre su falda—. ¿Los cuerpos pertenecen a mujeres, mujeres preñadas? Tampoco me extrañaría, ya os he dicho que esos hombres son capaces de todo.

—No puedo aseguraros nada antes de confirmar la fiabilidad de mis fuentes, Guillelma, comprended que es un tema delicado. Sin embargo, lamento decepcionaros, pero me temo que los tres cuerpos pertenecen a varones. —Gausbert alzó los ojos hacia el techo en un gesto de profunda meditación y, después de una pausa, añadió—: Desde que me he enterado de la noticia, no puedo dejar de pensar en vuestro padre y...

Dejó la frase sin terminar, en el aire, a la espera de que su anfitriona atara los cabos sueltos. Gausbert estaba seguro de que la sugerencia era clara, precisa, pero dudaba de la rapidez de reflejos de la mujer, que no destacaba precisamente por su inteligencia.

—¿Mi padre? —La boca de Guillelma, pequeña y de labios finos, se curvó en un arco que descendía hacia la barbilla—. ¿Qué tiene que ver mi padre en todo esto?

—No he dicho que vuestro padre tenga algo que ver, Guillelma, sólo que el hallazgo del Masdéu me ha hecho pensar en él, aunque no sabría explicaros por qué... —Gausbert se permitió otra larga pausa antes de continuar, debía andar con tiento—. He recordado la extraña desaparición de vuestro padre, amiga mía, y también el incomprensible testamento que dejó.

—Mi padre se largó a Tierra Santa hace muchos años, Gausbert, sin avisar ni despedirse, ni tampoco procurar por la seguridad que su familia merecía —respondió la mujer con acritud, abandonando de repente su anterior cortesía—. Simplemente huyó, y allí murió de unas fiebres... Dios no perdona a los irresponsables, Gausbert, y su castigo no se hizo esperar, pues ni siquiera le permitió empuñar la espada en su nombre.

—Perdonad, no ha sido mi intención ofenderos, Guillelma, y no quisiera remover recuerdos que no os son gratos. —Gausbert retrocedió con cautela, pues no quería precipitarse—. Sin embargo, todo lo que sabéis y me contáis es así porque así os lo explicaron. Vuestra única referencia acerca de la desaparición de vuestro padre procede directamente del convento del Temple. ¿Nunca lo habíais pensado? Nadie más confirma o niega esa versión, Guillelma... Bien, con la excepción de vuestra madre, aunque todos conocemos sus simpatías por la Orden.

Las insinuaciones iban cayendo en la mente de Guillelma como semillas a la espera de un aguacero. Crecían despacio, sabiamente alimentadas, con la esperanza de que el rencor innato de su carácter se convirtiera en el abono definitivo.

—Sigo sin entender adónde queréis llegar, Gausbert, no veo la relación. Os ruego que seáis más claro al expresar vuestras sospechas. —La falda de seda crujía entre sus dedos con un sonido peculiar—. ¿Estáis insinuando que los templarios mintieron?

—¡No, no, por Dios, no tengo ninguna prueba para una acusación tan grave, Guillelma! —exclamó Gausbert en tono ofendido—. Os repito que es una simple especulación, sin malicia ni segundas intenciones, amiga mía. Confieso que la desaparición de vuestro padre siempre me intrigó, no era un hombre que actuara de manera tan improvisada... Soy mayor que vos, Guillelma, yo le conocía y le admiraba, y por ello me cuesta aceptar que Girard fuera capaz de abandonar a su familia a su suerte, no puedo comprenderlo.

—Lo que vos sospecháis, Gausbert, es que uno de esos cadáveres encontrados en el Masdéu puede ser el de mi padre —afirmó Guillelma tajante, en un acto de lucidez—. ¿Cómo podéis concebir algo tan monstruoso?

—Por el maldito testamento, Guillelma, ésa es mi única sospecha. —Gausbert lanzó un suspiro de alivio, por fin aquella estúpida mujer se prestaba a entrar en el juego—. Yo conocía bien a vuestro padre, y os aseguro que jamás habría hecho una cosa parecida: desaparecer repentinamente y dejar a su familia en la miseria, dependiendo de la caridad del Temple... ¡No me lo creo, Guillelma, él os amaba profundamente.

—Lamento deciros, Gausbert, que mi padre nunca demostró el menor afecto por mi persona, nunca fui objeto de su interés. En cuanto a mi madre, creo que la despreciaba, y sus razones tendría... —Guillelma negó con la cabeza, al tiempo que un destello de recelo iniciaba un recorrido por su mirada—. Ignoro el motivo de vuestras sospechas, Gausbert, ni la razón por la que me habláis de ellas en este preciso momento. Creo que fantaseáis con su muerte, pero también sé perfectamente que conocíais la decepción de mi padre por no tener un hijo varón. En mi opinión, ésa era la causa por la que despreciaba a mi madre con todas sus fuerzas, y puedo aseguraros que nunca disimuló ese sentimiento.

Gausbert de Delfià reconoció su error de inmediato. Quizá no fuera tan fácil como pensaba y se había precipitado inútilmente, reflexionó. Era necesario arreglar el tropiezo con rapidez, sin dar tiempo a una reacción adversa. Era una mujer complicada y, aunque carecía de inteligencia, era lista, cosa que había olvidado. La mente de Gausbert hervía en busca de una solución. ¿Cómo podía haber cometido un error tan garrafal? No había sido una buena idea hablar de Girard de Brouilla de manera tan superficial, sin tener en cuenta el rencor que su hija le profesaba.

—Lo último que quisiera es haberos ofendido con mis estúpidas elucubraciones, Guillelma... —Un tono lastimero se elevó trepando por las paredes, dando visos de verosimilitud al arrepentimiento de Gausbert—. Soy un perfecto imbécil, sin tacto ni educación, y no tengo perdón de Dios al molestaros con mis absurdas teorías. Sería una indignidad pediros perdón, no lo merezco.

—Vamos, Gausbert, no me habéis ofendido en absoluto. —Guillelma se ablandó ante el convincente acto de contrición—. Conozco vuestras buenas intenciones, amigo mío, pero espero que comprendáis mis sentimientos.

—Sois demasiado buena conmigo, Guillelma. —Gausbert se detuvo con fingido embarazo—. Vuestro padre fue mi maestro, mi inspiración, y daría todo lo que tengo para que vos pudierais recordarlo como lo hago yo. Aunque no lo creáis, y os entiendo perfectamente, un hombre no sabe hablar de sus emociones, y mucho menos de sus sentimientos. Me veo incapaz de expresaros la profunda admiración que me inspiráis.

Las palabras de Gausbert, aun sin ser sinceras, dieron en el blanco. Un dardo sabiamente dirigido al centro exacto de las carencias de su anfitriona. Guillelma se ruborizó y un color rojo estalló en sus flacas mejillas hasta adquirir la intensidad de una hoguera. Sus ojos, pequeños y separados, se entornaron con un temblor de emoción.

—No digáis eso, Gausbert, sabéis que estoy atada a mis obligaciones —murmuró la mujer en un susurro—. Mi madre es muy anciana, un día llegara su hora, y quizás entonces...

—Entonces, queridísima Guillelma, estaré a vuestro lado, como siempre. —Gausbert se apresuró a terminar la frase por ella.

Guillelma de Brouilla se estremeció y sus manos abandonaron la falda para dirigirse, temblorosas, hacia su rostro. Ardía de emoción, una experiencia nueva para ella. Gausbert era un hombre tan distinguido, pensó, tan apuesto e inteligente... Debía de tener dos o tres años más que ella, caviló, pero nunca se había casado. Era algo extraño, aunque acaso no hubiera conocido a la mujer adecuada. Guillelma no estaba acostumbrada a los halagos de los hombres, incluso había dejado de soñar en un futuro más agradable del que tenía. Por estas razones, y quizá por otras menos confesables, no pudo evitar un sentimiento desconocido de satisfacción que pocas veces se permitía. No obstante, a pesar de los halagos recibidos, algo turbaba de manera insistente su mente: ¿qué significaban las insinuaciones de Gausbert y qué pretendía...? Aunque se sentía halagada por su interés, no acertaba a entender los motivos de la descabellada teoría que le había sugerido. Por otra parte, Guillelma también desconocía la supuesta admiración de Gausbert por su padre, incluso ignoraba que se conocieran...

Despidió a Gausbert de Delfià con cortesía no exenta de recelo, aunque procuró disimular su desconfianza. Volvió a la biblioteca y pidió a la sirvienta una copa de vino. Necesitaba pensar. ¿Cuánto hacía que conocía a Gausbert de Delfià? Unos dos años escasos, meditó, aunque sus familias mantenían una larga tradición de amistad. Sin embargo, todos habían muerto, ése era el supuesto motivo por el que Gausbert había vuelto a la ciudad: para hacerse cargo de su patrimonio. Según el, se había dedicado a viajar... Mucho viaje para tan largo tiempo, siguió reflexionando Guillelma mientras apuraba la copa de vino. No había mostrado el menor interés por ella en sus breves visitas a la ciudad, hasta hacía unos tres meses... Era un dato que tener en cuenta, no podía dejarse llevar por sus palabras melosas y sus halagos sin tener el convencimiento de que no mentía. Y Guillelma, como la eficaz falsaria que era, tenía un sexto sentido que detectaba las argucias con una precisión casi perfecta. ¿Estaba engañándola Gausbert?, se preguntó con frialdad. Y si era así, ¿qué motivo existía para ello? Vacilaba, se resistía a renunciar a su pretendiente, pero las semillas sembradas por Gausbert crecían de forma acelerada, sin que Guillelma intentara detenerlas. Suspiró con pesar, pensando que en realidad sabía muy poco de aquel hombre. Su familia había desaparecido de la ciudad repentinamente muchos años atrás, casi tantos como hacía de la muerte de su padre... Una sensación helada se apoderó de su interior y detuvo su reflexión, no podía pensar en el bastardo de su padre sin que su alma ardiera en hielo, puro hielo que detenía los latidos de su corazón.

VI

Sin embargo, los tiempos han cambiado y soy incapaz de adaptarme a su ritmo. No son mejores que los que conocimos, aunque tampoco peores, amigo mío. Acaso sean, simplemente, diferentes. Siento que, de repente, me he convertido en un extraño que camina entre rostros conocidos.

Perpinyà, el Rosselló

Un rayo iluminó el cielo y, casi de inmediato, el sonido del trueno acompañó a su brillante hermano expandiendo un rugido que hizo temblar el suelo. Ebre, envuelto en su capa, entró cabalgando en la ciudad por la puerta de la Sal, aunque no estaba muy seguro del lugar. La cortina de agua era tan espesa que se había transformado en un muro sólido e impenetrable, impidiéndole saber con exactitud dónde se encontraba realmente... Buscar a Guillem de Montclar siempre representaba un riesgo, murmuró entre dientes, mientras un escalofrío recorría su empapada espalda. Estaba helado y tiritando de frío. Acostumbrado al intenso calor de los desiertos de Palestina de los últimos años, aquella repentina tormenta parecía un negro presagio que se introducía en sus huesos en forma de agudos alfileres.

Estaba preocupado, temía la reacción de Guillem en cuanto le echara el ojo encima. Seis años podían cambiar muchas cosas, caviló cabizbajo mientras la lluvia azotaba su rostro. No veía nada, estaba desorientado y perdido. Aflojó las riendas y dejó que el caballo eligiera el camino por él, tenía la desagradable sensación de haber estado dando vueltas sobre sí mismo, extraviado en el laberinto de estrechas callejuelas de la ciudad, un símbolo del estado de su alma.

Hacía seis años, dos meses y nueve días que había huido de todo lo que representaba Guillem de Montclar. Por entonces su enfado superaba con creces cualquier otro sentimiento, convencido de que no valoraban su esfuerzo ni su compañía. Sin embargo, una vez en Palestina, en aquellas hermosas tierras de las que tanto le había hablado Guillem, comprendió que tanto su superior como el Bretón siempre le habían protegido en exceso. Ésa era su única culpa y la razón de su confuso enfado, admitió Ebre en un arranque de sinceridad interior. A pesar de todo, una duda quedó escondida en algún lugar secreto de su mente: ¿deseaba seguir los pasos de Guillem, su maestro? ¿Quería convertirse en un espía como él? La cuestión apareció, insistente, y Ebre frenó la marcha de su caballo de manera involuntaria. Por un instante, le pareció ver el rostro sarcástico de frey Beson que asomaba entre la cortina de agua y murmuraba unas palabras que resonaron en sus oídos.

«No busques excusas absurdas, chico, tú no has nacido para encerrarte en un convento a rezar ni eres un campesino que sepa cuidar de la tierra. Reconócelo, Ebre, te estabas divirtiendo de lo lindo jugando a aprendiz de espía desde que eras un crío. Acéptalo de una vez, no dejes de correr tras tu serpiente voladora...»

No había discusión posible con frey Beson, admitió Ebre, inmóvil bajo la lluvia; él siempre tenía razón. El viejo templario que le crio en la fortaleza de Miravet sabía más de su persona que él mismo. Y era cierto, desde luego, se había divertido como un loco con las misteriosas aventuras de Guillem. Cerró los ojos y recordó la sensación del miedo recorriendo su espalda, una línea recta que viajaba por su columna en un placentero cosquilleo. Admiraba a Guillem, pensó todavía inmóvil, empapado y chorreando agua. Quizá le admiraba en exceso...

La idea atravesó su mente convertida en una minúscula chispa que crecía, una chispa que amenazaba con convertirse en un relámpago desgarrador. Ebre bajó la cabeza, el agua resbalaba por su barbilla como un río desbordado. En realidad era eso, admitió con asombro en un repentino acto de lucidez. No había huido por la razones que suponía, simples excusas de un adolescente airado, no. Si lo había hecho era porque en lo más profundo de su alma temía decepcionar a su maestro y no soportaba la idea de contemplar el menor gesto de decepción en la mirada de Guillem.

La repentina revelación conmocionó al joven. Una intensa sensación de vergüenza le invadió con fuerza, una descarga emocional que parecía socavar sus propios cimientos. El relincho inquieto de su caballo le obligó a salir de su ensimismamiento para afrontar la tormenta que seguía cayendo sobre su cabeza. Debía pensar detenidamente en aquella idea que le quemaba las entrañas, pensó despertando de su abstracción, tenía que asumir su error y buscar una solución a su cobardía.

Un nuevo relámpago iluminó la oscuridad y permitió a Ebre, desconcertado y confuso, orientarse por las callejuelas. Estaba en el barrio de Sant Mateu, se dijo con un suspiro de alivio, reconocía la estructura de las casas. Había estado allí con Guillem quien, en su afán por instruirle, le había explicado con detalle el esfuerzo del Temple por levantar aquel barrio: «Desde el antiguo camino de Malloles, la Orden abrió nuevas calles, Ebre, calles paralelas y transversales. Urbanizó los viejos terrenos construyendo casas de alquiler. La ciudad está creciendo, muchacho, desborda las murallas, y te aseguro que es un negocio excelente.»

Ebre dio media vuelta en un intento por orientarse, la casa del Temple no debía de encontrarse lejos. Forzó la mirada procurando captar la inmensa mole de la fortaleza templaria, un impresionante palacio urbano, según recordaba, parecido al de Barcelona. De golpe se encontró ante un muro de gran altura, de un gris oscuro que se confundía con la tonalidad de la lluvia. Lo resiguió con la voluntad de un ciego y buscó la entrada envuelto en la neblina. Finalmente, la gran puerta que defendía el convento templario se abrió, dejó pasar a un empapado Ebre y se cerró de nuevo con un sonido que se impuso a la tormenta.

El Coronell del Temple, tal y como se le denominaba, era un impresionante convento urbano plantado en el corazón de la ciudad. Rodeado de arcadas y tiendas, tras las que se levantaban sus gruesos muros, dominaba la vida comercial y, en ocasiones, la política de una urbe que crecía a un ritmo vertiginoso. Un gran atrio daba paso a su interior. A su izquierda, las dependencias del archivo templario, con sus puertas forradas de hierro; a la derecha, la sacristía, que comunicaba con la iglesia, Nuestra Señora del Temple. Al fondo, una escalera de piedra ascendía al patio de la planta noble. El repiqueteo de la lluvia sobre las losas de piedra acompañó a Ebre hasta el interior. Lanzó un profundo suspiro de satisfacción y bajó del caballo, permitiendo que sus hermanos de religión le llevaran hasta una cálida estancia y le proporcionaran ropas secas. Junto a la chimenea, todavía temblando de frío, un soñoliento Ebre pensó que, finalmente, había llegado a casa.

Encomienda del Masdéu, el Rosselló

En medio de la nave de la iglesia, una improvisada tarima de madera acogía los restos de los cuerpos desenterrados. Un olor a humedad y descomposición avanzaba hacia los arcos ojivales de la bóveda. Tres hombres se movían discretamente alrededor del punto central, hombres del Temple de toda confianza. No eran parte de la comunidad, sino siervos que trabajaban las tierras de la encomienda a cambio del favor de la Orden, los *homines propii*, ligados a ella por un contrato de vasallaje. Jacques *el Bretón* avanzó hasta la tarima cubierta por una sábana y se detuvo a su lado.

—Frey Jacques, ¿dónde queréis que dejemos esto? La hora del rezo se acerca, y dudo que la comunidad quiera compartir su oración con... —El hombre dudaba—. Bien, con «eso» aquí en medio.

—Ya, Dios nos libre de perturbar el ánimo de nuestros hermanos con el hedor de la muerte —se burló el Bretón ante el asombro de su interlocutor—. Veamos, ¿dónde vamos a tirar esa maldita porquería que...?

—A las caballerizas, vamos a trasladarlos a las caballerizas —interrumpió de golpe Juan de Salanca, mientras daba un fuerte codazo en las costillas de su compañero—. Creo que será el lugar más tranquilo para seguir con nuestras investigaciones. Os agradezco el aviso, Pierre, éste no es el lugar adecuado... Supongo que el comendador te ha notificado que vamos a hacernos cargo de este desagradable asunto.

—Sí, eso me ha dicho, me ha ordenado que siguiera vuestras indicaciones... —El hombre volvió a vacilar, observando al Bretón de reojo—. Sean cuales fueren, frey Juan.

Ante la mirada impasible y silenciosa de Jacques, los hombres cargaron con la tarima y se encaminaron a la salida de la iglesia. Juan de Salanca, encabezando la comitiva, daba instrucciones acerca de la mejor manera de atravesar el patio sin molestar a sus hermanos templarios. Su jornada laboral terminaba y, lentamente, todos acudían al convento para asearse antes de los rezos. Fue una operación rápida y eficaz y, en poco tiempo, atravesaban las puertas de las caballerizas situadas en el lado norte. Los hombres dejaron su carga en uno de los establos vacíos y desaparecieron con la misma discreción con que habían llegado.

—Por fin solos... —exclamó Giovanni, cruzando los brazos—. Y tú deberías andar con cuidado con tus groseras expresiones, Jacques, de lo contrario sí que van a pensar que te has vuelto completamente loco.

—Se avecina una buena tormenta, está empezando a llover... —musitó Jacques, ajeno al comentario.

—No juegues conmigo, maldita sea tu estampa, por mí puede llover hasta el día del juicio. —Un sonoro trueno le sobresaltó, acelerando los latidos de su corazón, que pareció pugnar por huir de su pecho—. No me gustan los cadáveres, no me gusta estar aquí y tú, con tus desvaríos, todavía me gustas menos.

—Cálmate, Giovanni, no pierdas los nervios. —El Bretón observó los cuerpos con curiosidad, sin reaccionar siquiera ante el estampido de un nuevo trueno que sacudió los cimientos del establo.

Era difícil calcular el número de cuerpos que había en el extraño envoltorio. Estaban envueltos en un sudario blanco, atados cual morcillas con una gruesa cuerda, y sólo sobresalían levemente dos cráneos amarillentos. Jacques se acercó, sacó un cuchillo de considerables proporciones y cortó la cuerda antes de que Juan de Salanca pudiera dar su opinión.

—Pero ¿qué demonios haces? —espetó con un gesto de temor—. ¡Por todos los santos, están tan pegados que ni siquiera libres de la cuerda se mueven.

—Giovanni, lo realmente espantoso sería que se movieran después de tanto tiempo, ¿no te parece? Entonces, tendrías mi permiso para aullar de terror y salir corriendo. —Jacques lanzó una carcajada y empezó a dar palmadas—. ¡Buuuuu, Giovanni, los muertos vienen a buscarte, buuuuu!

—Ese paño que los cubre es una capa del Temple —afirmó Giovanni, que no estaba para bromas macabras—. Le han arrancado la cruz plateada, aquí, ¿lo ves? Pero bueno, qué estoy diciendo, si tenemos al auténtico sepulturero entre nosotros. ¡El famoso Jacques *el Bretón*, enterrador por vocación!

—Sí, Giovanni, tienes razón en todo lo que dices. —El Bretón aplaudió con sus manazas—. Aunque a tenor de los resultados, habrás comprobado que no soy muy hábil cavando fosas.

—¿Vas a decirme de una maldita vez lo que está ocurriendo? ¿Quiénes son esos individuos? —exigió con voz temblorosa—. Si no me lo dices, te juro por mi madre que volveré a enterrarlos y me olvidaré de su existencia. Y serás tú, Jacques, quien le explique al comendador los detalles del entierro.

—No te lo tomes así, Giovanni, esos tres no se merecen tanto desvelo. —Jacques arrugó la frente en un gesto de concentración—. No creo que debas saber más de lo estrictamente necesario, podría alterar esa frágil paz que tanto estimas.

—Pero tú los enterraste...

—Cierto, ya te lo he dicho.

—¡No me digas que has olvidado quiénes eran! —Una sombra de alarma cruzó la mirada de Juan de Salanca—. Jacques, dime la verdad de una vez, ¿sabes quiénes son esos desgraciados?

—No comprendo tanto aspaviento por esos tres hijos de puta, Giovanni.

—O sea, que por lo menos sabes que eran unos hijos de mala madre, ¿no es así? —Juan de Salanca empezaba a temerse lo peor—. ¿Los mataste tú, Jacques?

—Que no, Giovanni, te repito que sólo los enterré. Aunque creo recordar que me habría gustado rebanarles el cuello con mis propias manos, me parece que Bernard se me adelantó y...

—¿Qué crees recordar? ¿Qué significa eso? —gritó Juan de Salanca fuera de sí—. ¿Los mató Bernard Guils, sí o no?

—Es probable, era muy suyo con sus cosas. Es el único que se me ocurre que pudiera tener una idea tan brillante. ¿Te has fijado? —El Bretón volvió a acercarse a los cadáveres—. Atados en la vida y la muerte, sin remedio ni escapatoria, los muy hijos de puta.

—En conclusión, recuerdas que los enterraste, pero no estás seguro de quiénes son, ni tampoco si Bernard acabó con ellos, aunque repites como una cotorra que eran unos hijos de mala madre... —La paciencia de Juan de Salanca llegaba a su fin—. Pero ¡por la santísima cruz del Gólgota! ¿Qué hicieron esos cabrones para merecer esto?

—¡Por qué, por qué! Pero ¿qué importa ahora, Giovanni? —Jacques, nervioso, parecía alterarse a ojos vista—. ¡Quizás importaba entonces, pero ahora todo esto no vale una mierda!

Juan de Salanca bajó la cabeza, abatido. Se sentó sobre un montón de paja y clavó sus ojos en las enormes espaldas de su amigo. Jacques deambulaba arriba y abajo del establo con la mirada perdida, farfullando ininteligiblemente. Peor no podía ir, se consoló Giovanni, sin saber qué hacer ni qué decir. Acaso fuera un ataque temporal y Jacques se recuperara en unos minutos... Le había presionado demasiado, pensó con cierto embarazo, y le había gritado. Jacques no soportaba los gritos, se bloqueaba y entraba en su mundo para escapar de ellos. Lanzó un profundo suspiro y cerró los ojos. Esperaría, dejaría que se calmara y volviera a la realidad.

Un foso recorría los cuatro lados del rectángulo irregular que formaba la Encomienda del Masdéu. Sus murallas, de casi un metro y medio de grosor, se alzaban en la difusa claridad del atardecer con la silueta oscura de sus cuatro torres que destacaban como vigilantes centinelas.

Guillem de Montclar aspiró el aroma de la hierba húmeda y contempló el rugir de la tormenta. Después, cruzó el puente levadizo que salvaba el foso hasta llegar a los portones de entrada. La cruz paté del Temple le observaba desde la piedra del dintel. Entró en el enorme patio del Masdéu, *la plaça*, flanqueado de edificaciones en sus lados norte y levante, y saludó al portero que acababa de cerrar las puertas. Su vista recorrió el gran patio hasta detenerse en la torre que se alzaba en su centro. Bernard Guils le había enseñado la encomienda por primera vez con todo detalle hacía ya muchos años, incluso le había guiado por el profundo subterráneo que se hallaba bajo la torre, la mazmorra. Frente a él, en el otro extremo, contempló la iglesia de Santa María, entre el cementerio y la casa-convento. A su lado, el portero le observaba con interés, como si adivinara sus pensamientos. Después de unos segundos, le dejó solo y volvió a sus dependencias al lado del portón de entrada.

Guillem oyó voces que provenían del establo, voces familiares. Desmontó y cogió las riendas. Para su sorpresa la yegua le siguió dócilmente, con el hocico bajo, resoplando, como si también hubiera husmeado un olor familiar. Cuando entró en el establo empezó a llover con fuerza,. Un hombre se volvió hacia él con una expresión de alivio en el rostro, mientras su montura corría hacia el fondo del establo con un relincho de alegría. Oyó el vozarrón de Jacques *el Bretón*, escondido en algún lugar, que también parecía encantado.

—¡Si es *Xiqueta*, la chica más guapa del Masdéu! —bramaba el Bretón entre relinchos de felicidad—. Has vuelto a casa, preciosa...

—¿Cómo estás, frey Juan de Salanca? Hace tiempo que no nos vemos —saludó Guillem, asombrado por el cambio repentino de la yegua—. Quizá me haya equivocado al venir, quizás el Bretón haya llamado a la yegua y no a mí.

—No te has equivocado, Guillem —respondió Juan de Salanca con una amplia sonrisa—. El Bretón crio a esa potrilla para ti, pero le cogió tanto cariño que incluso hizo un drama cuando se la llevaron. Se parecen, ¿sabes?, los dos andan coceando al primero que se presenta.

—Bueno, pues ya estoy aquí, ¿a qué viene tanta urgencia, Giovanni? —Guillem se tapó la boca con una mano—. Lo siento, se me ha escapado tu nombre de guerra, me cuesta mucho llamarte de otro modo.

—Bah, da igual, Jacques me llama así a todas horas, incluso todo el mundo empieza a llamarme Giovanni, creen que es una broma del Bretón. —Juan de Salanca pareció súbitamente deprimido—. Mientras no me llames bastardo papista, me da igual.

—¡Qué demonios es eso! —exclamó Guillem con una mueca, llevándose la mano a la nariz.

—«Eso» es exactamente el motivo de la urgencia, Guillem. —Giovanni tragó saliva ruidosamente—. Por «eso» te llamó el Bretón... Y también el comendador, desde luego, pero dudo que te haya llegado su mensaje de auxilio. Si todavía no se ha marchado a Perpinyà y te ve por aquí, va a creer en los poderes sobrenaturales de los espías de la casa, cosa ya de por sí bastante extendida.

—¿De dónde habéis sacado esos cadáveres? —Guillem se acercó al bulto de la tarima—. ¿Por qué están atados los tres de manera tan extraña? ¿Para que no se escapen del infierno?

—Los encontré yo, en el Plasec.

—¿Y qué demonios hacías tú en ese vertedero? Creía que te encargabas de gestionar las tierras de pasto para el ganado. —Una sonrisa burlona apareció en los labios de Guillem—. ¿O es que acaso te matan de hambre en esta casa y andas hurgando en las basuras?

—Hace ya dos años que no me ocupo de las tierras de pasto, estoy demasiado viejo para pasarme todo el día sobre un caballo. —Giovanni le lanzó una mirada de disgusto—. Fui allí por orden del comendador, quería que limpiara un poco y...

—¿Limpiar un vertedero? —Guillem se acercó a Giovanni y siguió preguntando, sin abandonar la ironía—: ¿Y eso qué significa?

—No tengo la menor idea, no acostumbro discutir las órdenes del comendador. Pero no tuve que escarbar mucho, te lo aseguro; esos muertos brotaron enseguida.

—Entiendo, ¿sugieres que alguien había pasado antes para facilitarte el trabajo?

—Yo no he dicho eso, pero todo podría ser —respondió Giovanni en tono enigmático.

—¡Menuda respuesta, Giovanni! —Una atronadora carcajada resonó en el establo—. Me alegra confirmar que tu alma angevina y romana sigue intacta y, gracias a Dios, no has perdido el sentido del humor.

Guillem se giró con impaciencia clavando su mirada en el Bretón, que seguía ajeno a su llegada. El hombretón se abrazaba a la yegua con entusiasmo, acariciándola con ternura, mientras el animal, en una conducta sin precedentes, se mantenía inmóvil, lanzando suaves resoplidos de satisfacción.

—¿Y a éste qué demonios le pasa? —preguntó a Giovanni.

—Nada, no le pasa absolutamente nada... —La precipitada respuesta consiguió alertar a Guillem, que se vio obligado a añadir—: ¿Qué quieres que le pase? Que yo sepa siempre ha sido el mismo bruto carcamal, no tiene remedio, deberías saberlo.

—Pues mira por dónde lamento llevarte la contraria, Giovanni, porque esa modalidad de carcamal me es totalmente desconocida. —Una inquisitiva mirada taladró a Giovanni en un destello frío—. Me llama con urgencia como si estuviera a punto de desencadenarse el Apocalipsis y, acto seguido, corre como un loco para fundirse en un abrazo con mi caballo. Y así durante media hora, ¿tú crees que eso es normal?

Antes de que Giovanni pudiera responder, una fuerte palmada se estrelló contra la espalda de Guillem y le hizo tambalear.

—¡Pero bueno, chico, no tienes buena cara! —gritó el Bretón, abrazándole—. Estás empapado, ¿dónde te habías metido, espía del demonio?

—Me has llamado con urgencia, Bretón, y aquí me tienes. Empapado pero vivo... —Se apartó un paso para observar a su compañero con curiosidad—. ¿Estás bien?

—Desde luego que estoy bien, ¡por los clavos de Cristo, estoy perfectamente! —respondió el Bretón, desplazando su mirada hacia Giovanni con recelo—. ¿Ya has visto lo que hemos encontrado en el Plasec?

—Lo estoy viendo, Jacques, un par de fiambres envueltos como si fueran una morcilla, todo un detalle funerario que apesta... ¿Y qué importancia tienen esos muertos, si puede saberse? —inquirió bruscamente—. Si todos fuéramos hurgando en la tierra, recogeríamos más muertos que setas, Bretón. ¿Puedes explicarme qué tienen esos dos para ser tan especiales?

—Tres, son tres muertos, no dos... —remarcó Jacques, vacilando—. No ves al tercero porque se ha escurrido entre sus compinches.

Un silencio sepulcral se apoderó del establo. Giovanni cerró los ojos en un largo suspiro, los latidos resonaron en su pecho como un tambor de fiesta. Jacques, con las manos a la espalda, sonreía con candidez soportando el escrutinio de Guillem de Montclar.

—Tres difuntos... —afirmó Guillem, moviendo la cabeza de lado a lado sin dejar de observar al Bretón—. ¿Y tú cómo demonios lo sabes? A simple vista es imposible detectarlo y, por lo que veo, ni tan sólo habéis abierto ese repugnante fardo.

Jacques *el Bretón* levantó la vista hacia el techo del establo, sin saber qué responder. ¿Por qué le interrogaba como si fuera un vulgar delincuente? Estaba seguro que dentro del fardo había tres cuerpos, recordaba haberlos visto perfectamente. Tres, no había duda, pero... ¿qué podía responder? También estaba seguro de haberlos enterrado, Bernard se lo había ordenado: esconderlos en el vertedero del Plasec, eso le había dicho, ¿no? Una espiral de neblina giraba en la mente de Jacques, de forma que la silueta de Bernard Guils perdía nitidez y era devorada por ondas concéntricas que giraban y giraban. Vio una mano que se acercaba a él en demanda de auxilio, la mano de su amigo, las palmas abiertas en un signo de extraña comprensión. Sin embargo, Bernard estaba muerto, pensó Jacques con lágrimas en los ojos, Bernard no volvería para recordarle lo sucedido...

Jacques *el Bretón* hizo un esfuerzo por dominar el sollozo que pugnaba por salir de su garganta, no podía responder a Guillem porque no se acordaba de nada. De casi nada... ¿Qué le estaba ocurriendo? Ante el asombro de sus dos compañeros, dio media vuelta y desapareció en uno de los establos. Tenía que controlarse, pensar con calma, rezar para que Bernard volviera del mundo de los muertos y le ayudara... ¡Dios, cuánto le había echado de menos!

VII

No tengo la convicción necesaria para cambiar,
ni tampoco la fe me acompaña como antes. Prefiero la duda, Jacques, bordear el filo de su abismo en
equilibrio. Es así como hago mi trabajo y evito la
barrera de los escrúpulos. Y lo hago bien, muy
bien, nadie me lo discute.

Perpinyà, el Rosselló

La noche caía lentamente sobre la ciudad, iluminada por un tenue resplandor rojizo que iba apagándose. Una ligera llovizna helada mantenía viva la memoria de la tormenta y el reflejo de las hogueras que iluminaban la plaza de los Predicadores hacía temblar el agua acumulada en los charcos. Una silueta se acercó al portal de la entrada del convento y llamó con suavidad. Mientras esperaba se apoyó en la jamba, a resguardo de la fina lluvia.

Era un convento nuevo, en el que aún se observaban materiales de construcción arrinconados. En 1245, Jaume I había ofrecido al prior de los dominicos, Ponç de Lesparre, la antigua leprosería para que estableciera un convento de la Orden. En 1277 las obras estaban ya muy avanzadas y los frailes negros tenían prisa por instalarse en el corazón de la ciudad. Su convento empezaba a tener la importancia que merecía y era sede de actos importantes, como la firma de tratados reales. Jaume II, rey de Mallorca, había sellado allí un acuerdo en el que rendía vasallaje a su hermano, el rey Pere.

La Orden de los Predicadores conocía la importancia de la ciudad, sede del reino de Mallorca. En su testamento, Jaume I el Conquistador había legado a su segundo hijo, también llamado Jaume, el reino de Mallorca, los condados del Rosselló y la Cerdanya, el señorío de Montpeller, la baronía de Omeladès y el vizcondado de Carladès. Sin embargo, los dominicos también sabían que Jaume II de Mallorca tenía graves problemas en aquel momento. La guerra de su hermano Pere en Sicilia le había puesto en un aprieto, y su fidelidad se tambaleaba. Por un lado era vasallo del rey de Aragón, pero también había rendido homenaje al rey francés por el señorío de Montpeller, una doble lealtad conflictiva. La excomunión de su hermano Pere, dictada por el papa Martín IV, decantó sus simpatías hacia el lado francés, aunque los dominicos conocían desde hacía tiempo la enemistad entre los dos hermanos y esperaban el desenlace con expectación.

Le dejaron ante la puerta de la iglesia, en silencio y casi a oscuras. Sus pasos resonaron en el pavimento, sigilosos, y se detuvieron bruscamente cuando una vela se encendió en un lateral. Un hombre estaba sentado en una silla, el único mobiliario que parecía tener el templo. En su mano sostenía la vela que acababa de encender, una vela que lanzaba estrechas franjas de luz sobre su rostro en penumbra. Unos ojos saltones, oscuros, observaron al recién llegado con curiosidad.

—Por fin has llegado, empezaba a temer que te hubieran cortado el cuello, pero veo que aún lo conservas. —El hombre alzó las manos hacia su cabeza y se quitó la capucha que la cubría.

—Espero conservarlo algunos años más, fray Seniofred; a pesar de mi apariencia soy duro de pelar. —El recién llegado, todavía embozado en su capa, se acercó al monje.

—Me alegro, nuestra causa requiere un buen ejército, ya lo sabes. Y ahora, ponme al corriente de tu trabajo, las cosas se están precipitando y eso no es bueno para nosotros.

—¿No hay otra silla? —El hombre miró a ambos lados con un gesto de perplejidad—. Estoy francamente cansado, y tanta austeridad contradice todos mis principios, fray Seniofred.

Una risa bronca y baja resonó en la bóveda del templo. El dominico, que parecía divertido ante el comentario, observó al recién llegado mientras éste se despojaba de la capa y la retenía en sus manos sin saber dónde dejarla. Parecía enfermo, pensó fray Seniofred con disgusto, tan delgado y pálido como un difunto.

—Tendrás que permanecer de pie, no hay más sillas. O puedes sentarte en el suelo, te conviene dominar tu soberbia... —graznó el dominico en tono seco—. ¿Has entregado el anónimo?

—Desde luego, lo entregué a uno de los templarios de Nils. No hay duda de que a estas horas ya habrá llegado al comendador del Masdéu, puesto que han desenterrado los cadáveres. Hay un escándalo bastante interesante...

—Bien, eso es bueno para nuestros intereses. —Seniofred de Tuy se tomó una larga pausa mientras reflexionaba sin prisas—. Me han dicho que han llegado forasteros, tanto en el Masdéu como en la casa del Temple de la ciudad.

—Que yo sepa, sólo ha llegado uno al Masdéu...

—Entonces es que tus noticias no valen mucho, Galdric de Centernac. —De nuevo una risa grave inundó la nave de la iglesia—. Para ser un mercenario no tienes mucha imaginación. ¿Cómo se te ocurrió utilizar ese nombre? Es peligroso, hay gente que todavía lo recuerda... ¿Acaso crees que engañaste a ese hombre?

—Posiblemente le engañé, fray Seniofred, ya que estuvo a punto de matarme a causa de mis horrendos versos. —El joven lanzó una sonora carcajada, para ponerse a la altura de su superior—. Pero le encontré, y eso es lo que cuenta, ¿no os parece? Le saqué de la frontera, que es lo que vos queríais, y además es imposible que el de Montclar sepa nada de mi nombre.

—Lo que cuenta es el resultado final, no tus extravagantes fantochadas. —El tono de Seniofred se endureció—. Llamaste la atención sin necesidad, nadie se atrevería a pasear por la frontera disfrazado de estúpido poeta, en los tiempos que corren. Y eso siempre resulta sospechoso, sobre todo para un hombre como Guillem de Montclar.

—De acuerdo, tenéis razón, enterraré al pobre trovador y no volverá a molestar con sus cánticos —aseguró el joven con cautela, pensando que no era aconsejable bromear con Seniofred—. Seguiré vuestras instrucciones sin discusión, sin añadidos de mi propia cosecha, si es eso lo que queréis.

—¡Vanas promesas de una mente soberbia! —graznó Seniofred con desagrado—. ¿Acaso crees que ese hombre, el de Montclar, no te va a reconocer de inmediato?

El hombre no se atrevió a responder, así que cruzó las manos a la espalda, a la espera de que el mal humor de su jefe se diluyera.

—Esto es más importante de lo que crees, no estoy dispuesto a soportar tus bufonadas. —Un tono seco, agrio, se expandió en el vacío—. Es una misión delicada y dudo de que estés preparado, a pesar de tus buenas referencias. El prestigio de tu hermano no te otorga su talento... ¿Acaso has olvidado quién paga tus locuras?

—No, señor, eso es difícil de olvidar.

—El papa no quiere equivocaciones, maldito inútil, y no seré yo quien rinda cuentas por tus errores. —Seniofred se detuvo sacudido por un acceso de tos, mientras la ira contraía su rostro—. Ahora es el momento oportuno, no lo olvides, el rey Pere no sólo está excomulgado, sino que el papa ha dictado una sentencia arrebatándole sus reinos.

—Sí, lo sé, los ha ofrecido al rey de Francia para uno de sus hijos...

—¡Entonces, si lo sabes, qué demonios estás haciendo, estúpido! —bramó Seniofred, con la cólera brillando en su mirada—. ¡Se está preparando la guerra y quiero a los templarios distraídos! Su fidelidad no está garantizada. ¿Es tan difícil de entender?

—No, señor, comprendo la importancia de la situación para el papa, y también para el rey de Francia. No os decepcionaré, ya os he dicho que abandonaré al trovador y...

—¡Tú sólo harás lo que te diga! —El grito resonó en la nave con fuerza y su eco se expandió a través de los gruesos muros—. Eso sólo levantaría sospechas y te reconocerían al instante, Guillem de Montclar no es un simple escudero. Coge una sotana y procura pasar desapercibido, el anonimato de un vulgar clérigo no llamará la atención. Quiero que esos cadáveres del infierno levanten tanta polvareda que todos los templarios del Rosselló bailen en una sola dirección, ¿entiendes? Es una idea simple, incluso para ti, los demás ya nos ocuparemos del resto.

—Lo entiendo perfectamente, fray Seniofred, a pesar de vuestras dudas. —El joven levantó el mentón en un gesto de desafío, empezaba a estar harto de las críticas a su trabajo—. Y por cierto, creo que es el momento de pasar cuentas. Necesito un adelanto, un buen adelanto.

Una bolsa de cuero se estrelló contra el suelo y su tintineo resonó en la bóveda como una delicada melodía. El supuesto trovador se inclinó para recogerla con una sonrisa en los labios.

—Tened en cuenta, fray Seniofred, que sé perfectamente la importancia de mi trabajo. —El tono de su voz cambió, los agudos desaparecieron, y la modulación de sus palabras adquirió la calidad del hielo—. Sé lo que queréis, no soy tan estúpido, y puedo resumirlo con brevedad. El Temple no debe enterarse de la traición del rey Jaume de Mallorca contra su hermano Pere de Aragón. Pero, permitidme una pregunta, fray Seniofred: teniendo en cuenta que el comendador templario de Perpinyà se ocupa de los asuntos del rey de Mallorca y es su tesorero, ¿cómo demonios no van a enterarse del tratado que el rey de Mallorca ha firmado en apoyo de los franceses?

Una expresión de estupor cubrió las facciones de Seniofred, que se levantó de la silla bruscamente. Se acercó al trovador con una inquietante mirada.

—¿Y tú cómo sabes todo eso?

—Mis referencias hablan por mí, fray Seniofred, soy tan bueno como mi hermano, aunque me tratéis como a un vulgar sirviente. —El tono helado consiguió bajar la temperatura de la iglesia—. Sois vos quien se equivoca, hacéis mal al menospreciar mi trabajo, pensadlo detenidamente.

—Lo pensaré, desde luego, aunque no me gusta ese tono de amenaza. —Seniofred vacilaba, la rabia superaba sus fuerzas—.

Ten cuidado, trovador, te enfrentas a fuerzas superiores. No confundas a tu enemigo con un simple espectador, la vanidad es una enfermedad que puede matarte sin que te des cuenta. Más te vale tenerlo presente...

Preceptoría del Temple de Perpinyà

Un agradable aroma inundó sus fosas nasales, el vapor que desprendía el asado le devolvió parte de sus energías. Ebre ladeó la cabeza, con la mirada fija en el plato. Reconocía que la cocina era su lugar preferido, y superaba con creces al espacio de la iglesia. Era un dato inquietante, pensó, significaba que su fe se tambaleaba ante los gratos olores que surgían de aquellos fogones. Siempre tenía hambre, un hambre voraz, y esa característica le había convertido en el blanco de las bromas de sus amigos. A pesar de todo, aquel día se había levantado como si tuviera la garganta llena de arena. El olfato le indicaba un camino familiar y atractivo, aunque su estómago no parecía querer entrar en el juego.

—Buenos días, frey Ebre, ¿habéis descansado? —Un hombre le observaba con interés—. Me han dicho que habéis tenido un viaje un tanto accidentado.

El sargento Cabot se sentó ante el muchacho. Vio a un joven alto y delgado, de anchas espaldas y piernas largas. Su rostro, de tez aceitunada, era delicado y de bellas facciones, y unos ojos oscuros e inteligentes destacaban dando vivacidad a su rostro.

—En mi vida no había visto una tormenta parecida, y espero no volver a verla —respondió Ebre, mirando con tristeza su plato—. Creo que todavía estoy mareado.

—Os pasará, frey Ebre, os lo aseguro —vaticinó Cabot con un ligero movimiento de cabeza—. Muchos de nuestros hermanos que llegan de Oriente vienen con el mal de mar... Por cierto, me llamo Cabot.

—Es un placer conoceros, frey Cabot, no conozco a mucha gente aquí.

—Es natural, habéis pasado mucho tiempo en Palestina —afirmó Cabot—. ¿No habíais venido nunca a Perpinyà?

—Oh, sí, ya conocía la Casa, frey Cabot, hace muchos años acompañé a mi maestro a la ciudad. —Ebre probó un bocado de carne con esfuerzo—. Aunque me he perdido al llegar, lo confieso, llovía tanto que no veía más allá de mi nariz. ¡Menuda tormenta! Tuve la impresión de estar todavía en ese maldito barco, sacudido como si fuera un títere sin cabeza.

—Por lo que contáis, esa tormenta debió de ser espantosa... —Cabot reflexionó unos segundos antes de continuar—. Habéis hablado de vuestro maestro y se ha despertado mi curiosidad, acaso yo le conozca.

—Guillem de Montclar —aclaró Ebre, tragando con esfuerzo—. En realidad, he venido para reunirme con él.

—Vaya, qué casualidad... —Cabot sonrió calidamente—. Mi superior, frey Adhemar, conoce a vuestro maestro. Me habló de él hace unos días y, por lo que sé, Guillem de Montclar está en la Encomienda del Masdéu por el asunto de los muertos.

—¿Los muertos? ¿Qué muertos...? —Ebre reaccionó con alarma y apartó el plato a un lado.

—Perdonad, no tengo en cuenta que acabáis de llegar, frey Ebre. —Cabot lanzó un pequeño suspiro y siguió—: Veréis, en el Masdéu han encontrado unos cadáveres en un vertedero, nadie sabe quiénes son y qué hacían enterrados allí.

—¿Y han llamado a Guillem para eso? —Ebre contuvo su asombro—. Deben de ser difuntos muy importantes...

—Es posible, sí, no sé muy bien la razón por la que llamaron a Guillem de Montclar, pero lo cierto es que allí está. —Cabot tanteaba el terreno con precaución.

—Bueno, lo importante es que sé dónde localizarlo —admitió Ebre, que finalmente había aceptado el dictado de su estómago—. No puedo comer nada, lo siento. Y tendréis que excusarme, frey Cabot, pero creo que lo poco que he comido está a punto de volver a la mesa.

Ebre se levantó precipitadamente y salió de la cocina. Cabot contempló su marcha con preocupación, creía haber cumplido las órdenes de Adhemar y esperaba que el muchacho corriera a reunirse con Guillem de Montclar. Un miedo confuso e irreconocible le tenía en ascuas, nervioso y alarmado. No podía entender la importancia que estaban cobrando los muertos del Masdéu. La ciudad estaba llena de murmuraciones susurradas en voz baja, y los chismes más inverosímiles corrían por las calles como un viento huracanado. Adhemar no quería verlo, estaba obsesionado con la historia de aquellos malditos difuntos, pero Cabot intuía que el asunto iba mucho más allá de los despojos encontrados. ¿Qué se escondía tras el supuesto escándalo?

Cogió el plato que Ebre había apartado y empezó a comer, considerando que él no sufría ningún mal provocado por el mar. Comer le ayudaba a reflexionar. Todo aquel asunto apestaba, meditó, tendría que empezar a investigar por otros caminos. El palacio real, pensó mientras masticaba lentamente el trozo de asado, ése era un buen lugar para comenzar. La situación empeoraba, y desde que el papa había excomulgado al rey Pere y le había amenazado con despojarle de sus reinos las cosas se habían complicado. Y Cabot no dudaba, a pesar de las apariencias contrarias, de que Jaume de Mallorca se disponía a traicionar a su hermano. ¿Acaso era eso?, pensó. Desde luego, sería un escándalo mayor que los tres cadáveres del Masdéu... Cabot se sentía unido al rey Pere, tanto como se había sentido ligado a su padre, Jaume I, y sabía que muchos templarios del Rosselló mantenían la misma fidelidad. Una idea inquietante atravesó su mente: ¿acaso la traición ya se había producido? Un escalofrío atravesó su cuerpo. Todas las noticias recibidas después del desafío de Burdeos apuntaban a una posible invasión de los franceses. Lanzó un profundo suspiro y apartó el plato vacío. Si la traición existía, debía buscar pruebas de ella y convencer a Adhemar de la situación, cosa bastante más complicada que desenterrar una memoria olvidada que surgía como una invisible amenaza.

Encomienda del Masdéu, el Rosselló

—¡Guillem de Montclar! —Una voz retumbó desde la puerta del establo—. ¡Qué rapidez, por Dios bendito! ¡Pero si te envié un mensaje hace sólo un día!

Guillem se volvió lentamente, lanzando una mirada de advertencia a Giovanni. Frey Ramon de Bac, el comendador del Masdéu, estaba en la puerta del establo junto con el *batlle*.

—La casualidad, señor, me encontraba muy cerca de aquí, en el monasterio de Sant Martí del Canigó y... —Guillem improvisaba con rapidez.

—No, no necesito explicaciones, Guillem, es un alivio que hayas podido acudir tan rápido. —Frey Ramon de Bac alzó las cejas en un gesto de complicidad; no quería saber nada de las supuestas actividades de Guillem en la frontera—. He de irme a Perpinyà, pero antes quiero hablar contigo.

Hizo señas a Guillem para que se acercara, le cogió del brazo y le arrastró a un rincón.

—Había encargado a esos dos que llevaran la investigación, sólo hasta que alguien más preparado acudiera —prosiguió frey Ramon, tocándose la barba con evidente malestar—. En fin, ya conoces sus antecedentes y pensé que era lo más adecuado... ¿Qué te parece lo que hemos encontrado en el Plasec?

—No tengo la menor idea, señor, acabo de llegar ahora mismo —respondió Guillem con cautela—. Me ha dicho Juan de Salanca que los encontró siguiendo vuestras indicaciones.

—Sí, era de suponer que Juan de Salanca sospechara de mis intenciones, no ha perdido el olfato con la edad. En realidad, hace ya mucho tiempo que no se encarga de este tipo de labores, pero no quería inquietar al resto de la comunidad y Juan me pareció la persona idónea... —Frey Ramon hizo una larga pausa ante el silencio de Guillem—. Somos pocos, nos ocupamos de cuidar la tierra y el ganado, y una cosa así supera nuestras atribuciones.

—Desde luego, frey Ramon, aunque creo entender que vos sabíais que algo se iba a encontrar en el Plasec, ¿me equivoco? —Guillem intentaba facilitar la conversación—. ¿Alguien os hizo llegar sus sospechas de alguna manera?

El comendador asintió, buscó en sus faldones y sacó un papel arrugado y sucio que entregó a Guillem con expresión de alivio.

—Detesto los anónimos, Guillem, es una forma ruin y cobarde de alterar la paz. Uno nunca sabe lo que hay de verdad en ellos, aunque es innegable que siempre contienen grandes dosis de malicia —murmuró irritado—. Al principio pensé en tirarlo directamente al fuego, lo confieso, pero después recapacité. Si es algo que puede ensuciar el buen nombre de la Orden, no podía pasarlo por alto.

—Os entiendo muy bien, señor, y habéis actuado correctamente. En estos tiempos, hay que extremar toda precaución —le tranquilizó Guillem, alisando el arrugado papel.

Durante un minuto se concentró en la lectura del anónimo. Estaba de acuerdo con el comendador: a él tampoco le gustaban los individuos que se escondían en el anonimato con malas intenciones.

—¿Cómo os llegó el mensaje, señor? —preguntó doblando de nuevo el papel y guardándoselo en el cinturón.

—Eso es lo más curioso, Guillem. Me lo entregó uno de nuestros hermanos, adscrito a la preceptoría de Nils, un hombre de toda nuestra confianza. Al parecer se lo entregó un capellán con el ruego de que me lo hiciera llegar con urgencia. El pobre no sabía de qué se trataba, y tampoco conocía de nada al capellán, era un forastero...

—¿Y cómo era ese capellán? ¿Podéis describirle?

—Pues no tengo ni idea, Guillem, no se me ocurrió preguntarle al respecto. —En los ojos del comendador apareció un brillo de perplejidad—. Tendría que haberlo interrogado un poco más...

—No tiene importancia, señor, yo mismo me ocuparé. —Dos arrugas cruzaron la frente de Guillem—. ¿Vos no sabíais nada, no corría algún rumor interesante por el Masdéu acerca de esos muertos?

—Vamos, Guillem, esos muertos llevan mucho tiempo bajo tierra, yo ni siquiera estaba aquí cuando se les dio esa sepultura —contestó el comendador con incredulidad—. Ninguno de los hermanos parece saber nada, y si lo saben, callan. No nos gusta este asunto, no nos gusta nada.

—¿Y no habéis pensado en enterrarlos de nuevo y olvidaros del asunto? —La pregunta salió casi sin pensar.

—¿Puedo hacer eso, volver a enterrarlos como si nunca los hubiera encontrado? —El asombro de Ramon de Bac era genuino—. ¿Y si los anónimos se repiten? ¿Y si los mandan a gente que estaría encantada con nuestra ruina?

—Esos muertos pueden estar ahí por múltiples razones, señor —replicó Guillem repasando las posibilidades—. Pueden ser víctimas de alguna epidemia, acaso gente molesta que alguien deseaba eliminar, o simplemente murieron en el Plasec y algún alma caritativa los enterró allí mismo.

—Ya, muy convincente, eso mismo me han dicho no hace mucho tus viejos compinches. —Ramon de Bac le lanzó una irónica mirada—. Por eso nos envían un anónimo avisando de la presencia de esos muertos, en un acto de suma cortesía: tenéis tres difuntos en vuestras tierras, pero no os preocupéis de nada, los desgraciados hace tiempo que descansan en paz... ¿Estás de broma?

—Sólo intento tranquilizaros, señor, hay que barajar todas las posibilidades.

—Pues baraja todo lo que quieras, Guillem, pero sácame de encima este maldito asunto. —Ramon de Bac contuvo su irritación—. Mira, ya empiezan a correr habladurías por la ciudad ensuciando nuestro nombre. Se dice que esos cuerpos pertenecen a mujeres, ¡por Todos los Santos!, y aseguran que las enterramos para ocultar nuestros pecados de lujuria. Y no se acaba ahí, no, también se murmura que nos dedicamos a asesinar a nuestros posibles enemigos para quedarnos con su herencia. ¿Quieres que siga?

—No, no es necesario, señor, entiendo vuestra postura. —Guillem observó las facciones crispadas del comendador—. Es un momento interesante para atacar a nuestra Orden, ¿no os parece?

—No te entiendo... Para algunos siempre es un momento interesante —vaciló el comendador, aún más inquieto—. ¿Te ocuparás del asunto?

—Desde luego, señor, marchad tranquilo a vuestros quehaceres. —Guillem se abstuvo de comunicar sus sospechas—. Me haré cargo de todo y, si tengo vuestra autorización, me gustaría contar con la ayuda de Juan de Salanca y de Jacques.

—Tienes mi autorización, aunque dudo que puedan ayudarte en algo. No están en su mejor momento, no sé si me entiendes. —Ramon de Bac se detuvo, no quería perder el tiempo en explicaciones.

Un suspiro de alivio salió de sus labios y la preocupación desapareció de su rostro. Palmeó la espalda de Guillem con agradecimiento, lanzó una mirada de recelo a Juan de Salanca y salió con el *batlle*. Los caballos ya estaban preparados y tenía mucho que hacer. Además, pensó, se veía incapaz de enfrentarse a un problema de tamaña naturaleza, para eso estaban hombres como Guillem de Montclar. Era una suerte que la Orden tuviera en cuenta las posibles alteraciones del mundo, de su mundo, y contara con hombres especializados en el trabajo sucio. Montó y dirigió una mirada al *batlle*. Tenía que continuar con su trabajo y, sin una vacilación, marchó hacia el portón de salida.

VIII

Arrogancia y tristeza, ésos son los dos extremos que llenan el alma de nuestro mundo, un mundo que termina. De ambos sentimientos surgirá un mundo nuevo, y me temo que ninguno de los dos podrá pertenecer a él.

Perpinyà, el Rosselló

Guillelma de Brouilla andaba con pasos apresurados, embozada en una capa oscura que le cubría el rostro. Se detenía cada quince pasos y miraba a su alrededor con suspicacia. Lo que iba a hacer merecía prudencia y no quería testimonios molestos. Irguió la espalda y continuó su camino, sus pies volaban sobre el pavimento mojado. Atravesó la puerta del Turó y se ciñó la capa al cuerpo, pensando que fuera de las murallas el frío parecía aún más intenso. Bordeó la muralla hasta encontrar la pasarela que atravesaba el río Bassa, y se adentró en un espeso bosque que se encontraba a su derecha.

Le habían hablado muy bien de aquella mujer, aunque eso era algo que jamás reconocería en público. Tener tratos con una bruja no era recomendable y podía acarrear nefastas consecuencias. Pero Guillelma estaba desesperada, y no pensaba dejar pasar un día más sin tomar las medidas adecuadas. Su madre debía morir, era sencillo, aunque la vieja no estuviera por la labor, pensó con un escalofrío de miedo. Se estaba arriesgando mucho, lo sabía, pero era imprescindible. Había oído a los criados murmurar acerca de la mujer que vivía en una cueva del bosque, de sus poderes de brujería, de los abortos que llevaba a cabo y de los conjuros de amor y muerte. Cuando se enteró de tales habladurías, Guillelma estuvo a punto de correr hacia el convento de los dominicos para denunciar semejante atrocidad, pero algo la contuvo. Si Adelaide se negaba a morir de frío, ella tendría que recurrir a otros métodos que, pese a resultar sospechosos, serían más eficaces. Y había hecho bien, pensó...

Atravesó el bosquecillo rápidamente y llegó a una formación rocosa que sobresalía por entre las copas de los árboles. Salía humo de una oquedad en la piedra, señal inequívoca de vida humana. Se acercó con cautela, sin dejar de mirar a su espalda, con el miedo agazapado tras sus párpados.

—Eso sí que es una sorpresa, la señora de Brouilla tiene a bien hacerme una visita...

Guillelma se detuvo en seco, con la respiración agitada. La voz surgía de la piedra, grave, casi masculina. Una cabeza apareció a su izquierda, de repente, envuelta en la neblina blanquecina de la madrugada. Detrás de la cabeza brotó un cuerpo delgado vestido con varias capas de sayas. Un colorido turbante le envolvía la cabeza, dejando caer uno de sus extremos sobre el pecho.

—¿Sois Dalma? —La voz de Guillelma temblaba.

—Ya sabéis que sí, señora, ¿quién si no iba a vivir aquí, alejada de las multitudes de la ciudad? —Una risa seca sacudió el delgado cuerpo y dejó a la vista su rostro.

Guillelma contempló una cara ovalada y delicada, surcada de suaves arrugas. Era un rostro que aún mantenía una belleza extraña, cosa que sorprendió a Guillelma porque, por un instante, le recordó las facciones de su madre.

—Deseo hablar con vos —afirmó Guillelma con esfuerzo, sintiendo que el valor empezaba a abandonarla.

—Es evidente, nadie viene hasta aquí a no ser que desee algo de Dalma —respondió la mujer dándole la espalda y entrando en un agujero excavado en la roca—. Todos desean lo que no tienen, ¿no es cierto, señora de Brouilla? ¿Qué es lo que os falta a vos?

Guillelma la siguió y controló el poderoso impulso de huir de nuevo hacia la seguridad de su casa. Pero ¿qué seguridad?, se preguntó con rabia. No existiría seguridad posible para ella con Adelaide viva, jamás. La cólera la hizo avanzar, todavía temblando, entró en la cueva y miró a su alrededor con prevención.

Era una cueva de considerables proporciones con un gran hogar en el centro. Hileras de piedras conformaban un círculo casi perfecto, a un palmo del suelo, donde ardía una hoguera que proporcionaba luz y calor, algo muy de agradecer en tan lóbrega morada. Dalma le indicó que se sentara cerca del fuego al tiempo que ella hacía lo propio en el otro extremo.

—Aquí me tenéis, señora, ¿qué queréis de mí?

—¿Cómo sabéis mi nombre? —inquirió Guillelma con preocupación.

—Toda la ciudad conoce vuestro nombre, y también vuestra reputación... —susurró Dalma en voz baja y grave—. Al igual que vos, yo también procuro estar siempre muy bien informada, señora.

—¿Qué os han contado de mí? ¿Acaso prestáis atención a todas las murmuraciones? —El enfado surgió en Guillelma de forma natural, sin pensar.

—Desde luego que les presto atención, señora, las murmuraciones son la continuación de una pequeña verdad que crece con la mentira. —Dalma cruzó los brazos ante el pecho y le dirigió una cruel sonrisa—. Ya veis que nos parecemos, vos amáis el engaño y yo tengo el deseo irreprimible de descifrarlo.

—Si me traicionáis... —Las palabras quedaron atascadas en su garganta, pues el miedo que le producía esa mujer era superior a sus fuerzas.

—¿Qué haréis entonces, señora? —La pregunta salió suavemente de sus labios, sin alzar el tono de voz—. ¿Vais a denunciarme a los frailes negros? No tengo ganas de perder el tiempo con vos, decidme a qué habéis venido o marchaos con vuestras cuitas a otra parte.

Guillelma dominó el miedo y la cólera que ascendían a partes iguales por su garganta. Nadie la había tratado así en toda su vida, todos la temían, y aquella repugnante mujer se atrevía a amenazarla sin asomo de miedo. Su cuerpo temblaba por el esfuerzo, sus manos se aferraron a la capa formando gruesos pliegues.

—No es mi intención denunciaros, Dalma... —farfulló con dificultad—. Si quisiera hacerlo, no habría venido.

—Bonito discurso, breve pero transparente —se mofó la mujer—. Bien, supongo que habéis venido para encontrar el mejor modo de acabar con la vida de vuestra madre, ¿me equivoco?

—¿Quién os ha dicho una barbaridad semejante? —El rostro alargado de Guillelma palideció hasta adquirir una lividez cadavérica.

—Os lo repito, me hacéis perder el tiempo, la mentira no os favorece, señora. —Dalma atizó el fuego con desgana—. Adelaide fue una mujer muy bella, la recuerdo perfectamente, y sé que ahora está enferma, anciana y enferma... ¿Eso es un obstáculo para vos?

—No creo que deba daros explicaciones —contestó secamente Guillelma, al tiempo que el color volvía a su rostro—. Me han dicho que trabajáis bien y no hacéis preguntas.

—Y no os han engañado. Por lo general, los motivos de mis clientes son transparentes y no hacen falta preguntas innecesarias —asintió Dalma—. Bien, supongo que queréis algo que ayude a vuestra madre a traspasar el umbral de la vida.

—Algo que no deje rastro, Dalma —puntualizó Guillelma con los labios apretados—. Todos deben creer que es la enfermedad la causante de su muerte, sin sospechas.

Dalma lanzó una carcajada y se levantó. Desapareció en el fondo de su cueva y, durante unos largos minutos, Guillelma se quedó sola ante el fuego. No le gustaba aquella mujer, desconfiaba de ella, y el temor a ser descubierta se impuso con dureza. Tendría que pensar en algo contundente para acallar a Dalma, pensó, pero no antes de que su madre muriera. Ya tendría tiempo después, ya pensaría en la mejor manera de deshacerse de aquella bruja y sus secretos. Dalma apareció con una bolsa de cuero entre las manos y volvió a sentarse ante ella.

—Deberéis darle un pellizco de este polvo diluido en agua, cuatro veces al día —explicó en tono mordaz—. Si lo hacéis tal y como os indico, vuestra madre morirá en cuatro días.

—¿Es seguro? ¿No despertará sospechas?

—Eso dependerá de vos, señora de Brouilla... —Dalma le

entregó la bolsa y la miró fijamente—. Si vos no actuáis sospechosamente, nadie se cuestionará nada.

—¿Y eso qué significa? ¿Es una de vuestras trampas? —La desconfianza marcaba sus palabras.

—Jamás hago trampas, perdería mi clientela y, con ella, mi modo de subsistencia. —Dalma se frotó las manos ante el fuego—. Veréis, señora, he conocido a mucha gente que al cometer un delito es incapaz de negarlo. Su cuerpo, sus palabras y su gesto traslucen culpa, ellos mismos se condenan. No es fácil mantener la calma con una mano mientras la otra asesina, os lo aseguro.

—Mantendré la calma en todo momento, siempre lo he hecho —contestó Guillelma con altivez.

—No os equivoquéis, el orgullo no es sinónimo de calma, todo lo contrario... Esa prepotencia que asoma en vuestro rostro no es una buena compañera del delito. —Dalma pareció reflexionar unos instantes—. De todas formas, es inútil que os avise, puesto que vos no tenéis por costumbre escuchar.

—Cuatro días, ¿eso es todo? —Guillelma acariciaba la bolsa con avidez—. ¿Sufrirá?

—No creo que sufra más que soportando vuestro rencor, en realidad será un alivio para ella dejaros atrás —murmuró Dalma con tristeza.

Sin embargo, Guillelma ya no le prestaba atención, sino que se limitaba a apretujar la bolsa entre sus manos. Notaba la textura suave del polvo escondido tras la piel, su flexibilidad, la facilidad con que se escurría entre sus dedos. Dejó unas monedas sobre la piedra y salió a toda prisa. Cuatro días, pensó con una extraña sonrisa, cuatro días...

Adhemar se pegó a la pared y atisbó desde la esquina. Gausbert de Delfià salía de casa de Adelaide hinchado como un pavo real que enseñara todas sus plumas. Adhemar aspiró una bocanada de aire fresco y llenó sus pulmones hasta el máximo. Repitió la operación tres veces para recuperar la calma. Aquel grotesco individuo conseguía alterarle los nervios, representaba todo lo que detestaba, desde la pura hipocresía hasta la vanidad más exagerada. Claro que compartía ambos defectos con la hija de Adelaide... Guillelma era un auténtico demonio, siguió reflexionando Adhemar, había heredado la mala sangre que corría por las venas de su padre. Llevaba varias horas esperando, escondido, pues no había otra manera de ver a Adelaide. Sin embargo, ya era tarde, aquel facineroso presumido de Delfià se había presentado en mala hora, y dudaba que Guillelma saliera a la calle de nuevo. Sin saber muy bien por qué, Adhemar decidió esperar. Paciencia, se dijo, mucha paciencia... Llevaba mucho tiempo trabajando en el servicio especial de la Orden, desde que Bernard Guils irrumpiera en su vida y la cambiara de arriba abajo. Aunque, desde luego, no podía decirse que fuera un espía en activo de forma permanente, sólo se le había pedido que tuviera los ojos bien abiertos y los oídos prestos a la más ligera murmuración. Bernard le llamaba Adhemar *el Dormido*, siempre dispuesto a ser despertado ante la primera señal de alarma. Y no había duda de que había despertado de golpe después de un largo sueño, pensó con una sonrisa. No tenía un alma aventurera como Bernard, ni como su alumno, Guillem de Montclar... No, él se conformaba con ser un fiel confidente, atento a todo lo que sucedía a su alrededor. Era algo que sabía hacer muy bien, era observador por naturaleza y sabía escuchar. Su función en la casa del Temple de la ciudad, como secretario escribiente, contribuía a su talento. Escribir, pensaba Adhemar, era un acto de concentración, y exigía la voluntad de escuchar para transcribir con detalle las palabras dictadas. Requería también del don de la observación, para captar en cada instante el estado de ánimo de la persona que dictaba en tanto él escribía. Y exigía destreza y mano firme para que los renglones mantuvieran la distancia apropiada, sin desviarse, para que las mayúsculas se alzaran desafiantes ante cada párrafo.

Adhemar lanzó un profundo suspiro, la noche cerrada caía sobre él como un manto negro. Se irguió, cansado. Guillelma no saldría en plena noche... Quizá lo mejor sería volver a casa para descansar, pero pese al sueño que cargaba sus párpados, no se movió. Ya que estaba allí, esperaría, aunque podía echar un sueñecito apoyado en el muro, hasta que Guillelma se decidiera a salir. Cerró los ojos mientras notaba la humedad que reptaba por su espalda y le producía un cosquilleo desagradable. Era una pena que Bernard Guils hubiera muerto, pensó, su recuerdo le traía aires frescos de su juventud. Sobre todo en aquellos momentos, cuando los traidores se levantaban de la tumba para proclamar su infamia. Después de tantos años en el anonimato, era curioso que aquellos tres hijos de perra decidieran resucitar, no sólo de su sepulcro, sino con una actividad inusual de sus vástagos. Era sospechoso, no había duda... Los párpados pesaban, y Adhemar sintió que su cuerpo se relajaba y resbalaba despacio hasta quedar sentado en el suelo. Dormiría un rato; era un buen escondite, y a aquellas horas la ciudad estaba desierta, así que nadie le molestaría.

Un sonido le despertó de golpe y, aún medio dormido, se levantó bruscamente. El amanecer expandía un color gris claro sobre los edificios y una silueta corría pegada a las paredes. Adhemar forzó la vista y su rostro adoptó un gesto de perplejidad. ¿Guillelma? ¿Qué hacía aquella chismosa saliendo al alba como una culebra con malas intenciones? Esperó a que desapareciera entre la neblina, intrigado, y se escurrió por el callejón. Sabía que los criados estarían despiertos y sacando brillo al suelo ante el temor que Guillelma les provocaba. Golpeó con suavidad la puerta y entró, sin dejar de observar el callejón.

—Adhemar, viejo amigo, echaba de menos tus visitas —murmuró Adelaide, arrebujada entre sus mantas, cuando Adhemar entró en la sala.

—Tu hija no me permite la entrada, Adelaide, cada día encuentra una excusa para cerrarme la puerta en las narices —se excusó, devolviéndole la sonrisa—. Por cierto, la he visto salir subrepticiamente de la casa y he aprovechado para colarme. ¿Adónde demonios va a estas horas?

Adelaide se encogió de hombros por toda respuesta.

—Estás empapado, tienes una pinta espantosa, Adhemar.

—¡Cuánta amabilidad! ¡No esperaba menos de ti! —exclamó Adhemar, aceptando la manta que Adelaide le ofrecía—. Llevo muchas horas esperando en medio de un charco y con los pies encogidos, pero tenía que verte. ¡Sólo me faltaba la inoportuna visita de ese espantajo de Gausbert!

—Creo que Gausbert está cortejando a mi hija, tiende su tela de araña con especial dedicación... —El pálido rostro de Adelaide surgió del sillón y contempló a su amigo—. Es una manera de acercarse a esta casa sin levantar sospechas, ¿no te parece?

—¡Dios Santo, Adelaide! ¿Qué te ocurre? —Adhemar estaba asustado ante la notoria fragilidad de su amiga, cuyas ojeras tenían un acentuado tono gris ceniciento—. ¡Estás enferma!

—Estoy cansada, Adhemar, muy cansada —susurró Adelaide con un hilo de voz—. Pero no te preocupes, cuéntame, aprovechemos el poco tiempo de que disponemos.

—Debería verte un médico, Adelaide, tienes muy mala cara —insistió con obstinación.

—No serviría de nada, amigo mío. Además, Guillelma nunca permitiría la entrada a un médico —contestó, recuperando el tono de voz—. Vamos, siéntate a mi lado y ponme al corriente de las novedades. Olvídate de mi aspecto, te lo ruego.

—¿Enciendo el fuego? Estás tiritando, Adelaide, eso no es una buena señal y...

—¡Por Todos los Santos, Adhemar! ¿Quieres dejar de preocuparte por mi estado? —lo interrumpió Adelaide con brusquedad. Las arrugas de su rostro compusieron una mueca de irritación—. En esta casa no se enciende el fuego hasta la tarde, ¿entendido? Mi hija lo tiene prohibido, y no se hable más.

—Esa arpía pretende matarte de frío, Adelaide, eso es lo que quiere. Y me importa un rábano tu hija, voy a encender un buen fuego. —Adhemar se levantó decidido y preparó la leña.

—¡Dios Todopoderoso, eres obstinado como una mula vieja, Adhemar! —exclamó Adelaide sin ganas de discutir.

—No voy a permitir que esa hija demoníaca que tienes te deje más seca que un arenque, Adelaide, antes tendrá que pasar sobre mi cadáver. Hablaré con ella, vaya que voy a hacerlo, y tendrá que escucharme. Alguien debe pararle los pies, está loca.

—Pasará sobre tu cadáver, te lo aseguro, tú no la conoces... —Adelaide le miró con exasperación, aunque el calor que desprendía la chimenea atenuó su enfado.

Adelaide tenía en alta estima al escribiente, a quien consideraba un viejo amigo. Pero cuando Adhemar se obstinaba en algo, podía sacar de sus casillas a un santo elevado a los altares. Lanzó un gruñido de desaprobación, pues sabía que Guillelma se enfurecería en cuanto viera el fuego encendido.

—Guillem de Montclar ha llegado al Masdéu —soltó Adhemar, sentándose de nuevo—. Va a ocuparse del asunto de los muertos.

—¿Y eso es bueno? ¿Ya te has puesto en contacto con él?

—He decidido que sea él quien me busque, Adelaide. Creo que es lo más adecuado en estos momentos, hay que darle un respiro para que pueda digerir los hechos sin presiones. —Adhemar se detuvo, vacilando—. De todas formas, he enviado a Cabot para que eche un vistazo...

—No sé, Adhemar, quizá no haya tiempo para tu estrategia. —La mirada de Adelaide no podía apartarse del fuego—. Ese hombre, Guillem de Montclar, no sabe nada... ¿No crees que sería mejor darle un empujón de entrada, decirle al menos la identidad de esos tres muertos?

—No estoy seguro. Va a apretarle las tuercas a Jacques, supongo, para que escupa lo que sabe, pero... —Adhemar se rascó la barba con gesto dubitativo—. El Bretón no está bien, no me gustaría estar en su pellejo. Ese chico es peor que Bernard cuando quiere saber algo.

—¿Peor? —Adelaide soltó una risa cantarina—. Vamos, creo que olvidas lo persuasivo que podía ser Bernard cuando se lo proponía, no era precisamente un angelito bajado de los cielos.

—Sí, tienes razón —asintió Adhemar, pensativo—. Habría sido capaz de convencer al mismísimo Satanás de la conveniencia del bautismo. No te imaginas cuánto le echo de menos, Adelaide.

—Lo sé, Adhemar, yo también le echo de menos... —El delicado rostro de Adelaide se tiñó de una súbita tristeza.

Un cálido silencio se instaló entre los dos y el calor que desprendía la chimenea se unió a sus recuerdos. Fragmentos de vida volaban a través de las paredes, memoria de tiempos mejores que se escondían en algún rincón secreto de su alma.

Encomienda del Masdéu, el Rosselló

Guillem de Montclar esperó a que el comendador acabara sus preparativos y desapareciera, junto al *batlle*, del establo. Entonces, se despojó de su capa y se acercó a la tarima. Sus brazos se alzaron en un gesto de advertencia hacia Giovanni, que repentinamente se quedó mudo. En el fondo del establo se oía a Jacques farfullando canciones y a la yegua resoplando de satisfacción.

—No quiero oír ni una sola palabra, no ahora —gruñó Guillem—. Tiempo habrá para las explicaciones.

Giovanni se apartó con prudencia para dejarle paso, observando sus movimientos. Guillem se arremangó las anchas mangas de la camisa y sacó un cuchillo del cinto. Dio un paso atrás con una expresión de repugnancia contenida y, al contemplar el tajo que el Bretón había hecho en el fardo, descubrió que los años habían conseguido unir los tres cuerpos en una unidad compacta reacia a despegarse. Cortó el paño blanco de arriba abajo e intentó separarlo de la piel de los muertos. Después, ante el asombro de Giovanni, empujó con fuerza y en sentido contrario los dos cuerpos más visibles. El crujido de los huesos resonó en el establo como un trueno y consiguió erizar el vello de la nuca de Giovanni.

—¡Por la santa misericordia! ¿Qué haces? —consiguió musitar, en tanto una arcada ascendía veloz por su estómago.

Guillem no se dignó contestar. El envoltorio original, de

forma tubular y alargada, se había abierto mostrando su contenido. Tal y como había augurado el Bretón, un tercer cuerpo se hacía visible escondido entre sus compañeros de fortuna. Aunque había más... Apretados entre los tres difuntos, casi aplastados, yacían los restos de un cuarto inquilino. Un remolino de plumas negras voló sobre la tarima en cuanto Guillem hurgó con su cuchillo.

—¡Por Satanás, maldita sea! Pero ¿qué es esto, por Cristo? —Guillem retrocedió un paso, sin encontrar más palabrotas para anunciar su asombro.

El silencio de Giovanni, aunque impuesto, le enfureció. Se volvió con brusquedad y clavó su mirada en él.

—¿Tendrías la amabilidad de decirme qué mierda significa esto...? —soltó en tono contenido—. ¿Tres cadáveres repugnantes, amontonados y atados, con un cuervo muerto aplastado entre ellos? ¿Hay algo que me haya perdido, Giovanni, algo que me permita entender esta porquería?

—Bueno, Guillem, era la manera más cómoda de enterrarlos. —La silueta del Bretón apareció de repente, en mitad del establo—. Así no había que cavar tres fosas, con una ya tenían más que suficiente.

—Desde luego, es una teoría muy interesante... Pero nosotros no sabemos nada, estamos tan asombrados como tú —intervino Giovanni con alarma—. Es muy raro, tienes razón, muy raro.

—¿Cómodo y raro, ésa es vuestra opinión? —gritó Guillem, ya sin contenerse—. Pero ¿os habéis creído que me he vuelto imbécil de repente?

—No me grites, ya sé que es difícil de entender, pero estoy demasiado viejo para que me grites. —Jacques avanzó hacia Guillem apretándose fuertemente los oídos con sus manazas—. No me puedo concentrar si chillas, y la cabeza está a punto de estallarme con tanto grito.

—No hace falta gritar, Guillem, no... —Giovanni no sabía cómo seguir.

—Usted perdone, ilustrísima, no es mi intención dejarte

sordo —saltó Guillem, exhibiendo una peligrosa sonrisa—. Pero creo recordar que has sido tú quien me ha llamado, Jacques, y por algo será. ¿Qué demonios has hecho ahora, qué es todo esto?

—Cálmate, Guillem, por favor —intervino Giovanni, intentando poner paz—. No le presiones, de verdad te lo digo. Jacques no ha hecho nada y, si sigues aullando, sólo conseguirás que pierda la poca paciencia que le queda.

—¿Que no le presione? Pero ¿os habéis vuelto locos los dos? —gritó Guillem, sin hacer caso de los consejos.

—¡No me grites, no me grites!

Jacques le miraba con ojos desorbitados, golpeándose desesperadamente la cabeza con los puños. Guillem calló de golpe, como si le hubieran atizado un puñetazo en el estómago. Se quedó sin aire, en una asfixia creciente que fue en aumento al ver la reacción de Jacques. De pronto, éste soltó un alarido agudo y desapareció de nuevo en el fondo del establo. Sus gemidos llenaron la amplia estancia y los caballos empezaron a resoplar, nerviosos, como si supieran el dolor contenido en cada gemido.

—Pero ¿qué está ocurriendo, Giovanni? ¿Qué le pasa? —Guillem, consternado, recuperó la respiración.

—¡Ya puedes decírselo, no me importa, todo el mundo lo sabe! —aulló el Bretón desde su escondite, coreado por relinchos de aprobación—. ¡Díselo de una vez, dile que me estoy volviendo loco y que pare de gritar! ¡Estoy harto de sus gritos!

—Jacques no ha estado muy bien de salud últimamente, Guillem —balbuceó Giovanni con la mirada baja, y añadió rápidamente—: Pero no está loco, no le hagas caso... Sólo que, en ocasiones, se confunde y olvida cosas, se pone nervioso. Y no le gusta que le griten, todo el mundo le habla en voz baja, Guillem, para que no se asuste.

—¿Asustarse el Bretón?

La pregunta quedó en el aire sin respuesta. Guillem de Montclar era incapaz de salir de su estado de estupefacción. No podía ser verdad, no se lo creía. Jacques era el último hilo que le unía a Bernard, era su memoria, el lazo que le mantenía vivo. Bajó de la tarima y se apoyó en una bala de paja mientras notaba un nudo en la garganta, una bola densa que le impedía tragar.

—¡Dios Santo, Jacques! ¡No puedes hacerme esto! —murmuró en voz queda.

IX

Caminamos entre dos mundos, Jacques, un pie a cada lado y, en medio, una oscura grieta que se ensancha. Quizás haya llegado el momento de decidirse y saltar hacia el lado adecuado, sin miedo, pues ya no hay mucho que perder.

Encomienda del Masdéu, el Rosselló

—¿Desde cuándo está en ese estado, por qué nadie me ha avisado? —Guillem salía lentamente del estupor en el que se había sumido—. ¿Qué le pasa, Giovanni?

—No lo sé con exactitud, muchacho. —Giovanni se acercó y se sentó a su lado—. Hace un año se perdió en la casa y no recordaba dónde estaba. Pensé que era una de sus bromas, ya sabes lo bestia que puede ser cuando está de buen humor. Pero no, hablaba en serio, quería que lo llevara a su vieja taberna del Delfín Azul, e insistía en que había quedado allí con Bernard y Dalmau... —Giovanni ladeó la cabeza, una miríada de arrugas se formaron alrededor de sus labios—. Me asusté mucho, pero se le pasó, y enseguida volvió a ser el mismo carcamal de siempre.

Guillem miraba a través de Giovanni como si éste fuera transparente, con los ojos perdidos en el vacío. Palmeó la espalda de Giovanni con afecto y se levantó. Atravesó la caballeriza hasta llegar al rincón donde se ocultaba Jacques, que se hallaba cepillando la yegua con suma concentración. El cepillo pasaba una y otra vez por el lomo del animal, mientras el hombretón tatareaba una canción desconocida.

—Debiste avisarme, Jacques... —susurró Guillem en voz muy baja.

—¿Avisarte de qué, rey del ingenio? ¿Es que ahora curas a los locos? —contestó el Bretón con naturalidad, como si no hubiera ocurrido nada—. Este animal necesita un buen cepillado, chico, has olvidado todos mis consejos. Ya no sabes ni cuidar de tu caballo, ¿es que no lo ves? *Xiqueta* está nerviosa y excitada, aunque no me extraña, con tanto grito. Necesita mucho afecto, tanto que te matará a coces si no se lo das, te lo aviso.

—¿*Xiqueta*? Nadie me dijo que se llamara así, pensé que no tenía nombre. —Guillem estaba confuso, los cambios de humor del Bretón eran difíciles de entender.

—¡Eso te crees tú! Yo ayudé a esta potrilla a venir al mundo, aquí en el Masdéu, y la crié con mis propias manos. Me recordaba a ti, con esa mala leche ya de tan jovencita, rebelde y arisca como una mula. Y, por descontado, la bauticé como me dio la gana. *Xiqueta* es un buen nombre, sin pretensiones ni tonterías.

—Tienes razón, es un buen nombre —asintió Guillem hablando con dulzura—. Jacques, necesito hablar contigo sin que te enfades. He de saber para qué me has llamado. ¿Qué quieres que haga con esos muertos? ¿Cómo puedo ayudarte?

—¿Muertos? ¿Qué muertos? —Jacques se lo quedó mirando unos segundos antes de seguir—: ¡Ah, esos cabrones apestosos! Pues verás, Guillem, deberíamos terminar lo que él empezó.

—¿Él? ¿Quién es él y qué hemos de terminar? ¿De qué cabrones hablas? —Guillem se quedó con la boca abierta de asombro.

—Alguien le ha dado el soplo al comendador, ¿entiendes? De lo contrario, nadie los hubiera encontrado. —Jacques pasó por alto las preguntas de Guillem, concentrado en sus propios pensamientos—. Tenlo presente, seguirían en el mismo agujero, y mira ahora... Aquí en medio, despatarrados y jodiendo como siempre.

Giovanni se había acercado a ellos en silencio, atento al discurso de Jacques.

—Ladrones de mala sangre, repugnantes papistas, escoria angevina de mierda... —El Bretón seguía imparable—. Que te lo diga Giovanni, pregúntale a él, vamos. ¿Y qué pasa ahora?

— 140 —

Pues más de lo mismo, ya te digo yo, y es el pobre Jacques quien ha de dar explicaciones. Por mí ya podéis tirarlos al pozo más profundo que exista.

—Estoy asombrado, Jacques, en mi vida había oído un discurso tan largo de tus labios —bromeó Guillem sin entender nada—. Largo y confuso, lo admito.

—El Bretón tiene razón en una sola cosa —corroboró Giovanni con firmeza—. Hay que volver a enterrar a esos malditos muertos, Guillem, y a mucha profundidad, a ser posible.

Guillem de Montclar les lanzó una mirada interrogante mientras la duda se abría paso en su mente. No tenía la menor idea de lo que estaban discutiendo, pero empezaba a temer sus consecuencias.

—Entiendo, pero la cuestión es si enterrarlos de nuevo acabará con el conflicto. Porque de ser así, muchachos, estoy dispuesto a cavar la tumba más profunda que haya existido en la historia de la humanidad —declaró, apoyándose en la pared del establo—. ¿Qué? Supongo que me habéis llamado para eso, para que me luzca en el papel de sepulturero de urgencia.

Un espeso silencio respondió a su pregunta. Sólo se oían los resoplidos de la yegua, nerviosa ante la súbita invasión de su espacio particular y a punto de emprenderla a coces con todos ellos.

—¿Y qué le digo al comendador? —insistió Guillem—. ¿Que no pasa nada? ¿Que no haga caso de anónimos ni habladurías? ¿Que se olvide de todo aunque caigan chuzos de punta?

—¿Un anónimo? —El detalle interesó a Giovanni—. De eso no nos habían dicho nada, Guillem... O sea que alguien está muy interesado en sacar el tema a la luz del día, pero ¿por qué razón? Esos muertos llevan mucho tiempo enterrados y nadie se ha preocupado por ellos hasta ahora. ¿Lo has oído, Jacques? Todo este lío es a causa de un maldito anónimo.

Jacques no parecía escuchar, abstraído en sus cavilaciones.

—¿Y qué dice ese anónimo? —añadió Giovanni, nervioso ante el comportamiento de su compañero.

—«Removed en vuestra basura y la sangre de los muertos

brotará en demanda de justicia» —recitó Guillem vocalizando cada palabra—. Un poco tarde para reclamar justicia, aunque no creo que ésa sea su pretensión.

—Deberíamos pensar en dos tumbas —afirmó Giovanni de repente, mirando al Bretón—. Una oficial y pública, para que todo el mundo piense que reposan en la paz del Señor y el comendador se quede tranquilo. Otra, la auténtica y extraoficial, donde esos cuerpos desaparezcan para siempre.

—¿Y ya está? —Guillem no salía de su asombro—. No me parece factible, Giovanni. El comendador querrá un informe completo, saber quiénes eran esos hombres y qué hacían en sus tierras, querrá acallar las murmuraciones, y con razón. Pero a ver, ¿por qué no me decís lo que sabéis y yo intento arreglar las cosas como mejor pueda? No entiendo ese misterio que os lleváis entre manos, ni tampoco entiendo para qué me habéis llamado si no confiáis en mí.

De nuevo el silencio se mantuvo inalterable. El Bretón volvió a su tarea con el rostro congestionado, cepillando el lomo de la yegua. Giovanni contuvo el aliento, incluso abrió la boca, pero enseguida la cerró con un chasquido. Guillem salió del pequeño cubículo con un gruñido de exasperación, inquieto por el silencio de sus compañeros. Volvió a la tarima de los difuntos e inició una inspección de los cadáveres separando los cuerpos. Oía cuchicheos a su espalda, como si aquellos dos estuvieran enzarzados en una áspera discusión. Mientras se inclinaba sobre un llamativo objeto que llamó su atención, una voz reclamó su interés.

—No me acuerdo, eso es lo que pasa, tengo la mente en blanco. —El Bretón estaba plantado a sus espaldas—. Yo los enterré, eso lo recuerdo perfectamente, y creo que Bernard me lo ordenó, aunque no estoy muy seguro. Pero he olvidado quiénes eran y, por más que me esfuerzo, no consigo recordarlo.

—Pero lo que sí sabe es que esos difuntos eran unos hijos de mala madre... —añadió Giovanni en su defensa—. Siempre se acuerda de eso.

—Deberías hablar con Adhemar, Guillem. —Jacques se miraba las manos con resignación—. Y estoy de acuerdo con Giovanni en eso de las dos tumbas, pero quizá deberíamos inventar una historia creíble acerca de la identidad de esos malnacidos.

—Y también podríamos hablar con Adelaide, ¿no, Jacques? —Giovanni intentaba ayudar al Bretón—. Es posible que ella sepa algo de todo este asunto.

La mirada asesina que el Bretón le dirigió le dejó helado. Giovanni enmudeció de repente, como si acabara de decir algo inadecuado sin saber muy bien su significado. ¿Acaso era posible que Guillem de Montclar ignorara quién era Adelaide de Brouilla, que desconociera la relación que la unía a Bernard Guils? Una de sus manos se alzó lentamente y tapó su boca en un gesto involuntario. Un poco tarde, pensó arrepentido, mientras sentía sobre él la mirada inquisitiva de Guillem.

Perpinyà, el Rosselló

Galdric de Centernac se detuvo ante uno de los artesanos del cuero que poblaban el barrio de Sant Mateu. Necesitaba un cinturón nuevo, y la mercancía que se exhibía en la puerta de aquel taller llamaba la atención por su belleza. Dio un vistazo al interior del taller. Un sargento templario, con su característica capa oscura, contemplaba a un operario inclinado sobre un montón de pieles. Galdric retrocedió en silencio, no quería ser visto por nadie que tuviera relación con la milicia, no por el momento. Reemprendió la marcha con paso rápido y el ejercicio le sirvió para diluir la rabia que sentía ante la conducta de fray Seniofred. Aquel estúpido bastardo tenía ínfulas cardenalicias, pensó, pero debía ser prudente para no levantar sospechas. Seniofred de Tuy era el jefe de los espías del papa en la zona y, según sus informes, se trataba de un hombre peligroso. Como debía ser, siguió cavilando en tanto sus pasos le llevaban hacia la pensión en la que se alojaba. Roma tenía un olfato especial para reclutar a hombres excelentes que servían bien a sus intereses, incluso contaba con las mejores mentes criminales... Soltó una corta carcajada riéndose de su propio chiste, algo que habría desagradado profundamente a Seniofred. Pero ése no era su problema, pensó, conocía el escaso sentido del humor que caracterizaba a los espías romanos, sobre todo si eran dominicos. Él servía a otro señor, tan importante o más que el propio papa, a Carlos de Anjou. Una sonrisa se extendió en su rostro y la barbita de chivo que lucía en el mentón se desplazó hacia la izquierda. Al fin y al cabo, se preguntó, ¿a quién debía la tiara papal Martín IV? De no haber sido por el de Anjou, sin duda Simón de Brie no habría pasado de ser un simple legado papal. Gracias a que Carlos de Anjou se presentó en Viterbo y encarceló a los dos cardenales Orsini, el piadoso Simón de Brie se alzó en el trono de San Pedro..., junto con todas sus concubinas, añadió Galdric en medio de risotadas.

Aceleró el paso, había gente observando sus espontáneas carcajadas y no convenía llamar la atención. No quería que extrañas murmuraciones acerca de su conducta llegaran a los oídos de Seniofred, y mucho menos bromas a costa del papa. Debían colaborar en aquella misión, una de tantas en las que había participado desde hacía años. Los dos bandos, tanto espías angevinos como romanos, estaban unidos por una fuerte soga: el poder, fuera como fuere y con todos los medios a su alcance. Debía reprimir aquel malicioso sentido del humor que poseía, meditó ante su posada, en la situación en la que se hallaba sólo podía reportarle graves complicaciones. No podía permitírselo de ninguna manera, porque no estaba allí sólo para colaborar con Seniofred, sino que su misión poseía una doble vertiente. Además de ayudar al dominico a conservar el secreto del acuerdo que el rey de Mallorca había firmado contra su hermano, el rey Pere, Galdric ocultaba otro propósito. Tenía que ajustar cuentas, viejas cuentas para recuperar el honor de su hermano...

La chimenea crepitaba lanzando destellos amarillos y naranjas, chispas rojas que danzaban en un movimiento continuo alzando sus lágrimas de fuego. Poco habituada a la compañía del calor, Adelaide se hallaba sumida en un sopor extraño. No quería dejarse invadir por la nostalgia y, mucho menos, dejarse arrastrar hacia tiempos pasados que nunca regresarían. Reaccionó con esfuerzo, abriendo los ojos y tirando una de las mantas al suelo.

—Te lo repetiré de nuevo, Adhemar, creo que te equivocas —su voz resonó sobresaltando a su amigo.

—¿Qué? ¿De qué hablas?

—Debes hablar con Guillem de Montclar de inmediato —afirmó, tajante—. Lo que ocurrió hace años no debe repetirse.

—¡Qué tontería! ¡Desde luego que no va a repetirse, Adelaide! —saltó Adhemar, incrédulo.

—No estoy tan segura... Sé que algo va a pasar, aunque no sea exactamente lo mismo. —Adelaide, incorporándose en su sillón, pareció recuperar parte de su energía gracias al calor—. Gausbert de Delfià ha aparecido de la nada, Adhemar, y no es para cortejar a mi hija, te lo aseguro. Creo que anda buscando algo, y tú y yo sabemos lo que es: quiere recuperar la parte de su padre. Y, en ese caso, los otros no tardarán en llegar, si no están ya aquí.

—¡Pero qué dices, alma de Dios! —Adhemar no escondía su asombro.

—No pongas esa cara, Adhemar, estoy enferma, pero no he perdido facultades. —La tristeza había desaparecido del rostro de Adelaide y, en su lugar, destacaba una expresión de firmeza—. ¿Por qué razón llevas un tiempo merodeando por esta casa, dime? Y no me respondas que es únicamente para ver mi estado de salud, no quiero perder un tiempo del que no dispongo.

—Vaya, reconozco que no es fácil engañarte. —Adhemar bajó la cabeza, arrepentido—. No quería preocuparte, eso es todo.

—Entonces, amigo mío, empieza por el principio. Preocúpame, te lo ruego. —Un tono sonrosado se extendía por sus mejillas.

—Esos cadáveres en el Masdéu... —comenzó Adhemar.

—¡No, eso no es el principio! —lo interrumpió Adelaide con enfado.

—Está bien, está bien... El principio se inicia con una extraña casualidad —confesó Adhemar a regañadientes—. Tuve que viajar a Elna por asuntos del comendador, pasé allí tres días y, por puro azar, vi algo que me inquietó. Aunque sería mucho mejor decir que vi a alguien que...

—¡Por Cristo bendito, Adhemar! ¿Quieres acabar de una vez? —Adelaide expresó sin disimulo la irritación que le causaba la parsimonia de su compañero—. ¿A quién demonios viste?

—A Gausbert de Delfià en compañía de Bertran de Molins, pero no hace falta que uses ese vocabulario, Adelaide, más propio de un mercenario que de una señora. —Adhemar hizo un mohín de disgusto.

—¡Lo sabía, sabía que me escondías algo! —exclamó Adelaide con satisfacción—. Pero ¿por qué no me lo dijiste, Adhemar? Sabes que estoy implicada en todo esto, y si ellos vuelven, seré la más perjudicada.

—Intentaba protegerte, Adelaide, ya tienes suficiente con esa hija tuya...

—No vuelvas a meter a Guillelma en esto —volvió a interrumpirle Adelaide secamente—. No es una excusa creíble, Adhemar. Es más, ahora ya sé qué es lo que hace ese estúpido de Gausbert revoloteando a su alrededor.

—No podemos estar seguros, Adelaide, sólo son sospechas. —Adhemar vacilaba, asustado por la expresión de Adelaide—. Esos tres están muertos, hace años que sus cuerpos se pudren en el anonimato, y no...

—Y ahora brotan de la tierra, Adhemar. Seguramente ayudados por sus fieles bastardos, para encontrar lo que sus padres consiguieron por medio del delito. —La indignación recorría el frágil cuerpo de Adelaide—. Eso es lo que ocurre, maldita sea, ¿estás ciego?

—Por eso vigilo la casa, Adelaide —murmuró Adhemar, en un intento por calmar a su amiga—. Si lo que dices es cierto, vendrán aquí.

—Y no encontrarán nada —replicó Adelaide con dureza.

—Ellos no lo saben, sólo buscan la casa que perteneció a Bernard Guils. —Adhemar, asombrado, contemplaba el cambio que se estaba produciendo en su interlocutora—. Buscan su sombra, Adelaide, y tú ocupas ese espacio.

Adelaide sonrió con ironía, asintiendo con un movimiento de cabeza.

—Espero que esta vez no cuenten con un templario renegado, Adhemar —sugirió, irguiendo la espalda—. Deberías estar atento a lo que ocurre en tu casa.

—Y tú procura seguir viva —replicó Adhemar con mal humor—. Esa hija tuya es capaz de asfixiarte con una de tus mantas.

Un espeso silencio se instaló entre los dos. El chisporroteo de los leños era el único sonido que se mantenía entre los muros de la estancia, irregular, sin un ritmo marcado.

—Berenguer se ha ahorcado en el granero de la casa... —Adhemar rompió el silencio con un susurro contenido.

—¿Ahorcado ese viejo traidor? —Adelaide no pudo evitar un estremecimiento—. ¿Estás seguro de que se ha suicidado?

—No estoy seguro de nada, pero ya no tendrás que preocuparte por un templario renegado... —La susceptibilidad teñía sus palabras—. Quizás el descubrimiento de los cuerpos le trajo malos recuerdos.

—Eso es bastante inverosímil, Adhemar. De joven, frey Berenguer no tuvo excesivos escrúpulos para traicionar a la Orden, ¿no te parece? Fue él quien se encargó de filtrar a sus compinches las últimas novedades.

—¡Pero bueno! ¿Qué demonios estás insinuando? —saltó Adhemar con el rostro congestionado.

—Deberías investigar esa muerte, es demasiado oportuna, Adhemar, tanto como el hallazgo de los cuerpos en el Masdéu. —Adelaide cerró los ojos reflexionando—. Es un socio menos con el que repartir, no olvides que fue el único que salió vivo.

—No era más que un infeliz sin escrúpulos —intervino Adhemar con rapidez—. Bernard le dejó con vida, y por algo sería.

—Habla con Guillem de Montclar, Adhemar, no sea que las cosas se te escapen de las manos y...

Adelaide calló de golpe, una sombra se destacaba tras su interlocutor y su silueta parecía alargarse en la pared.

—¡Qué reunión más entrañable! —Una voz aguda se coló en la conversación de los dos viejos amigos.

Adhemar se volvió con rapidez y vio a Guillelma de Brouilla en el umbral con una sonrisa forzada.

—Buenos días, Guillelma, hoy has madrugado —la saludó con toda naturalidad—. ¿Adónde has ido a estas horas tan tempranas?

—¿Acaso tengo que darte explicaciones, Adhemar? —preguntó a su vez Guillelma—. Veo que no has escatimado en leña; ese fuego podría calentar a toda una tropa de tus templarios.

—Tu madre está enferma, por si no te habías dado cuenta. —Adhemar se levantó y fue hacia ella con el ceño fruncido, ajeno a la señal de contención de Adelaide—. Y parece que te hayas propuesto matarla de frío, eso es lo que yo veo.

Guillelma, repentinamente pálida, pasó al lado de Adhemar y se sentó junto a su madre.

—Y por lo visto tu intención es acabar con ella de calor —se defendió Guillelma, rígida y envarada por el miedo—. Sin embargo, tienes parte de razón.

Adelaide miró a su hija con extrañeza, algo le pasaba, la conocía bien. La explosión de cólera que esperaba no acababa de llegar, muy al contrario, su tono de voz más parecía una excusa. Inexplicable en ella, pensó Adelaide, su hija no conocía el arrepentimiento. Olió el miedo que circulaba por las venas de Guillelma, un miedo secreto y controlado.

—No tienes buena cara, Guillelma, ¿te ocurre algo? —preguntó con suavidad.

—Espero que no vuelvas a utilizar la excusa del ahorro para no encender el fuego, Guillelma —terció Adhemar, y su voz sonó amenazante—. Ordené que os trajeran dos carretas de leña para pasar el invierno, y tus sirvientes saben perfectamente que, si se acaba, pueden pedir más.

—No me gusta molestar a la orden del Temple con mis pobres necesidades —susurró Guillelma, quien bajó la cabeza mientras uno de sus dedos repasaba la comisura de un ojo en busca de una lágrima invisible.

Adelaide y Adhemar se miraron intrigados ante aquella escena que superaba la realidad, poco creíble y sobreactuada. La mujer que contemplaban no era Guillelma, desde luego, sus dotes de actriz no daban para mucho.

—No sé qué te traes entre manos, Guillelma, pero no me engañas. —Adhemar se plantó ante la mujer—. Y te lo advierto, si le ocurre algo a tu madre, por poco que sea, no dudaré en remover cielo y tierra para descubrir tus intenciones. Si vuelves a cerrarme la puerta en las narices, la echaré abajo a patadas...

—Adhemar, ya basta —suplicó Adelaide.

—Y ten en cuenta que vas a soportar mi presencia cada día y, en cuanto llegue, quiero ver este fuego encendido —continuó Adhemar, implacable—. Además, voy a enviar al médico de la Orden para que dé un vistazo a tu madre, y espero que sus noticias no me hagan sospechar de tus malas intenciones.

Guillelma se levantó de golpe con el rostro lívido y sus ojos se cerraron dejando una rendija gris que brillaba de rabia contenida. Respiraba agitadamente, como si se ahogara. Lanzó un gemido, al que siguió un sollozo poco convincente, y corrió hacia la puerta cubriéndose el rostro con las manos.

—Te felicito, Adhemar —murmuró Adelaide, todavía asombrada por la escena—. Me esperan unos días muy interesantes gracias a ti.

Adhemar apenas la oyó, su mirada seguía fija en la puerta por donde había desaparecido la mujer. Una salida tan teatral despertaba todas sus alarmas. Ahora estaba absolutamente convencido: había visto el miedo en las pupilas de Guillelma. ¿Cuál era el motivo de su temor? ¿Qué había hecho para reaccionar de manera tan extraña?

—Vendré cada día, Adelaide, esto cada vez me gusta menos.

La anciana no contestó, se limitó a coger la mano que Adhemar le ofrecía y la apretó con fuerza. Después oyó sus pasos que se alejaban y reclinó la cabeza en el cojín. Algo grave tramaba su hija, ahora estaba segura...

X

No albergo la menor duda acerca de la dirección de mi salto, Jacques. Abrazaré mi mundo, que termina con la misma convicción de mi juventud, y sé con absoluta certeza que ese simple acto me liberará.

Alrededores del Masdéu, el Rosselló

Guillem de Montclar se secó la frente y tensó la cuerda de nuevo. No había sido un trayecto fácil.

Los sucesos de la noche anterior superaban con creces todo lo imaginado y durante el día no había conseguido descansar. Su sueño había sido irregular y poblado de pesadillas. La figura de Jacques *el Bretón* se inmiscuía, una y otra vez, alterando su descanso. Guillem se sentía culpable, no había atendido a su amigo como se merecía e, incluso en aquellos momentos, ignoraba la manera de ayudarlo. Cuando sus párpados se cerraban, agotados, la enorme silueta del Bretón se interponía en su sueño. Le zarandeaba con fuerza en demanda de objetivos imposibles, suplicando, con una mirada triste y desesperada. Finalmente Guillem había desistido, se quedó en el camastro, inmóvil, reflexionando sobre la extraña conducta de sus amigos hasta el atardecer. Después se levantó, nervioso por la falta de sueño y con la intención de buscar en aquellos tres cuerpos cualquier indicio que le permitiera seguir con la investigación.

Aprovechando el silencio de la noche y ayudado por Giovanni, ataron de nuevo los tres cadáveres tal y como los habían encontrado, los cargaron a la grupa de un robusto percherón y salieron discretamente de la Casa. Guillem se dejó guiar por frey Juan de Salanca, aferrado a las riendas del percherón que resoplaba por el esfuerzo. Después de una hora de marcha, llegaron a una formación rocosa de complejo trazado y Giovanni le guio hasta una cueva de grandes dimensiones. Perdido en un laberinto de túneles excavados en la roca, en completa oscuridad, Guillem se dejó llevar por su compañero, que parecía conocer el terreno con todo detalle. No se detuvieron hasta llegar a un amplio claro subterráneo, rodeado de extrañas formaciones rocosas. Entonces Giovanni le indicó que dejaran los cuerpos en el suelo y sus resoplidos resonaron en la caverna como suspiros de un agonizante. El viejo espía se apoyó sobre una piedra, casi sin aliento.

—Es una pena que Jacques no pueda ayudarnos —musitó con voz entrecortada—. Con su ayuda esto hubiera sido un paseo, todavía tiene la fuerza de mil demonios.

—¿Crees que hará su trabajo, se acordará de todo? —Una nota de inquietud traslucía en la pregunta de Guillem.

—¡Por los clavos de Cristo, desde luego que lo hará bien! —estalló Giovanni con el cansancio impreso en sus facciones—. Cavamos la fosa en el cementerio y rellenamos un saco con tierra... ¡Sólo tenía que enterrarlo, demonios, cómo no va a acordarse!

—Está bien, de acuerdo, no te excites. —Guillem exhaló un profundo suspiro—. Supongo que no pretenderás dejar a éstos aquí en medio, a la vista...

Giovanni se incorporó, al tiempo que negaba con la cabeza. Se dirigió hacia un rincón, haciéndole señas con una mano para que le siguiera. Se detuvo, encendió una vela y señaló hacia el suelo. Guillem siguió la dirección de su dedo y contempló un pozo natural que se perdía en la negrura.

—¿Es lo suficientemente profundo?

—Es el más hondo que existe en la historia de los pozos, Guillem, y no se debe a la mano humana, sino a la voluntad de la madre Tierra —respondió Giovanni con determinación, añadiendo en tono misterioso—. No van a estar solos, te lo aseguro, ahí abajo van a encontrar mucha competencia.

—¿Competencia? —se mofó Guillem, incrédulo—. No sé, Giovanni, si este lugar ya ha sido utilizado, no será de fiar.

—Puedo jurar ante lo que quieras, que nadie admitirá jamás

que ahí abajo hay algo más que piedras —dijo en voz baja, como si temiera despertar a los difuntos—. Cuando era joven, en mis tiempos de espía romano, muchos infelices acabaron en este agujero. Cristianos y herejes, todos revueltos, aunque nadie quiere recordarlo, como puedes suponer.

Guillem tensó la cuerda y arrastró el macabro fardo hasta la boca del pozo. Antes de que pudiera reponerse del esfuerzo y recobrar la energía necesaria para tirar los cadáveres al abismo, Giovanni lanzó un fuerte puntapié al fardo. Cayó al vacío en completo silencio, sólo roto por algún que otro leve roce contra las paredes de piedra. Ambos escucharon con atención, esperando el brutal sonido de los cuerpos en su definitivo encuentro con el fondo. Sin embargo, ningún ruido alteró la quietud de la cueva.

—Es peor que las fauces de un dragón, todo lo que le tiras lo devora sin un murmullo —musitó Giovanni como si rezara.

—Me inclino ante la sagacidad de los espías romanos y su devota cautela, Giovanni —contestó Guillem en el mismo tono susurrante—. Y ahora, amigo mío, ha llegado el momento crucial en el que me pones al corriente de todo lo que sabes.

—Pues lamento decepcionarte, porque sé muy poco —refunfuñó Giovanni.

—Es igual, cuéntame ese poco, por algo he de empezar. —Guillem se sentó en una piedra plana, cerca del pozo—. Supongo que sigues en mi bando y que no has vuelto a tontear con tus antiguos compinches.

—Yo no cambié de bando, tenlo presente en tus comentarios y no me fastidies. —Giovanni estaba ofendido por la insinuación—. Abandoné voluntariamente a esos hijos de perra e hice un trato con Dalmau y el Bretón. Y no he cambiado de opinión en dieciocho años.

—De acuerdo, Giovanni, ha sido una broma de mal gusto, lo siento —aceptó Guillem levantando las manos en son de paz—. Venga, no te enfades, ponme al corriente de la situación.

—La situación, como tú la llamas, sólo puede aclararla el Bretón, yo no sé más que sus confusas murmuraciones —insistió Giovanni con tozudez—. Sin embargo, hay algo en sus explicaciones que me ha recordado un suceso que ocurrió hace ya mucho tiempo, cuando éramos jóvenes. No sé si tiene relación con todo esto...

—Adelante, te escucho, cualquier cosa servirá.

—¿Recuerdas a Robert d'Arles, el espía de Carlos de Anjou al que llamaban la Sombra?

Un escalofrío recorrió la espalda de Guillem, una línea húmeda y glacial que despertó de golpe todas sus alarmas.

—Ese hombre asesinó a Bernard Guils —afirmó tajante con una voz en la que se mezclaban la rabia y el miedo.

—Sí, tienes razón, mató a Bernard y lo pagó con su vida... Pero yo te hablo de un tiempo anterior a su muerte. —Giovanni le observó con la duda en la mirada, pues sabía que el recuerdo afectaba a su compañero—. Una de las ideas geniales de Robert d'Arles tuvo efecto aquí, en el Rosselló.

—Ese hombre estaba completamente loco —gruñó Guillem entre dientes, pues no le gustaba el cariz que estaba tomando el asunto.

—No voy a negártelo, estaba tan loco que producía terror en sus propios hombres. Por entonces yo era un espectador privilegiado de sus locuras. Pero eso no quita que fuera uno de los hombres clave entre los fisgones del de Anjou —respondió Giovanni—. Bien, Arles se propuso colaborar para llenar las arcas de su jefe, quería ascender, y qué mejor medio para hacerlo que convertir a su amo en un hombre muy rico.

—Carlos de Anjou ya era un hombre rico, Giovanni, un hermano del rey de Francia no vive en la miseria —intervino Guillem con impaciencia.

—Desde luego, pero su ambición requería de las arcas de un emperador, muchacho —siguió explicando Giovanni, pasando por alto el tono malhumorado de Guillem—. Y Robert d'Arles quería ascender a lo más alto, ya te lo he dicho. La situación era perfecta, la guerra de Sicilia costaba un dineral y acabar con los herederos del linaje Hohenstauffen no era una tarea fácil. ¿Recuerdas?

Guillem asintió con la cabeza, lo recordaba perfectamente. Aquella guerra provocó una sombra tan alargada que todavía perduraba, pensó. Hizo un gesto a Giovanni para que continuara.

—La idea de Arles era sencilla, como todas las suyas. Creó una pandilla de nobles locales insatisfechos, ya fuera por sus pobres herencias o por simple mala sangre..., o por ambas cosas más exactamente. —Giovanni se detuvo y respiró hondo—. Les prometió el paraíso si le seguían, un paraíso lleno de oro y prebendas. Y cuando los tuvo convencidos, empezaron a robar y a cometer todo tipo de tropelías, siempre bajo sus órdenes.

—¿A robar? —Guillem salió de su apatía, sorprendido.

—Sí señor, a robar iglesias, conventos y palacios, nada los detenía y estaban muy bien informados. —Giovanni soltó una carcajada—. No me mires así, por favor, robaron incluso en la casa del Temple de Perpinyà. Se llevaron todo el producto de un año de trabajo, cuando la Orden estaba preparada para mandarlo a Tierra Santa. Y aquí, en este preciso instante, es cuando aparece en escena Bernard Guils.

—¿Bernard? —El escalofrío aumentó y una sensación helada se apoderó del cuerpo de Guillem.

—¡Shhhhh! —Giovanni se incorporó, inquieto, mientras sus ojos buceaban en la oscuridad—. ¿Has oído?

—No he oído nada, sig...

Giovanni le agarró de la manga y le arrastró hacia el fondo de la cueva. Trepó por una roca, obligándole a seguirle, hasta que finalmente se apoyó en un estrecho saliente y apagó la vela. Guillem, a su lado, captó un leve roce casi imperceptible. Miró hacia la oscuridad, forzando sus ojos para penetrar en la espesa negrura. Algo se movía en la cueva. De repente, un chispazo destelló en la memoria de Guillem, quien recordó palabra por palabra las lecciones de Bernard cuando le instruía, sus frases lapidarias acerca de los espías romanos: «Son como serpientes, chico, reptando por las paredes y dispuestos a lanzar su veneno en cuanto creas que han desaparecido. No desaparecen jamás, no lo olvides si quieres seguir vivo.»

Una angustia especial se instaló en el centro de su estómago, la que siempre aparecía cuando Bernard entraba en su memoria. Se pegó al estrecho saliente, casi sin respirar. Si seguía vivo era gracias a los consejos de Bernard Guils, pensó sin moverse, aunque su ausencia había marcado toda su vida desde el día en que murió en sus brazos.

Cuando Ebre llegó al gran patio de la Encomienda del Masdéu no halló ni rastro de presencia humana. Varias gallinas se alejaron cacareando, molestas por la interrupción de un extraño que parecía esperar un solemne recibimiento. Una peculiar soledad vagaba entre los edificios, aunque a lo lejos se oían voces dispersas, murmullos de hombres y animales concentrados en sus tareas. El joven dio un vistazo a su alrededor, contemplando con nostalgia la iglesia de Santa María. Era un convento rural, meditó, los hermanos se levantaban al alba para ir a sus trabajos, sin preocuparse de cerrar la puerta. Hasta el hermano portero había desaparecido, ocupado en sus quehaceres. Se acercó al pozo para beber un sorbo de agua fresca y dejó que su caballo hundiera el hocico en el abrevadero. Después, cabizbajo, se dirigió a las caballerizas con una molesta sensación que le resultaba familiar. En todos los años que había trabajado junto a Guillem siempre gozó de una supuesta invisibilidad que le convertía en aire a los ojos de sus compañeros, puro aire etéreo, como si no existiera. Encogió los hombros con indiferencia, no era el momento de exagerar sus emociones de adolescencia. Lo cierto era que nadie le esperaba; sus amigos estaban convencidos de que seguía en ultramar, pensó. No obstante, seguía nervioso, asustado de su reacción en cuanto le vieran.

Al entrar en las caballerizas un sonido atrajo su atención, había alguien cantando. Era una melodía extraña, un tanto desafinada y grave, que se extendía por el establo silenciando el rumor de los animales. Se volvió, perplejo, incluso su propio caballo parecía hipnotizado de repente, inmóvil en la puerta y con las orejas levantadas. Los primeros rayos de sol entraban por las ventanas que daban al patio, unas delgadas líneas que dibujaban un mosaico de luz en el suelo. Ebre avanzó con curiosidad, mirando en cada establo y aproximándose al punto de donde surgía la voz. Al llegar casi al final de las cuadras se detuvo de golpe, como si una visión celestial hubiera estallado ante sus admirados ojos.

—¿Jacques?

—No me molestes ahora, inútil, tengo trabajo. Más te vale dejarme en paz, si no quieres que te suelte un buen sopapo —dijo un vozarrón que brotó entre la paja, al tiempo que la canción se detenía.

—Jacques, soy yo, Ebre.

Una cabeza asomó por detrás del lomo de un caballo, el pelo rojizo veteado por hebras plateadas. Los ojos del Bretón se abrieron como platos y la vieja cicatriz que partía su rostro adquirió un tono violáceo. Se restregó los ojos con sus poderosas manazas, atónito.

—¡Por las pezuñas de Satanás, ahora tengo alucinaciones! ¡Lo que me faltaba! —exclamó con desconsuelo.

—Jacques, no soy una alucinación, soy yo, Ebre, he vuelto a casa —insistió el joven con asombro.

—¡Ebre está en Oriente, maldito espectro, fuera, sal de mi vista y desaparece! —aulló el Bretón, cerrando los ojos con fuerza.

—Pero ¿qué demonios te pasa? ¡Que no soy un fantasma, por Dios! —gritó Ebre casi desesperado, sin entender nada—. ¡Soy Ebre y he regresado!

—No me grites, seas quien seas no me grites... —El cuerpo de Jacques se impuso en toda su altura ante el joven—. Ebre nunca gritaba, de eso sí me acuerdo perfectamente, maldito espectro del demonio.

Ebre se quedó inmóvil mientras el Bretón avanzaba hacia él con los puños extendidos. No sabía qué hacer ni cómo reaccionar. Jacques se plantó ante él, uno de sus dedos se alargó en su dirección hasta tocarle la mejilla con un ligero golpe. Volvió a golpear, esta vez más fuerte.

—Bueno, ¿qué pretendes? ¿Darme un tortazo? —preguntó Ebre, irritado ante el recibimiento.

—¡Dios Santo, estás muerto y vienes a despedirte! —se lamentó el Bretón, por cuyo rostro empezaron a rodar gruesas lágrimas—. ¡Han matado a mi Ebre, malditos sarracenos, hijos de una perra sarnosa!

—Pero ¿puede saberse qué demonios te ocurre? No soy un fantasma, Jacques. —Ebre estaba perdiendo la paciencia—. Y si es una de tus estúpidas bromas, no me hace la menor gracia.

—¡Por Belcebú y la madre que lo parió, eres tú, chico, estás vivo! —Una amplia sonrisa se extendió en el rostro de Jacques—. ¿Vienes a ayudarnos con lo de los muertos?

—He regresado, Bretón, dispuesto a ayudar con los muertos y los vivos, si hace falta. —Ebre observaba a su amigo con preocupación, pues nunca le había visto actuar de aquella extraña manera—. ¿Dónde está Guillem?

La pregunta despertó a Jacques de su particular pesadilla. De golpe, le cogió entre sus brazos con fuerza y le sacudió de un lado a otro en un largo abrazo.

—¡Has vuelto a casa, Dios santo, el pequeño de la familia ha vuelto! —exclamó con alegría palpándole por todos lados—. Y sin un rasguño... Has crecido, chico, casi eres tan alto como Bernard. No se lo va a creer cuando te vea. ¿Sabes que a mí me partió una rodilla un mameluco?

—¿Cómo no voy a saberlo, Jacques? Me lo has explicado unas cien veces... —Ebre se compuso la ropa después del demoledor abrazo—. Pero yo no conocí a Bernard Guils, Bretón, ¿no te acuerdas?

—Yo no he dicho nada de Bernard, te confundes, aunque todos os parecéis bastante últimamente. —Jacques se esforzaba por volver a la realidad—. Guillem y Giovanni no tardarán en llegar, supongo... Tenían que deshacerse de los difuntos, ¿sabes?, los que enterré en el Plasec, espero que no tengan complicaciones. Yo ya he terminado la faena que me encargaron y...

Ebre escuchaba las explicaciones del Bretón sin apartar la vista de su rostro. Estaba conmovido por una tristeza que le ahogaba. Parpadeó varias veces y buscó en su memoria: en su mente se formó la familiar silueta de Jacques, la mula más obstinada del Temple. Recordaba a aquel hombre gigantesco, su desordenada melena rojiza, las atronadoras carcajadas y las muchas cicatrices que recorrían su rostro. Ebre cerró los ojos con un estremecimiento, mientras en sus oídos resonaba la catarata de palabras malsonantes y groseras que Jacques siempre tenía a punto y que le habían hecho reír. Recordó sus tremendas palmadas en la espalda y sus abrazos de oso. En un abrir y cerrar de ojos, una parte de su vida desfiló en su mente con celeridad. Aquel hombre que le miraba con alegría infantil le había enseñado a luchar, a cabalgar como un demonio y a utilizar todos los trucos sucios que existían. Ebre le debía mucho a Jacques *el Bretón*, y acaso ahora se le brindaba la oportunidad de devolvérselo.

Apoyó la mano en su hombro en una suave palmada, advirtiendo que aún poseía las espaldas de un buey.

—Vamos a la cocina, Jacques, tengo hambre.

El semblante del Bretón resplandeció. Desde luego que era Ebre, pensó con una amplia sonrisa, ningún espectro venía en su busca para arrastrarle al infierno de la locura. Si tenía hambre era Ebre, no había nadie más en el mundo que tuviera un hambre tan voraz como él, y de ese detalle se acordaba perfectamente.

Dos sombras se movían por la cueva en completo silencio. Dos hombres escondidos se mantenían inmóviles para no delatar su presencia. Los ojos de Guillem, acostumbrados a la oscuridad, detectaron dos bultos que rompían el negro mate que le envolvía. Desde el estrecho saliente, observó cómo se desplazaban lentamente en paralelo, sin hablar. Uno de ellos se acercaba peligrosamente a la boca del pozo. A su lado, Giovanni estaba tan quieto que parecía más muerto que vivo, sin olvidar la máxima más importante de un espía: sobrevivir. La sombra que se movía a su derecha se detuvo bruscamente, como si oliera su presencia. Levantó la cabeza y la volvió lentamente, observando a su alrededor. La sombra de la izquierda avanzaba hacia el pozo invisible. Guillem contuvo la respiración. Aquel infeliz se acercaba a su fin sin que nada pudiera evitarlo. A un solo paso del pozo la sombra se detuvo, insegura, como si intuyera el peligro. Desgraciadamente no se fiaba mucho de su instinto, porque tras unos segundos de vacilación dio los dos pasos fatales que le llevarían a la muerte. Un alarido escalofriante que se perdía en la profundidad resonó en la caverna en un eco continuo que rebotaba en las paredes de piedra. La sombra de la derecha se paralizó unos largos segundos, cambió de dirección y avanzó muy despacio hacia el punto en donde el alarido se había roto. Un pequeño resplandor iluminó repentinamente una porción del suelo, una vela que buscaba una explicación. La luz cayó sobre la boca del pozo y Guillem oyó una imprecación en voz baja. La sombra se agachó y se asomó al agujero, mientras su brazo alargaba la vela en un intento de comprobar su profundidad. Después, la vela se apagó de nuevo, la sombra se incorporó y dio media vuelta. Sus pasos buscaban la trayectoria inicial, el centro de la cueva y, una vez situado, desapareció despacio hacia la salida.

Guillem y Giovanni se mantuvieron inmóviles, y así siguieron durante media hora. Los espías jamás se fiaban de sus colegas de profesión. El sonido de una puerta al cerrarse, unos pasos que se alejaban... Todo formaba parte del ceremonial para sobrevivir: las puertas nunca se cerraban del todo y los pasos que parecían alejarse eran sólo una ilusión. Una trampa para incautos. Guillem apoyó el rostro sobre la repisa de piedra, notando que los párpados le pesaban y un sopor profundo le invadía. Podía dormir en cualquier lugar, excepto en su propio camastro. Bernard y sus interminables clases prácticas, pensó con una sonrisa, recordando las noches en que le había dejado sobre un árbol, sobre una silla, o simplemente pegado a una pared. «Si quieres sobrevivir en este maldito trabajo, Guillem, aprende a dormir de pie, sin respirar, en cualquier lugar o situación, porque será la única manera que tendrás de descansar. En tu cama sólo te esperarán pesadillas, recuérdalo.» Y Guillem siempre lo tuvo presente, por eso seguía vivo, gracias a Bernard...

Perpinyà

Seniofred de Tuy recorría el claustro del convento dominico a toda prisa. No se detenía ante ningún capitel ni tenía interés en las tumbas de sus hermanos, el arte nunca le había emocionado. Corría para pensar, para comer y para dormir, era un hombre que no entendía la vida si no era corriendo. Esa característica obligaba a quienes le servían a seguir su ritmo enloquecido, cosa que no favorecía sus relaciones sociales. No obstante, Seniofred no buscaba amigos, sólo ansiaba poder. Sus amistades eran simples escalones que le facilitaban el ascenso al reino de los privilegiados. No amaba a nadie ni era amado por nadie. Despreciaba a la casi totalidad del género humano precisamente por ello, porque no podía soportar la fragilidad de las emociones y los sentimientos.

Un monje corría tras sus pasos y su respiración entrecortada resonaba entre los arcos del claustro. Finalmente consiguió ponerse a su lado sin dejar de correr. Era un hombre menudo, regordete, y cada largo paso de Seniofred le costaba un trote de tres.

—Señor, señor, ha llegado un mensaje para vos... —jadeó, esperando que la misericordia divina hiciera parar a su hermano de religión.

Seniofred le miró con sus saltones ojos oscuros, le arrebató el papel que llevaba en las manos y siguió su marcha. El monje menudo lanzó un profundo suspiro de alivio y se detuvo. No le gustaba Seniofred, su visita al convento sólo había conseguido alterar la paz de la comunidad. Ya nadie se atrevía a salir al claustro, todos estaban atemorizados por la actitud de aquel hombre de rostro sombrío. El monje intentaba reponerse de la carrera a toda prisa, observando con el rabillo del ojo la rápida vuelta de Seniofred, que regresaba hacia él. Se giró y corrió hacia la puerta del refectorio en una huida admirable.

El mensaje no frenó los pasos de Seniofred, que fue leyendo a la carrera, sólo hizo aparecer tres profundos surcos en su frente. No le gustaba lo que estaba pasando ni le gustaba Galdric de Centernac, no se fiaba de él. ¿Qué estaba tramando a sus espaldas? Ya había enviado un mensaje urgente a Roma quejándose de la ayuda recibida, no necesitaba para nada a un fantoche como aquél. ¿En qué estarían pensando en la Curia para creer que Galdric cumplía los requisitos necesarios? ¡Maldita burocracia! Esa gente no entendía nada, ¿qué le importaba a él de quién fuera hermano aquel estúpido payaso?

Se detuvo de golpe en un gesto insólito y releyó el papel. ¿Qué hacía Galdric de noche, acompañado de un compinche, y en una cueva? Seniofred aspiró una bocanada de aire y emprendió de nuevo su veloz paseo. Según el mensaje, después había salido solo... ¿Habría asesinado a su compañero? Le consideraba muy capaz de eso; aquel estúpido era un simple mercenario del de Anjou, sin preparación, un vulgar asesino a sueldo. Seniofred estrujó el papel entre sus dedos con rabia. Había sido una buena idea poner a alguien de confianza tras los pasos de Galdric, pero una absoluta pérdida de tiempo. Tal y como iban las cosas, todos se verían obligados a poner espías para vigilar a sus propios espías, pensó Seniofred con la ira reflejada en la mirada. No iba a permitir que Galdric fuera un obstáculo en sus planes cuando estaba a punto de tocar la gloria... Un súbito malestar atenazó su garganta. El recuerdo del hermano de Galdric invadió su mente dejándole un regusto amargo. No quería recordarlo, era parte del pasado, y esperaba que Galdric lo tuviera en cuenta. Sin embargo, aquella voz fría, acerada, como un cuchillo hundiéndose en la carne, consiguió que un sudor helado reptara por su piel. No, Seniofred de Tuy no quería recordar.

XI

Sin embargo, hay algo que aún escapa a mi comprensión, algo que se obstina en perdurar a pesar de los cambios. La naturaleza del traidor, amigo mío, es una sombra agazapada que nos acecha desde el despertar de los tiempos.

Perpinyà, el Rosselló

Se detuvo ante la posada y observó con ojo crítico aquel edificio que parecía a punto de desmoronarse. Originalmente la posada había sido una construcción de una sola planta a la que, con el tiempo, se le habían añadido dos pisos más. Era evidente que el capataz de obras no era un genio, pensó el hombre, aquel edificio surgía del suelo como una pesadilla irreal. El primer piso se desplazaba a la izquierda en un ángulo de caída preocupante; el segundo se esforzaba por mantener el contrapeso a la derecha, izándose como una vela irregular y deforme. Era un milagro que aún se mantuviera en pie. Con un gruñido de desagrado el viajero entró en la posada. No había sido fácil encontrarla. Y era extraño, meditó, porque una casa así no se olvidaba en la vida. No obstante, hacía ya muchos años que no pisaba la ciudad y Perpinyà había crecido de forma alarmante. Sus recuerdos de infancia desaparecían en una bruma espesa que se acentuaba con los años. Al detenerse en el umbral, una desagradable vaharada le hizo retroceder con una mueca de repugnancia. El olor a orines y a sudor era tan intenso que, por un instante, pensó en largarse de allí y olvidarlo todo. Pero se controló con esfuerzo y avanzó dos pasos, la distancia suficiente para percibir una silueta familiar que le esperaba. La figura de Gausbert de Delfià se destacaba al fondo, en una mesa alejada del barullo de la clientela, mientras le hacía señas con una mano para advertirle de su presencia. Un gesto inútil, pensó el recién llegado al contemplar la elegante vestimenta de su anfitrión. Gausbert parecía una perdiz perdida entre una piara de cerdos, inconfundible a los ojos de un buen cazador. Avanzó entre las mesas con un gesto de disgusto que no disimuló y se sentó ante Gausbert.

—¿No hay otro lugar en esta maldita ciudad que no apeste? Hasta un establo huele mejor que este antro —farfulló con repugnancia.

—Ignoraba que te hubieras vuelto tan quisquilloso, Bertran, es todo un descubrimiento. —Una sonrisa maliciosa apareció en los labios de Gausbert—. Comprenderás que toda precaución es poca, amigo mío.

—¿Cómo van tus devaneos con esa mujer, Guillelma? ¿Has podido echarle un vistazo a la casa? —Bertran pasó por alto la impertinencia, acentuando el sarcasmo—. ¿Ya la tienes rendida a tus pies y dispuesta a entregarte las llaves de su virginidad?

—Así habría sido si las cosas no se hubieran precipitado de manera sorprendente.

—¿Y eso qué significa? —Bertran de Molins le dirigió una mirada inquietante.

—Los muertos han resucitado, Bertran, como si quisieran indicarnos el camino que debemos seguir. —Gausbert bajó la voz y se inclinó hacia su interlocutor—. Han aparecido tres cadáveres en la encomienda del Masdéu, en un estercolero. No es necesario que te diga quiénes son...

—Sí es necesario, Gausbert, ¿cuál es, según tú, su identidad? —Los ojos hundidos de Bertran de Molins se cerraron dejando un resquicio azulado—. Tu imaginación siempre corre como un gamo asustado, sin razonar, y no sería la primera vez que te equivocas.

—No hay equivocación posible, Bertran. —Gausbert estaba sorprendido por la duda de su compañero—. No hay otra posibilidad.

—¡Gausbert, el oráculo, ha hablado! —exclamó Bertran, soltando una carcajada—. ¿Qué significa que no hay otra posibilidad? Las hay a cientos, Gausbert, y nada nos asegura que esos tres cadáveres pertenezcan a nuestros padres y a Girard de Brouilla. ¿Acaso los has visto con tus propios ojos?

—¿Cómo había de verlos? ¿Te has vuelto loco? —saltó Gausbert, escandalizado—. No se me ocurre un motivo creíble para presentarme en el Masdéu y comunicarles que creo que mi padre, Arnald de Delfià, es uno de esos muertos... Y además, añadir tan tranquilo que los otros dos son Oliver de Molins, tu padre, y Girard de Brouilla. ¿Qué pretendes, que me encierren en esa mazmorra infernal que tienen en mitad de su patio?

Gotas de sudor resbalaban por la frente de Gausbert, nervioso ante el obstinado silencio de su compañero. Alzó una mano en demanda de bebida, que rápidamente les fue servida, y después de apurar un largo trago de vino continuó su discurso.

—¿Y cuál sería el siguiente paso, dime? Me preguntarían cómo demonios sé yo la identidad de esos muertos. —Gausbert respiraba rápidamente, como si le faltara el aire—. ¿Y qué podría responderles, Bertran? ¿Que mi padre era un maldito ladrón, que les robó la recaudación de todo un año y asaltó todas las iglesias y conventos que encontró a su paso?

—Sigues siendo el mismo imbécil de siempre, Gausbert, nunca te haces la pregunta adecuada —contestó Bertran con frialdad, saliendo de su mutismo—. Te precipitas en tus conclusiones y acabas por estropearlo todo.

—¡Vaya, suerte que estás tú para iluminarme! —La cólera torció las facciones de Gausbert, una cólera amarga y soterrada.

—Tienes razón, es una suerte para ti. —Bertran cerró los ojos, reflexionando—. En esta situación, las preguntas adecuadas serían: ¿por qué motivo esos cadáveres surgen ahora después de tantos años de olvido, qué interés se oculta tras el hallazgo y a quién beneficia?

—Quizás haya sido una simple casualidad...

—La casualidad no existe, Gausbert —cortó tajante Bertran—. Al contrario que tú, yo he procurado informarme bien antes de emitir una opinión atolondrada. Te lo repito: no razonas, te alborotas a la primera señal de alarma y corres en la dirección equivocada, no pue...

—¡Tú ya sabías lo de esos muertos! —le interrumpió bruscamente Gausbert—. Y me has dejado hablar y hablar, sólo para humillarme.

—Ahora el quisquilloso eres tú, amigo mío —susurró suavemente Bertran—. No tengo ningún interés en humillarte, Gausbert, pero lo que nos ha traído hasta aquí no es un entierro familiar, sino un patrimonio que debemos recuperar. Deberías tenerlo en cuenta, no nos desviemos de nuestros intereses.

—Entonces ¿por qué han aparecido esos cuerpos? Ya que lo sabes todo, explícame un motivo para que los pobres despojos de mi padre anden sin tumba ni bendición. —Gausbert no podía reprimir su indignación.

—Eres un patético sentimental, Gausbert. ¿Qué puede importarte a ti el cuerpo maloliente de tu padre? —Un sonido gutural que intentaba ser una risa se elevó sobre Gausbert—. ¿Acaso has olvidado por qué estamos aquí? Porque si es así, no me importa refrescarte la memoria. Hemos hecho un largo viaje, amigo mío, para recuperar el botín que consiguieron nuestros padres. Un generoso botín que el bastardo de Bernard Guils ocultó después de acabar con sus vidas. ¿Me sigues ahora, Gausbert?... Todo lo demás carece de importancia, excepto lo que represente un obstáculo para nuestros intereses. Graba esa frase en tu maldita cabeza y deja de hacer el imbécil.

—De acuerdo, como siempre tienes razón. —Gausbert bajó la cabeza y sus manos juguetearon con la copa que tenía delante—. Me olvidaré de esos muertos, si es eso lo que quieres.

—Lo que yo quiero, Gausbert, es que pienses con la cabeza y no con el trasero. —Bertran de Molins se mordió los labios mientras contemplaba a su compañero con preocupación—. Te diré lo que yo creo acerca de esos inoportunos difuntos. Es evidente que alguien quiere complicar la vida a los templarios del Masdéu, porque ya corren los rumores más descabellados acerca de esos muertos. Desconozco aún la razón de todo este escándalo, pero me temo que la solución ande suelta por la azotea de los intereses políticos. Y añadiré, y tenlo presente, que todo este barullo entre poderosos no nos importa un rábano.

Gausbert de Delfià seguía con interés las explicaciones de su amigo pero, a pesar de sus palabras, no podía dejar de pensar en el cuerpo profanado de su padre. Era una indignidad, susurraba una parte oculta de su mente, nadie merecía ser arrojado en el olvido de un vertedero.

—¿Me estás escuchando, Gausbert? —La voz grave de Bertran interrumpió de golpe sus meditaciones—. Olvídate de esos malditos muertos, no nos incumben, sean quienes fueren... Debemos concentrarnos en esa casa, en la manera de convencer a Guillelma de Brouilla para que nos franquee la entrada a todas las dependencias.

—Lo que buscamos podría no estar en esa casa. —Gausbert vaciló, por primera vez la duda se instaló en su mente.

—Podría ser, es una posibilidad —admitió Bertran, que empezaba a estar harto de las dudas de su socio—. Sin embargo, Gausbert, todo nos lleva en esa dirección. Bernard Guils se aseguró de que Adelaide de Brouilla se quedara con la casa, ¿no es así? Te recuerdo que incluso falsificó el testamento de Girard de Brouilla a favor de la Orden, una falsificación magnífica, hay que reconocerlo.

—Era una compensación por el robo en la Preceptoría de la ciudad... —excusó Gausbert con una mirada vacía.

—¡Pero bueno, tú de parte de quién estás! —estalló Bertran con la irritación reflejada en la mirada—. ¡Qué compensación ni qué niño muerto! Podría haber devuelto todo el botín al Temple, imbécil, cosa que no hizo, lo ocultó bien para que nadie lo encontrara. ¡Y vete tú a saber con qué intenciones!

—Lo ocultó para que no saliera a la luz el nombre de Robert d'Arles, por eso lo escondió —se apresuró a contestar Gausbert—. Ese hombre traicionó al Temple, era un renegado, la Orden no quería un escándalo y Guils lo solucionó a su manera. D'Arles era un espía del de Anjou infiltrado entre los templarios, Bertran, y cuando cons...

—Pero ¡qué puede importarnos eso ahora, maldita sea! —le interrumpió Bertran, fuera de sí—. Eres tan imbécil como tu padre, Gausbert, el pobre desgraciado ni siquiera se enteró de que habían vendido su pellejo para que Arles pudiera escapar... ¡Hay que ser estúpido, por Dios!

—Tampoco lo supo Girard de Brouilla...

—¡Otro estúpido vanidoso! —cortó Bertran, al límite de su paciencia—. Sin embargo, gracias a Dios, no engañó a mi padre, y por eso estamos aquí, Gausbert. Él no se dejó embaucar, y cuando Bernard Guils estaba tras sus pasos se cuidó mucho de dejar por escrito esta historia. Ésa es la única razón por la que, muy pronto, tú y yo seremos inmensamente ricos. ¿Hay algo que sea más importante que eso, Gausbert?

Gausbert de Delfià balanceó la cabeza de un lado a otro en un gesto de negación.

—Tampoco tu padre escapó de la ira de Guils...

—Dejemos a los muertos en paz, la que sea. Eso no es de nuestra incumbencia, Gausbert —siguió Bertran, remachando cada frase—. Somos tan ladrones como nuestros padres, sin excusas ni paliativos, estamos arruinados y en una difícil situación... No podemos volver a Francia porque han puesto precio a nuestra cabeza. ¿Qué quieres, abandonar ahora y ponerte a llorar por un hijo de mala madre que nunca se interesó por ti?

Gausbert seguía negando con la cabeza, en silencio. Bertran tenía razón, como siempre, por algo era el cerebro de su peculiar asociación. Llevaban juntos mucho tiempo, casi desde la adolescencia, y les había ido bien. Juntos habían estafado, engañado y asesinado por un buen precio, y juntos habían sobrevivido a todas las amenazas. Pero Bertran no tenía conciencia, meditó Gausbert bebiendo de su copa, los huesos de su padre no le importaban en absoluto.

Un borracho que apestaba se desmayó a su lado, una carcasa repugnante cubierta de harapos. Gausbert se apartó con una mueca de asco, no soportaba a esa gente. Le pegó un puntapié en las costillas para apartarlo, pero sólo consiguió que emitiera un sonoro ronquido y que le salpicara las botas.

—Eso sí que fue una suerte, o si lo prefieres, una señal del destino... —Bertran seguía hablando, ajeno al desinterés de su compañero.

—¿Que fue una suerte? —Gausbert despertó de su ensimismamiento con esfuerzo.

—Deja al maldito borracho de una vez, Gausbert, si sigues así vas a conseguir que te vomite encima. —Bertran parecía divertido—. No escuchas, ése es tu mayor defecto.

—Te estaba escuchando hasta que ese pordiosero casi se me echa encima... —se excusó Gausbert.

—Digo que encontrar al viejo Armand fue una señal del destino, Gausbert, eso sí que podría llamarse casualidad, y de la buena. —Con un gesto de condescendencia, Bertran continuó—: ¿Quién iba a decirnos que nos toparíamos con el viejo carcamal justo cuando las cosas se estaban poniendo tan negras para nosotros? Y, milagro de los milagros, ese pobre viejo todavía conservaba la carta de mi padre.

—Sí, una auténtica sorpresa —balbució Gausbert con voz pastosa. La modorra empezaba a apoderarse de él—. Muy bonito: descubrir que nuestros padres eran unos vulgares ladrones escondidos tras sus aparentes apellidos de nobleza y...

—Estás borracho, Gausbert, ya veo que vas a empezar con tu retahíla de escrúpulos sentimentales —graznó Bertran con disgusto—. Siempre igual, ¡maldita sea tu estampa! Será mejor que nos larguemos de aquí antes de que abras la boca y sueltes alguna inconveniencia.

Bertran de Molins agarró a su compañero del brazo y, a pesar de sus quejas, le arrastró hacia la puerta de salida. Siempre ocurría igual con Gausbert, toda su apariencia de gran señor desaparecía con la tercera copa de vino. No podía permitir que arruinara su plan, pensó Bertran, no cuando estaban a punto de recuperar su maldita herencia. Llevaban demasiado tiempo juntos, siguió cavilando, y cada día soportaba peor sus excentricidades. No obstante, todo problema tenía una solución. Lo primero era encontrar el botín de sus padres y después... Bien, después era probable que Gausbert de Delfià tuviera un desdichado accidente. Una sonrisa lobuna apareció en el rostro de Bertran y sus ojos hundidos se cerraron hasta dejar un resquicio azulado a través del que asomaba un destello turbador. Preocupado por sacar a Gausbert de la posada antes de que hablara más de la cuenta, no percibió un extraño movimiento a sus espaldas. El harapiento borracho se incorporaba despacio del suelo, limpiaba unas invisibles briznas de su andrajosa camisa y se sentaba a su mesa con aparente serenidad.

Guillelma de Brouilla no había pasado una buena noche. Encerrada en su habitación desde la visita de Adhemar, había dado rienda suelta a su furia. Su primera víctima fue la jofaina, que se estrelló con estrépito contra la puerta; después le siguió el aguamanil, convertido en mil fragmentos de loza que tapizaron el suelo. Todavía con la rabia creciendo en su riego sanguíneo, la emprendió a patadas con la cama, con los almohadones y con un grueso candelabro, que estampó contra la pared. Después, exhausta por el esfuerzo, se metió bajo las mantas. Necesitaba pensar.

Una sola idea rondaba por su airada mente: encontrar el modo de acabar de una maldita vez con frey Adhemar. No podía tolerar sus amenazas ni su vigilancia permanente. Hecha un ovillo, con las rodillas dobladas acariciando su pecho, pasó la noche entera buscando la solución a su problema. Bajo su mullido colchón, la presencia de la bolsa de cuero de la bruja le enviaba señales tranquilizadoras. Adelaide iba a morir, y ni siquiera Adhemar podría impedirlo. Pero ¿cómo alejar al maldito templario?, reflexionaba Guillelma con las cejas levantadas hasta casi tocar su estrecha frente.

Al alba, sentada sobre su lecho, una idea fue cobrando forma en su mente, una idea peligrosa. Sus labios se torcían mientras sus dientes tironeaban, una y otra vez, de ellos. La reflexión cambiaba su rostro, los afilados pómulos se alzaban desafiantes como picos escarpados. Era una buena idea, pensó, aunque requería una precaución extrema. Tendría que andarse con mucho cuidado. Se levantó y se vistió con especial dedicación, pues quería dar una impresión inmejorable. Después, tras ponerse su mejor capa, salió de la casa sin dar explicaciones. Era el momento de poner en práctica su plan, sin vacilaciones, sabía que si pensaba más en ello el miedo la bloquearía. Con paso decidido, recorrió las calles en dirección al convento de los dominicos.

Galdric de Centernac se felicitó, apurando la copa que había dejado Gausbert sobre la mesa. El disfraz era perfecto para aquella taberna de mala muerte, murmuró para sí, mientras contemplaba a otros parroquianos con peor pinta que él. Nadie había sospechado de sus intenciones, ni siquiera Bertran de Molins... Aquel individuo se había ganado la fama a pulso, pensó Galdric, resultaba más peligroso que una espada de doble filo. Conocía el historial de los dos hombres y su precipitada huida de París, y no había precisado más que poner a uno de sus hombres tras sus pasos. Dejaban un reguero de sangre y destrucción tan visible que hasta un perdiguero viejo habría sido capaz de olfatearlo. Le había llevado un año descubrir su paradero, pero las instrucciones de su hermano antes de morir eran precisas. Sabía que, un día u otro, aquellos herederos de la mala sangre volverían para recuperar el botín de sus padres. Y no se había equivocado: su hermano era una de las personas más inteligentes que había conocido. Sin embargo, entonces aún existía una duda: ¿sabían aquellos dos criminales la historia delictiva de sus padres? Era una duda razonable, caviló Galdric estirando las piernas y alzando una mano en demanda de bebida. Aquella banda de ladrones se había creado en el más estricto secreto y quien lo rompía conocía sus mortales consecuencias... Por lo tanto, había actuado para corregir aquel pequeño error, un cabo suelto que su hermano no tuvo tiempo de enmendar. Encontrar al viejo Armand, el antiguo administrador de la familia Molins, fue fácil, aunque convencerlo para que actuara requirió de métodos más contundentes. Una vez ablandado, no tuvo más remedio que colaborar entregando una supuesta carta que contenía la pista del botín. Poco después, el hombre dejó de existir... Galdric lanzó un suspiro de satisfacción, todo iba según sus planes. Aquellos dos hijos de perra iban a ocuparse del trabajo sucio, mientras él se dedicaba a otros quehaceres. El asunto de Seniofred iba de mal en peor, meditó bebiendo un sorbo de vino, el de Montclar y el viejo Giovanni se habían deshecho de los cadáveres. Una operación sencilla pero excelente, reconoció con cierta admiración. Bebió otro sorbo de vino, complacido. Había sido una buena idea seguirles, y aún mejor que uno de sus hombres le acompañara. Sin pretenderlo, aquel desgraciado le había salvado la vida, aunque él siempre disfrutaba de la buena suerte. Sí, no podía negarlo, pensó asintiendo varias veces con la cabeza, era un hombre afortunado al que la vida sonreía... ¿Qué le diría a Seniofred? La pregunta estalló en su mente flotando en una bruma oscura. Galdric detestaba a los espías del papa. A pesar de trabajar en estrecha relación con ellos, no podía olvidar que habían sido los responsables de la muerte de su hermano. Al sonreír, sus labios se entreabrieron para mostrar una hilera de dientes puntiagudos y amarillentos. Sacó una baraja de la manga y la extendió en la mesa ante sí, observando el movimiento de las cartas al deslizarse. Seniofred podía irse al infierno, él mismo estaba dispuesto a facilitarle el viaje. Nadie iba a interponerse en su auténtica misión, pensó mientras separaba las cartas en tres montones iguales. Y al acabar con los diferentes juegos que tenía entre manos sería un hombre muy rico, inmensamente rico. Una carcajada escapó de su garganta y, durante unos minutos, su cuerpo de harapiento borracho se sacudió de un lado a otro, sin intentar reprimir una alegría salvaje. Nadie le hizo el menor caso, estaba en el lugar adecuado para dar rienda suelta a sus emociones. Iba a demostrar a todo el mundo quién era Galdric de Centernac en realidad, se enterarían de una vez por todas de lo que era capaz. Destapó las primeras cartas y observó con fascinación el trío de espadas que se desplegaba ante sus ojos. Era un hombre con suerte, murmuró, y nadie iba a detenerle.

El roce de la sotana era el único sonido que perturbaba el silencio de la biblioteca. Seniofred sintió un molesto cosquilleo que subía por sus piernas en demanda de movimiento y cambió de posición. En el rincón más alejado de la puerta de entrada había instalado un escritorio protegido por una enorme estantería cargada de libros. Invisible a miradas indiscretas, su cabeza se inclinaba sobre un montón de pergaminos que requerían su firma. Un monje que hacía las veces de secretario y escribiente entraba y salía del pequeño cubículo sin hacer el menor ruido, temiendo alterar la concentración de su superior. Finalmente no tuvo otro remedio que interrumpir el trabajo de Seniofred, después de cuchichear unos minutos con uno de sus hermanos.

—Señor, perdonad mi lamentable interrupción... —susurró en voz baja y temblorosa—. Un hermano me ha hecho saber que tenéis visita.

—¿Una visita, ahora? ¿De quién se trata? —El rostro ancho y arrugado de Seniofred experimentó una brusca transformación.

—Una dama, señor. Según me han dicho ha suplicado veros. —El secretario vaciló—. Dice que es urgente, pero una sola palabra vuestra y...

—¿Sabéis quién es? ¿Se ha presentado?

—Guillelma de Brouilla, señor, pertenece a una de las más antiguas familias de la ciudad.

Seniofred de Tuy dejó el pergamino y juntó las manos, cuyas palmas se abrieron y cerraron a un ritmo regular ante su rostro. Miró fijamente a su secretario por si éste abrigaba una doble intención, pero la cara asustada que esperaba su respuesta no le comunicó más que el miedo de la interrupción.

—Trae una silla y hazla pasar —murmuró a regañadientes.

Seniofred volvió al pergamino que tenía sobre la mesa, mojó

la pluma en el tintero y garabateó una firma. No podía eludir una visita de carácter civil, pensó, no convenía a sus intereses ofender a la nobleza. Aunque sabía lo suficiente para poner en entredicho la dignidad de la visitante, que pertenecía a una familia arruinada por la mala cabeza de su progenitor. También conocía la personalidad de Guillelma, no era la primera vez que acudía a él para denunciar a sus vecinos. Aquella mujer no se detenía ante nada, pensó Seniofred, era un pájaro de mal agüero al que convenía dispensar un trato preferente. Sus pensamientos se detuvieron cuando vio aparecer a Guillelma de Brouilla tras la figura de su secretario. Se levantó, forzando una leve sonrisa que contrajo su rostro.

—Guillelma, cuánto tiempo sin veros —saludó, indicando la silla con un gesto de su mano.

—Mucho tiempo, fray Seniofred, tenéis razón. —Guillelma se sentó, rígida como un palo—. Sabéis que no me gusta molestaros con naderías, no quiero importunar vuestro trabajo.

—Vamos, vamos, querida Guillelma, vuestra presencia no es ninguna molestia, os lo aseguro —la tranquilizó Seniofred, al tiempo que captaba la inquietud de la mujer—. Vuestras noticias siempre alegran a este pobre monje, y no sólo eso, querida amiga, sois una inestimable ayuda en nuestra difícil labor.

—Os agradezco vuestras palabras, fray Seniofred. —Las cejas de Guillelma experimentaron un brusco ascenso cuando su frente se arrugó en una estrecha franja—. Pero me temo que siempre os traigo malas noticias, dudas que no sé resolver de manera cristiana. Por ello acudo a vos en busca de consejo, ya que siempre habéis guiado mis pasos.

—Desde luego, ésa es mi función. —Seniofred se permitió una larga pausa mientras observaba a su visitante con curiosidad—. Decidme, ¿qué os inquieta ahora, hija mía?

—Es un asunto muy delicado, fray Seniofred, estoy realmente asustada... —Guillelma sacó un pañuelo de la manga y se lo llevó a los ojos—. A buen seguro me equivoco, pero lo que he visto me ha mantenido despierta toda la noche, creedme. Temo por mi madre y...

Un sollozo contenido ascendió por la garganta de la dama, un acto que puso en guardia a Seniofred. Era el principio de una mentira, lo sabía, aquella mujer era incapaz de soltar una lágrima por sus semejantes. Siguió en silencio, a la expectativa, con la curiosidad de descubrir el objetivo de su cólera, porque no había otro sentimiento que impulsara más a Guillelma de Brouilla que la ira de su frustración. Esperó con paciencia a que acabara con sus arrebatos lagrimales y, a fin de acelerar la interminable actuación, rompió el silencio.

—Veo que estáis preocupada por la salud de vuestra madre, de quien me han dicho que está muy enferma —sugirió con voz grave.

—No os equivocáis, fray Seniofred, pero la salud de mi madre está en manos de Dios. —Guillelma elevó sus ojos al techo—. Es más bien la conducta de frey Adhemar lo que me preocupa.

—¿Frey Adhemar, el escribiente del Temple? —La aseveración de Guillelma logró sorprender a Seniofred—. ¿Qué puede haber hecho ese hombre para inquietaros, hija mía? Le conozco muy bien, es un excelente secretario para el comendador, y sus referencias son inmejorables.

—Sí, eso dicen... —Los ojos de Guillelma seguían clavados en el techo—. Es muy amigo de mi madre...

—Vuestra madre siempre ha mantenido muy buenas relaciones con el Temple de la ciudad, Guillelma, no es de extrañar su estrecha amistad con frey Adhemar. Habréis de ser más explícita, pues no entiendo adónde queréis llegar. —La curiosidad se acrecentaba y Seniofred no estaba dispuesto a seguir escuchando las vaguedades de la mujer—. Decid lo que tengáis que decir de una vez, no perdamos más el tiempo.

—Creo que hay algo más que una buena amistad, fray Seniofred. —La mirada de Guillelma bajó del techo para buscar la complicidad de su interlocutor.

Una sorda carcajada resonó en la biblioteca del convento de los dominicos. El secretario de Seniofred ahogó un grito y dejó caer el montón de pergaminos enrollados que transportaba entre sus brazos. Nunca había oído nada parecido en aquella santa casa. Sus manos temblaban y el sudor empezó a correr por su espalda, mientras intentaba recoger los pergaminos. Era una mala señal, pensó con un estremecimiento, un nefasto augurio que sólo podía traer desgracias. Fray Seniofred jamás reía, eso lo sabían todos, y aquella horrible carcajada sólo podía ser obra del diablo. Todavía en el suelo, incapaz de reponerse, el secretario se persignó varias veces, juntó las manos y rezó al Altísimo para que todo fuera una simple pesadilla.

XII

Lo que nos ocupa ahora, Jacques, es la peor cobardía posible. La que lo traiciona todo y arrasa con todos. Destruye cualquier atisbo de verdad, no se debe a nadie más que a sí misma, y su convencimiento es tan intenso que hasta el más fuerte tiembla ante su poder.

Alrededores del Masdéu, el Rosselló

Pasada media hora, Guillem de Montclar saltó de la repisa hasta el suelo de la caverna. Avanzó con sigilo, medio agachado y buscando la protección de las formaciones rocosas. La luz del amanecer se filtraba por la abertura de la entrada cuando asomó la cabeza con precaución. Observó atentamente el terreno y captó de inmediato unas huellas que no eran las suyas. Siguió el rastro hasta un pequeño prado en donde pacía el percherón, ajeno a la actividad de sus dueños.

—Hay huellas de caballos, y no son los nuestros...

Guillem se volvió con rapidez. Giovanni había aparecido a sus espaldas de repente, tan silencioso como él, sin que un solo sonido avisara de su presencia.

—No hagas eso, Giovanni, o te encontrarás con un cuchillo clavado en el cuello —le reprendió Guillem, admirado ante la destreza del viejo espía—. Se ha llevado los caballos y nos ha dejado al percherón como regalo de despedida.

—No, no creo que se los haya llevado, tenía demasiada prisa y no quería ser descubierto... —Giovanni paseó la mirada por los alrededores, se llevó dos dedos a la boca, inspiró hondo y lanzó un estridente silbido—. Si no han vuelto a casa, estarán por ahí... Es una suerte que no te hayas llevado a *Xiqueta*, a buen seguro ese animal ya estaría de nuevo en los establos buscando al Bretón.

El suelo vibró imperceptiblemente bajo sus pies y, a lo lejos, dos siluetas aparecieron galopando en su dirección. La bruma matinal ascendía de la tierra en un largo suspiro y despertaba de su sueño. Vaporosas franjas de nubes transparentes atravesaban un cielo limpio y, en el horizonte, un resplandor rojizo anunciaba la salida del sol.

—¿Y ahora qué? —preguntó Giovanni con curiosidad.

—Ahora, sargento Juan de Salanca, pondremos los arreos a los caballos y nos largaremos a Nils.

—¿A la preceptoría de Nils?

—Ya oíste al comendador, Giovanni, allí fue donde dejaron ese maldito anónimo. Quiero hablar con el hombre que lo recibió, algo nos dirá de ese misterioso capellán. —Guillem aspiró con fuerza, vacilando—. Pero antes vas a explicarme la implicación de Bernard Guils en todo este asunto.

—Ya te lo he contado, ni siquiera sé si todo aquel turbio asunto tiene algo que ver con lo que está pasando ahora... —Giovanni era reacio a dar más explicaciones—. No deberíamos perder el tiempo con el pasado, nunca vuelve.

—¿Estás seguro? Y por cierto, ¿quién es Adelaide? —preguntó de pronto Guillem, alterando a Giovanni.

—Una buena amiga de Bernard —contestó escueto, con la mirada huidiza.

Guillem le observó detenidamente, calibrando su respuesta. No iba a sonsacarle nada más, pensó, la postura de Giovanni indicaba que estaba dispuesto a resistir con obstinación cualquier interrogatorio. Sacó de su bolsillo dos objetos y se los puso ante las narices.

—¿Qué es esto? —preguntó en tono cortante—. Lo encontré hurgando en los cadáveres del Plasec, Giovanni.

—Pues un anillo y un medallón, como tú mismo puedes ver. —Giovanni se resistía, aunque un destello de sorpresa apareció en su mirada.

—No me tomes el pelo, Giovanni, tengo un mal humor legendario por las mañanas —graznó Guillem al límite de su paciencia—. Observa el escudo del anillo: una torre almenada con cuatro aspas... ¿A quién pertenece?

—No sé a quién pertenece, pero es el escudo de los Molins. —Giovanni se volvió, dispuesto a poner la silla a su caballo.

La mano de Guillem le detuvo, una mano que le aprisionaba el brazo con fuerza. Se volvió nuevamente con una mueca de dolor, resignado.

—Eran una familia de la zona, Guillem, se arruinaron y desaparecieron, eso es todo, y...

Guillem le estampó el medallón ante la cara sin dejarle terminar. Una pieza mohosa y polvorienta en cuyo centro destacaban tres pequeños círculos con una cruz inscrita en su interior.

—El escudo de los Brouilla, otra familia de por aquí... —contestó Giovanni, retrocediendo.

—¿También arruinada y desaparecida? —se mofó Guillem irónicamente.

—Bastante arruinada, pero aún quedan algunos de sus miembros —se limitó a responder con el ceño fruncido.

—Vaya, eso sí es un avance espectacular. —Guillem seguía sujetándole el brazo—. A mi entender, Giovanni, podemos deducir que dos de esos cadáveres pertenecen a las familias que has citado. Es una deducción tan idiota que hasta yo estoy asombrado.

Guillem aflojó la presión en el brazo de su compañero y, después de unos segundos, le soltó. No conseguiría nada por la fuerza, Giovanni era gato viejo en el oficio. Cambió de táctica, suavizó el tono de voz y añadió:

—No entiendo para qué me habéis llamado, si no estáis dispuestos a colaborar conmigo —susurró en voz baja—. Por lo que veo, no confiáis lo suficiente en mí.

—El Bretón te ha llamado —aclaró Giovanni secamente—. Y si no lo hubiera hecho él, a buen seguro tus jefes te habrían mandado aquí a toda prisa.

—La cuestión es que Jacques no está en disposición de ayudarme, Giovanni, y eso me deja en cueros y con cara de imbécil. —Guillem levantó la silla y la colocó sobre su caballo—. En cuanto a ti, no pareces muy entusiasmado por colaborar. En conclusión, todo me lleva a pensar que, de una manera u otra, estás implicado en este asunto hasta el cuello.

—¡Yo no tuve nada que ver con esos bastardos del demonio! —saltó Giovanni con el rostro crispado.

—Te creo, Giovanni, pero eso no quita que sepas mucho más de lo que estás dispuesto a contarme. Calculo que por el tiempo que llevan esos muertos enterrados, tú todavía estabas al servicio del papa. O de monseñor, para ser más exactos...

—No digas ese nombre en mi presencia, Guillem, no vuelvas a repetirlo. —Las facciones de Giovanni se endurecieron, el espía dormido que había en su interior despertó de golpe—. Tú no sabes nada de mí, absolutamente nada.

Guillem dio un salto y montó sujetando las riendas. Miró a Giovanni con una enigmática sonrisa mientras reflexionaba sobre sus últimas palabras, cortantes, a la defensiva. No era el momento adecuado para enfrentarse al viejo espía, pensó, pero había algo en su mirada que logró impresionarle. Captaba su miedo, un miedo irracional mezclado con una intensa rabia que teñía sus mejillas de un rojo intenso.

—¿Me acompañas a Nils? —preguntó.

Giovanni montó con el rostro sombrío, sin responder. Estaba dispuesto a seguir a Guillem de Montclar hasta el mismísimo infierno.

Preceptoría del Temple, Perpinyà

Pertrechado de una vela, Adhemar aprovechaba las primeras luces del alba para registrar el granero. La muerte de Berenguer, el capellán templario, le tenía inquieto. Había sido un hombre insignificante, entonces y ahora, y su implicación en los antiguos robos no merecía un suicidio semejante. Incluso Bernard le había dejado vivir, y escapar a su particular venganza no fue algo menor... Observó el taburete caído. No había huellas de calzado, y él mismo había comprobado que las suelas de frey Berenguer estaban sucias de barro cuando le descolgaron. Después pasó a estudiar la soga que alguien había dejado tirada en un rincón. Era un nudo sofisticado, más propio de marineros que de ancianos capellanes. Esas dos circunstancias apuntaban a un inquietante resultado. Alguien había colgado al viejo, eso era un hecho casi indiscutible, y después de hacerlo tomó las precauciones necesarias para que pasara por un suicidio. Pero ¿por qué? Frey Berenguer había sido un simple informador de aquella banda de ladrones, posiblemente engañado por la astucia de Robert d'Arles, nada más, no tenía las manos manchadas de sangre. ¿Quién podía estar interesado en su muerte? ¿Qué sabía para resultar peligroso?

Paseó por el granero como un alma en pena. Desde que se habían descubierto los cadáveres en el Masdéu no dejaba de pensar en Bernard. Y en Adelaide, temía por su vida... No era de extrañar que Bernard se hubiera saltado todos sus votos por ella, pensó con un estremecimiento. Adhemar siempre había sido fiel a la regla que regía su vida y aceptaba sus normas con disciplina. Nadie le había obligado a ingresar en la Orden, fue su libre decisión lo que le llevó hacia el Temple. Sin embargo, Bernard Guils... A pesar de la gran admiración que sentía por él, Adhemar siempre intuyó que, en el caso de Bernard, el hombre mundano se imponía al religioso. Y aun así le entendía, siempre le había excusado. Un trabajo como aquél, de espía, por fuerza tenía que cambiar la visión de la vida. Por mucho que perteneciera a la Orden, era imposible que siguiera las normas sin poner en peligro su vida. Eran personalidades diferentes, por fuerza habían de serlo, reflexionó sentándose sobre un montón de paja. No dudaba en absoluto de que el Temple conocía perfectamente lo que hacían sus hombres, sobre todo aquellos que se ocupaban de sus trapos sucios. Su mente retornó a Adelaide. Había sido tan hermosa, tan inteligente... Ella siempre supo que la prioridad de Bernard era la Orden y lo aceptó sin ningún rencor. Adhemar los admiraba a ambos y, en cierta manera, sentía una extraña envidia que nada tenía que ver con el pecado de la carne. Bernard y Adelaide se conocían desde niños, su relación había sido tan intensa como especial, meditó Adhemar con nostalgia.

—Veo que andas husmeando, por fin me has hecho caso.

Cabot interrumpió sus divagaciones desde el umbral. Entró y volvió a cerrar con suavidad.

—Sí, lo admito, tenías razón. —Adhemar se levantó con gesto cansado—. No hay huellas en ese pequeño taburete y los zapatos de Berenguer estaban llenos de barro. Una curiosa anomalía...

—Es raro, ese hombre casi nunca salía del convento, estaba enfermo y viejo. ¿Adónde iría con una tormenta cayendo sobre su pobre cabeza? —Cabot cogió el taburete y lo examinó—. ¿Acaso iba en busca de su asesino?

—Quizá, no lo sé. —Adhemar titubeó—. No entiendo el motivo para liquidarle, no era más que un pobre infeliz.

—Hay mucho movimiento en nuestra tesorería, Adhemar,

han puesto doble vigilancia en las puertas. —Cabot seguía con la mirada fija en el taburete, hipnotizado—. Y me he fijado en que hay varios oficiales del rey de Mallorca rondando por aquí, en nuestra casa.

—También es el rey del Rosselló, Cabot, no lo olvides. Su padre, Jaume I, le legó esas tierras, así que está en su derecho. —Adhemar parecía molesto por el tono del sargento—. Que haya oficiales reales rondando por aquí es habitual, nosotros guardamos sus bienes y documentos.

—Mucho me temo que tu rey, Jaume de Mallorca, ha firmado un tratado con los franceses, Adhemar, no hay otra explicación para tanto alboroto, digas lo que digas. —Cabot cruzó los brazos sobre el pecho. Su rostro era inescrutable—. Y lo guarda aquí, en nuestra tesorería, ante nuestras propias narices, obligándonos a ser partícipes de su traición. Ya me dirás lo que hacemos...

—Esperaba que no se atreviera a traicionar a su propio hermano. ¿Qué demonios le habrán prometido? —Casi de forma inconsciente, Adhemar le dio la razón.

—Todo y nada, aunque es seguro que no le darán la corona de Aragón. Eso se lo reserva el rey de Francia para uno de sus hijos, con la aquiescencia del papa. —Cabot lanzó el taburete con fuerza—. Claro que primero tendrán que arrebatarle la corona al rey Pere, y dudo mucho que se lo ponga fácil.

—Pronto vamos a tener al ejército francés sobre nuestras pobres cabezas, no sé qué vamos a hacer, Cabot. —Un gesto de tristeza atravesó la mirada de Adhemar.

—Decírselo al de Montclar, y que él se lo comunique al rey Pere —contestó, tajante—. Aunque el rey sospeche de su hermano, debe tener pruebas de su traición.

Adhemar clavó la mirada en el sargento. Estaba asustado, a pesar de su fidelidad al rey de Aragón siempre había huido de las cuestiones políticas.

—Antes tendremos que asegurarnos, quizás ese tratado no existe y todo sean imaginaciones tuyas. Además, nunca te ha gustado el rey Jaume...

—Baja del cielo en el que vives, Adhemar, esto es la realidad —lo interrumpió Cabot, impaciente—. Y voy a decirte algo más sobre esos muertos del Masdéu. Creo que han surgido en el momento oportuno, es un movimiento de distracción. Nos quieren lejos del meollo de la cuestión, Adhemar, jugando con difuntos que no importan a nadie.

Adhemar volvió a desmoronarse sobre el montón de paja. Cabot tenía razón y lo sabía, pero algo no encajaba.

—Esos muertos pretenden algo más, Cabot.

—Sí, es muy posible, no te lo niego. Alguien ha dado vía libre a Gausbert de Delfià y a Bertran de Molins para que busquen el botín de Guils, estoy casi seguro. He visto salir a esos dos impresentables de la posada que hay en la muralla oeste, ese antro infecto de ladrones y vagabundos. Gausbert andaba borracho como una cuba, y Bertran preocupado por lo que farfullaba. ¡Menudos dos, son peores que sus padres!

—Pero, pero... ¿quién está detrás de todo este lío? —La sorpresa se reflejó en los ojos de Adhemar, abiertos en un gesto de incredulidad—. ¿Qué quieres decir con lo de que alguien les ha dado vía libre?

—Demasiadas preguntas para mí, Adhemar, sólo son intuiciones de perro viejo. Pero de lo que no hay duda es de que en este baile hay muchos anfitriones, muchacho.

—Y demasiados invitados... —susurró Adhemar en voz baja.

Preceptoría de Nils, el Rosselló

El pueblo de Nils, a orillas del Canta-rana, era una pequeña población bajo la jurisdicción del Temple del Masdéu. La
llanura central del Rosselló, antes una zona insalubre llena de
lagunas, había sido convertida por la Orden en una extensión
de tierras de cultivo gracias al desecamiento de los pantanos.
Aunque muy costosos en capital, utilería y mano de obra, los
métodos usados para secar las lagunas eran sencillos: un canal
de drenaje a cielo abierto y orientado hacia el curso de agua más
próximo, siguiendo siempre la pendiente natural de la región
hacia el este, hacia el mar.

Guillem de Montclar, seguido por Giovanni, entró en la
casa de la preceptoría dejando los caballos junto al abrevadero. No se habían cruzado una sola palabra en el corto viaje.
Gracias a las indicaciones de un hermano templario, atareado
en el arreglo de una gran barrica, localizaron a frey Ponç trabajando en uno de los huertos. Era un hombre bajo y de anchas espaldas, y sus musculosos brazos relucían de sudor aga-
rrados a la azada.

—Buenos días, frey Ponç —gritó Guillem con un gesto de
la mano, sin atreverse a pisar la tierra removida del huerto—.
Me envía el comendador del Masdéu, quisiera hablar con vos.

—¿Algún problema con la cosecha? —gritó el aludido con
preocupación—. ¿No han llegado los carros a Perpinyà?

—No, no, nuestra visita no tiene nada que ver con vuestro

trabajo, frey Ponç —respondió Guillem al ver su nerviosismo—. Por lo que yo sé, no hay ningún problema que deba inquietaros. Sólo quería hablar de la carta que os entregó un capellán para el comendador y...

—¡Sabía que esa maldita carta me iba a traer problemas! —le interrumpió el hombre al tiempo que se incorporaba. Lanzó la azada a un lado y se secó las manos con los faldones de la camisa.

—Vaya, eso sí que es una sorpresa... ¿por qué estáis tan seguro de eso? —siguió gritando Guillem, desconcertado.

—Porque ese hombre era tan capellán como yo obispo —explicó frey Ponç con voz atronadora, acercándose a ellos—. ¿Desde cuándo los capellanes son tan remilgados, eh? Vino por aquí dando saltos como si pisara mierda de caballo recién cosechada. ¡Ja, menudo capellán! Quizá salía de un convento de la ciudad, no lo niego, pero eso no es excusa para comportarse como un auténtico cretino. ¿Cómo no iba a esperar problemas? Desde luego que los esperaba, ese tipo llevaba los problemas marcados en la frente, bufff...

Guillem esperó a que se acercara, estaba harto de gritos. La brusquedad de frey Ponç era sorprendente. Más que hablar, bramaba con una voz grave que parecía salir directamente de su estómago, movía los brazos remachando cada frase y soltaba sonoros bufidos cuando terminaba su larga perorata.

—Soy Guillem de Montclar, y éste es...

—¡El viejo Juan de Salanca! —Frey Ponç pegó una fuerte palmada en la espalda de Giovanni—. Nos conocemos, ¡vaya si nos conocemos! Lo que hemos llegado a discutir sobre los pastos adecuados y la manera de tratar a las bestias, ¿eh, Juan? En realidad no hemos parado de discutir en los últimos quince años, y desde que este asno se retiró, ¡maldita sea!, me aburro soberanamente... Y ya he oído hablar de ti, Guillem de Montclar, eres el que viene para arreglar el asunto de esos muertos del Masdéu. ¡Ja, parece que han salido como coles, buff!

—Verás, Ponç, necesito información acerca de esa carta, y

creo que sólo tú puedes facilitármela —insistió Guillem ante la locuacidad del templario, pasando directamente a tutearlo.

—Claro, claro, estaré encantado de ayudarte, Guillem de Montclar. Pero antes salgamos del huerto y busquemos un rincón más adecuado para la charla... ¡Siscaaaar! —El inesperado aullido sobresaltó a los dos visitantes—. ¡Trae agua fresca, una bota de buen vino, pan y queso!

Frey Ponç avanzó a grandes zancadas hacia un venerable olivo donde se habían colocado unas piedras lisas a modo de asiento. El tal Siscar apareció corriendo, cargado con las viandas ordenadas que dejó sobre una de las piedras.

—Éste es mi palacio particular, señores, buena sombra y un contundente desayuno para confortar el alma —bramó Ponç con satisfacción, mientras tomaba asiento y repartía el pan a sus invitados—. Ahora podéis preguntarme lo que os plazca.

—Gracias, Ponç, hasta ahora no me había dado cuenta de lo hambriento que estaba. —Guillem notó la saliva paseando por su paladar ante los efluvios del queso fresco—. Bien, lo que quisiera saber es cómo era ese capellán.

—Alto y delgado como un pino seco, de tan delgado parecía enfermo, os lo aseguro. Y vestía una sotana bastante estrafalaria, en eso me fijé enseguida, porque parecía que la hubiera robado de la primera sacristía que encontró a mano... Es que le venía corta, ¿sabéis?, y enseñaba unas piernas canijas que daban pena. —Frey Ponç masticaba, hablaba y bebía con maestría—. Joven, yo le echaría unos veinticinco años, con una cara casi femenina. Si queréis que os diga la verdad, dudo que le haya tocado el sol en su vida... ¡Oh, cielo santo, igual salía de alguna mazmorra! No había pensado en ello, de lo contrario le hubiera interrogado a fondo, bufff...

Guillem aprovechó el resoplido de Ponç para centrar de nuevo la conversación. Estaba asombrado ante la prodigiosa memoria del templario, capaz de captar el detalle más nimio.

—¿Y qué os dijo, cómo se presentó?

—Se presentó como Mateo de Elna; dijo que se marchaba hacia Marsella y que le había sido imposible pasar por el Masdéu. ¡Parecía que no tenía ni veinte minutos que perder, menudo embustero! Añadió que era urgente que entregara esa carta al comendador, que era cosa de vida o muerte, demasiado dramático para mi gusto. ¿Y a que no sabéis hacia dónde iba? Pues me contó que se embarcaba hacia Tierra Santa. ¡Ja, y yo que le creí, con esa pinta de alfeñique no parecía capaz de embarcarse ni en un triste bote! Y se me quedó mirando, repitiendo que la carta era urgente, como si yo fuera un asno estúpido.

—No sabes cuánto agradezco tu información, Ponç, ya tengo una idea bastante precisa de este individuo. —Guillem aprovechó una nueva pausa para encauzar la conversación—. Tienes una excelente memoria para los detalles.

—Bah, estoy acostumbrado, Juan de Salanca ya lo sabe. —El vozarrón de Ponç hizo temblar las ramas bajas del olivo—. De tanto vigilar a las bestias uno se acostumbra, que si aquella oveja cojea, que si el buey parece atontado, que si el perro se ha vuelto loco de repente porque olfatea la proximidad de un lobo... Juan sabe de lo que hablo, ¿eh, compañero? Y por cierto, ese estúpido capellán no cogió el camino hacia Marsella, no señor; cuando creyó que no le observaba, se dio media vuelta por el sendero que lleva a la ciudad. Estaba convencido de que yo era un patán estúpido y, además, ciego, bufff...

Dando una dentellada al pan con una expresión de felicidad en el rostro, frey Ponç miró a sus invitados insistiendo en que comieran más. Guillem se sumió en una agradable meditación, bajo la sombra del olivo parecía existir un paraíso especial de serenidad.

—¡Pero bueno, a ti se te ha comido la lengua la Inquisición! —exclamó de repente Ponç, mirando a Giovanni—. Ni siquiera has saludado, lumbrera de las cabras, parece que te hayas muerto sin avisar.

—Es que tú, como siempre, hablas por los dos —contestó lacónicamente Giovanni.

—¡Vaya con Juan de Salanca, ya no tiene ganas ni de discutir! —se mofó Ponç con una carcajada que cortó de repente, al tiempo que su rostro adquiría una expresión grave—. Dile al Bretón que un día de éstos iré a visitarle.

—¿Qué pasa, es que ahora soy un recadero? —Giovanni, que casi no había comido, parecía molesto y distante.

—¡Pero a ti qué te pasa, asno de Dios, con esa cara de entierro! —saltó Ponç dispuesto a la riña—. Si no comes te vas a morir, y no será por viejo, sino por dejadez.

Guillem oía el atronador vozarrón de Ponç en la distancia, como si estuviera dormido y perdido en sus sueños. De pronto, una idea apareció en su mente despertándole de golpe.

—Espero no molestarte si abuso de tu memoria, Ponç, pero hay algo en lo que creo que aún puedes ayudarme —dijo Guillem, interrumpiendo el conato de discusión sin miramientos—. ¿Sabes algo de una familia apellidada Molins?

—¡Ja, menuda familia de ladrones! —exclamó frey Ponç ante la alarma creciente de Giovanni—. Recuerdo a Oliver de Molins, un borracho pendenciero que se creía el emperador de Bizancio. Su pobre mujer murió durante un parto, y todo el mundo murmuró que era lo mejor que le podía suceder, ¡pobre criatura! Ese hombre desapareció misteriosamente, pero si quieres saber mi opinión, yo creo que huyó por alguna fechoría que ignoramos. Y tenía un hijo, creo que se llamaba Bertran, pero se largó a Francia... En cualquier caso, si es como el padre yo me guardaría mucho de él, mala sangre, te lo aseguro. Tenían un caserón enorme cerca de Perpinyà, pero creo que hace mucho tiempo que está completamente arruinado, bufff...

—Hay que ver lo exagerado que eres, todo lo cuentas como si fuera una aventura dramática —terció Giovanni de mal humor.

—Pues cuéntalo tú, asno amargado y sabiondo, ya que sabes tanto —contestó Ponç con aspereza, dispuesto a iniciar una interminable controversia con su amigo.

Guillem lo interrumpió de golpe:

—¿Y de los Brouilla, sabes algo de esa familia? —preguntó con interés.

—Desde luego que sé algo, tanto como ese estúpido con cara de cordero degollado —apuntó Ponç, poco dispuesto a abandonar su combate dialéctico—. ¡Ah, la hermosa Adelaide de Brouilla! Todavía recuerdo perfectamente su bello rostro...

Giovanni se encogió en su asiento de piedra y, sin mirar a nadie, entrelazó las manos con fuerza en tanto sentía la mirada de Guillem clavada en su rostro sombrío.

XIII

La rabia que siento, amigo mío, es tan intensa como el convencimiento del traidor. Desborda la lealtad que hasta ahora me ha mantenido en el camino correcto. Me asusta y, a la vez, me impulsa con la energía de una hoguera.

Perpinyà, el Rosselló

Cerró la puerta a sus espaldas sin hacer un solo ruido. Se pegó a la pared de la derecha, entornó los ojos y se concentró en los sonidos que ascendían poco a poco hasta sus oídos. La casa aparecía inusualmente vacía, aunque no ignoraba que era una falsa impresión: había criados rondando y las señoras de la casa no andarían muy lejos. Bertran de Molins aspiró en silencio el aroma que desprendía la casa, un olor a leña quemada y a potaje hirviendo en sus ollas. Oyó el suave rumor de una sirvienta aireando un colchón, golpes de una mano pequeña...

Era una temeridad, pensó con la cabeza apoyada en el muro, pero estaba harto de esperar, aburrido del absurdo comportamiento de Gausbert. Acababa de dejarle en su guarida, deshecho en lágrimas y farfullando insensateces acerca del cadáver de su padre. Alguien debía tomar la iniciativa, el plan de Gausbert de cortejar a aquella espantosa mujer era una completa equivocación. Guillelma no se dejaría convencer por los halagos, no era la mujer apropiada para caer en unas redes tan frágiles. Demasiado fea hasta para el infeliz de Gausbert, se burló Bertran, pero era lista como el hambre. Se había enterado en la ciudad de los rumores que corrían sobre ella, nada halagüeños. Guillelma no era una pieza de fiar y, si no se andaban con tiento, era capaz de cualquier locura.

Se deslizó lentamente por la pared hasta una puerta entornada. Contempló una gran sala con la chimenea encendida y se fijó en un desvencijado sillón donde descansaba una anciana con la cabeza inclinada. Adelaide, pensó Bertran con una sonrisa, la famosa señora de Brouilla, parecía dormitar mecida por la suave calidez del ambiente. Observó con atención, Guillelma no estaba allí. Con un poco de suerte, meditó escondido en la penumbra, hasta era posible que estuviera espiando a alguno de sus vecinos.

Se apartó de la puerta y siguió su recorrido hasta una amplia escalera que subía al piso superior. Vaciló un breve instante. No pensaba subir por el momento, era precisamente en el piso superior donde se desarrollaba la principal actividad. Retrocedió con sigilo. Lo que buscaba era la bodega, o acaso un sótano... ¿Qué lugar mejor para esconder secretos que un lóbrego subterráneo? Bernard Guils no iba a ocultar su tesoro bajo la cama de Adelaide, pensó reprimiendo una carcajada, no era tan estúpido. Se volvió de nuevo hacia el amplio vestíbulo y observó todas las puertas. Tenía que actuar con suma precaución, no iba a dejarse sorprender por el primer sirviente que se presentara. Abrió muy despacio la primera puerta de la izquierda. Un contundente tufo a leche hervida inundó sus fosas nasales, mezclado con un regusto a coles amargas. Las cocinas, pensó, cerrando de nuevo la puerta con una mueca de repugnancia. Avanzó en dirección opuesta, hacia una puerta que parecía más pequeña que las otras. Abrió y se quedó inmóvil de repente, el agudo chirrido de la puerta le pareció el estampido de un trueno.

Bertran de Molins era un hombre complejo y contradictorio, su merecida fama se basaba en su carácter violento, poco amigo de tratos y componendas. Para ello ya estaba su socio, Gausbert *el Pacificador*, como solía llamarle de manera despectiva. No conocía el miedo. Tenía una absoluta confianza en su capacidad para solucionar cualquier conflicto del modo más conveniente para él. Después de todo, la vida le había dado la razón, aunque sus drásticas soluciones no fueran del gusto de sus innumerables víctimas.

Después de unos segundos de espera para convencerse de

que nadie le había oído, Bertran entró en una estancia oscura. Palpó en sus bolsillos en busca de una vela y se apresuró a encenderla, pues detestaba la oscuridad. Alumbró un pequeño rellano que descendía a través de una escalera de caracol. Se fijó en la pulcra limpieza que le rodeaba, señal inequívoca de que el sótano era utilizado a menudo. Bajó con agilidad, agarrado a un viejo pasamanos de madera que recorría la pared. Finalmente llegó a la planta de la bodega, excavada en la roca original en forma rectangular y un tanto primitiva. El ambiente helado de la estancia le erizó el vello de los brazos, pero no consiguió impresionarle. La vela iluminaba una serie de anaqueles con botellas y barriletes, conservas en aceite y salazones. Las repasó una por una detenidamente, buscando una rendija, un camino secreto que le llevara a su objetivo. Nada, sólo una interminable hilera de recipientes y barricas.

Nervioso y con la impaciencia crispando sus facciones, Bertran registró cada rincón sin importarle el ruido que provocaba su ansiedad. No se detuvo hasta que un inesperado crujido de la puerta le obligó a suspender su actividad en seco. Después captó el sonido de unos pasos bajando por la escalera, suaves y precavidos, y un resplandor paulatino que descendía como una culebra brillante. Bertran de Molins buscó a su alrededor un escondite seguro, sin prisa; si surgía un problema lo solucionaría de la manera más conveniente. Vio una abertura bajo la escalera, un pequeño arco de medio punto que parecía sostener el final de los escalones. Su sombra se confundió con la piedra al apagar la vela que sostenía.

Marie desembocó en el sótano cargada con una cesta. En la cocina necesitaban aceite y la señora Adelaide quería una infusión que sólo ella sabía prepararle. Estaba preocupada por su señora, últimamente su salud estaba empeorando con rapidez. Llevaba muchos años con ella, desde que ambas eran jóvenes y el mundo parecía sonreírles, pensó con nostalgia. Marie no era ajena a las intrigas de la señora Guillelma, desconfiaba de ella y la conocía bien, desde que era una niña sólo había traído desconsuelo y desgracia a su pobre señora. Y su inquietud había aumentado después de escuchar, pegada a la puerta, las advertencias que frey Adhemar le lanzaba a voz en grito... ¡El bueno de frey Adhemar, siempre tan fiel en sus afectos! Había sido una suerte, pensó Marie, pues desde su visita podía encender el fuego de la sala al amanecer sin recibir amenazas ni insultos. Pobre señora Adelaide, suspiró con cansancio, mientras cargaba con un barrilete de aceite y lo ponía en la cesta. Sólo le faltaban las hierbas que había puesto a secar, ¿dónde las había colocado? De golpe se acordó, dejó la cesta en el suelo y se aproximó decidida al hueco de la escalera. Era el lugar más fresco de la casa. A veces incluso parecía que una corriente de aire invisible moviera sus cabellos con la suavidad de una caricia. Su vela iluminó el lugar, al tiempo que un grito sofocado se escapaba de sus labios.

Unas manos enormes le rodearon la garganta con fuerza y la hicieron trastabillar, mientras sus pies buscaban el suelo con desesperación. Se sintió izada hacia el cielo oscuro del sótano, sus ojos hinchados parecían querer huir de su rostro. Manoteó con angustia, agarrándose a los tallos secos que colgaban del arco, como si las hierbas medicinales pudieran remediar su mal. Por un breve segundo, antes de perder la conciencia, Marie pensó en la señora Adelaide. En su mente, nublada por la creciente asfixia, vio entre una neblina gris a dos niñas que, cogidas de la mano, recogían flores, reían y perseguían mariposas entre gritos. Adelaide y Marie, siempre juntas, confidentes y cómplices, en aquellos tiempos en que el mundo les sonreía.

Las manos abandonaron el cuello de Marie con rudeza y el cuerpo de la mujer cayó lentamente y sin un solo gemido, envuelto en la fragancia de sus hierbas. Estaba ya muy lejos cuando las mismas manos subieron por sus muslos y le acariciaron el pecho, manos sucias que temblaban de excitación.

Guillelma de Brouilla estaba paralizada en su silla, jamás sospechó que un sonido semejante pudiera salir de la garganta de un fraile dominico. Paralizada y desconcertada, incapaz de asumir el silencio sepulcral que reinaba en la biblioteca después de la inaudita reacción de fray Seniofred.

—¿Y has venido aquí, a interrumpir mi trabajo para contarme una supuesta pasión que consume a dos viejos a punto de ingresar en la tumba? —tronó la voz de Seniofred con lentitud—. ¿Y has venido, además, convencida de tus dotes de persuasión para engañar a un dignatario del papa?

—¡Por Dios Todopoderoso, fray Seniofred, jamás intentaría engañaros! —Impresionada por el tono de amenaza, Guillelma retrocedió con cautela—. ¡Y mucho menos he querido dar a entender lo que habéis supuesto! Sólo estaba preocupada, confusa, necesitaba vuestro consejo.

Seniofred la miró de arriba abajo con la frente surcada de gruesas arrugas. Un fuerte puñetazo sobre la mesa lanzó varios pergaminos en todas direcciones, mientras el dominico se levantaba de su sillón como una sombra amenazante.

—¡He entendido perfectamente lo que has insinuado, Guillelma! No te atrevas a tratarme como a un maldito morboso que aplaude tus ocurrencias insanas. —Seniofred respiró con fuerza, despacio, para recuperar el control—. ¿Qué estás tramando, mujer? No hay explicación posible para tu increíble obscenidad, a no ser que en tu mente anide algún plan diabólico.

—Entonces, me acojo a la misericordia de Dios, fray Seniofred. —Guillelma recuperó la calma, no estaba dispuesta a que la acobardaran, aunque fuera un dignatario del papa quien lo hiciera—. Nunca se me habría ocurrido una idea tan obscena, como muy bien decís, os repito que sólo he venido en busca de consejo. Sin embargo, veo que no encontraré vuestro auxilio, fray Seniofred... Lamento que mis pequeños problemas hayan provocado unos pensamientos tan perversos en vos, jamás habría imaginado que sería la culpable de empujaros al abismo de la lujuria.

Guillelma sacó un pañuelo de su manga y soltó un breve sollozo contenido mientras Seniofred la contemplaba con estupor. No podía creer que esa mujer se hubiera atrevido a amenazarle de forma velada. Se mantuvo en silencio durante un largo rato, observando los sollozos intermitentes y la mirada de reojo que asomaba bajo la punta del pañuelo. Ella esperaba su reacción, convencida de haber ganado la partida.

—Estás jugando con fuego, Guillelma —murmuró Seniofred en tono grave—. Tu orgullo te impide medir tus palabras, carentes de toda prudencia y sensatez. Crees estar en una posición privilegiada que te protege de todo peligro, pero te lo advierto, acabas de cruzar una línea invisible en la que el riesgo aumenta y desafía esa soberbia imprudente.

Guillelma no contestó, parte de su rostro seguía oculto tras el pañuelo. No obstante, Seniofred captó una desagradable mueca que deformó sus facciones, una rabia contenida que no aceptaba el fracaso. Entonces pensó que había llegado el momento de subir la apuesta, hasta un precio que ella no estaría dispuesta a pagar. Se acercó a la puerta y llamó a su secretario, quien entró con manos temblorosas.

—Sentaos a mi mesa, fray Pere, la señora de Brouilla quiere hacer una declaración por escrito —ordenó fríamente—. Ha vertido graves calumnias contra mi persona y desea que se hagan públicas. También quiere dejar constancia de una denuncia contra su madre y un hermano templario.

El pañuelo cayó de las manos de Guillelma y en su mirada apareció un destello de temor. El secretario, nervioso, se sentó ante la mesa de Seniofred, tomó un pergamino y mojó la pluma en el tintero, dispuesto a cumplir las órdenes recibidas.

—¿Y bien, señora de Brouilla, estáis dispuesta a declarar? No podemos dedicaros todo el día.

Guillelma se levantó bruscamente mientras el miedo y la ira hacían temblar su cuerpo de manera extraña. Sus manos cruzadas se aferraban a sus brazos, como si quisiera detener el temblor que la recorría. Aquel arrogante dominico la estaba desafiando, pensó, quería saber hasta dónde era capaz de llegar para hacer realidad sus deseos. Sin embargo, no podía cruzar aquella línea invisible que Seniofred ponía a su disposición. La murmuración jamás quedaba escrita en ningún lugar, era simple aire envenenado que flotaba emponzoñando a todo ser vivo que se acercaba. Plasmada por escrito perdía todo su valor, su anonimato, y se transformaba en una grave amenaza personal.

—Creo que habéis confundido mis palabras, fray Seniofred —farfulló tartamudeando—. Mi alma está tranquila, nunca he pretendido ofenderos.

—¿Negáis haber afirmado que mis pensamientos son fruto de la lujuria? —preguntó cortante Seniofred, ajeno al sobresalto de su secretario.

—Sí, lo niego, fray Seniofred.

—¿Negáis que habéis acudido a mí para acusar a vuestra madre, Adelaide de Brouilla, y al escribiente del Temple, frey Adhemar, de mantener una relación pecaminosa a ojos de Dios? —siguió Seniofred, implacable.

—Lo niego, fray Seniofred —repitió Guillelma entre dientes.

—¿Habéis escrito la declaración de la señora de Brouilla, fray Pere? —preguntó Seniofred, observando el gesto de asentimiento de su secretario—. Entonces sólo falta la firma de la interesada y la vuestra como testimonio de la declaración pública.

El secretario firmó con mano temblorosa y ofreció la pluma a Guillelma. Después de una brevísima pausa, ésta se acercó a la mesa sintiendo que las piernas apenas la sostenían, cogió la pluma y firmó. Seniofred había ganado la partida y el juego, pensó Guillelma: ya nunca podría volver en busca de su apoyo. La rabia superaba al miedo hasta tal extremo que la desbordaba, amenazando con ahogarla en sus tenebrosas aguas.

—¿Algo más, señora de Brouilla? —preguntó Seniofred con la misma frialdad.

—No, nada más, fray Seniofred.

La respuesta fue escueta, afectada, las palabras surgieron como si una fuerza mayor las empujara desde el fondo de la garganta. Guillelma se inclinó en una forzada reverencia y salió de la estancia, envarada, su cuerpo convertido en piedra.

Un hombre vestido de capellán, oculto tras la estantería que protegía el lugar de trabajo de Seniofred, escuchaba con atención la tensa conversación que se desarrollaba a unos pasos de él. Contempló con interés la marcha de la mujer y se fijó en su rostro colérico, desfigurado por un sentimiento tan intenso que le sorprendió. A Guillelma de Brouilla se le habían torcido los planes de repente, meditó mientras abría un libro con indiferencia, algo que constituía un dato interesante. Era una mujer necia, acostumbrada a tratar a todo el mundo como si fueran simples sirvientes, una equivocación que siempre resultaba nefasta. Sobre todo, si se trataba de Seniofred de Tuy... Lanzó un suspiro de satisfacción: aquel enfrentamiento le favorecía y tendría que pensar detenidamente en cómo iba a sacarle rendimiento. Galdric de Centernac se apartó de la estantería y entró en el recinto particular de Seniofred sin disimular una sonrisa irónica.

—¡Vaya, sólo me faltabas tú para tener un día perfecto! —saltó Seniofred al verle, en tanto su secretario desaparecía discretamente.

—Lamento venir en mala hora, fray Seniofred, pero comprenderéis que mi trabajo no tiene un horario adecuado a vuestras necesidades —respondió Galdric con naturalidad.

—¡Déjate de sandeces y ve al grano, no estoy de humor para tus divertimentos! —Seniofred recuperó su lugar tras la mesa—. ¿Qué hay de esos muertos?

—Han vuelto a enterrarlos cristianamente en el Masdéu, señor. —Las mentiras salían con fluidez de sus labios—. Según los rumores que corren por ahí, se dice que eran pobres peregrinos, posiblemente muertos por enfermedad y sepultados por un alma caritativa.

—¡Qué estupidez...! Bien, pues ya sabes lo que hay que hacer.

—¿Volver a desenterrarlos, fray Seniofred? No me parece una buena idea, la gente empezará a pensar que hay un lunático que sirve a Satán, y eso alejaría las sospechas del Temple. ¿No os parece?

—¿Qué hacías metido en las cuevas del Gorg? —preguntó de golpe Seniofred, taladrando con la mirada a su interlocutor.

—Compruebo que vigiláis mis pasos, señor, y ése no es el trato que espero de vos. —Galdric se aclaró la garganta mientras procuraba pensar, no era bueno que le espiaran—. Si no confiáis en mí y creéis que mi trabajo no es el adecuado, no tenéis más que escribir a mis superiores para corregir el problema.

—¿Qué hacías en ese lugar? Respóndeme de una vez, te repito que hoy no es un buen día para engañarme —insistió Seniofred, sin permitir que le alejaran del tema.

—Estaba trabajando, señor, aunque os cueste creerlo —respondió Galdric sin amilanarse—. Estáis interesado en saber los movimientos de Guillem de Montclar, ¿no es así? Pues me limité a seguirle. Tenía curiosidad por saber qué hacía allí.

—Ibas con otro hombre, entraste en esa cueva acompañado y saliste solo... —afirmó Seniofred, sin mirarle—. ¿Te desprendiste de él como quien se libra de un molesto moscardón?

—Era uno de mis hombres, señor. Tuvo la mala fortuna de caer en un profundo pozo que, a causa de la oscuridad, no vimos. —Galdric sonrió de manera enigmática. Por una vez la verdad aparecía con su turbia luz—. Lamentablemente, me fue imposible salvarlo, y os aseguro que no me sobran hombres.

—Muy oportuno, conozco ese pozo y tú deberías saber de su existencia. —Seniofred levantó la vista de sus documentos—. Tu hermano sabía perfectamente dónde estaba y, en sus tiempos, lo aprovechó muy sabiamente.

—Pues no me transmitió su sabiduría, de lo contrario mi hombre seguiría con vida. Quisiera recordaros que yo era muy joven cuando mi hermano murió. —La mención de su hermano en labios de Seniofred había conseguido alterar su voluntad.

—¿Y qué hacía el de Montclar en ese agujero?

—Reunirse con ese tal Juan de Salanca, un sargento templario del Masdéu, pero desconozco el motivo. Cuando entramos no había nadie, posiblemente huyeron por otra salida que ignoro. —La mentira le tranquilizaba, era su territorio natural—.

Si conocéis el lugar, sabréis que existen muchas galerías excavadas en la roca, fray Seniofred; no me atreví a aventurarme en ninguna de ellas después de contemplar la fatal caída de mi agente.

—Muy convincente, lo admito, una explicación de lo más razonable —se burló Seniofred—. Ahora procura que esos muertos vuelvan a florecer y, si hay rumores, esfuérzate para que esas artes diabólicas apunten directamente al Temple. ¿Has comprendido?

—Perfectamente, aunque creo que os equivocáis —insistió Galdric—. Ya están bastante distraídos buscando la identidad de esos tres cadáveres, señor, aunque no lo anuncien con tambores.

—Haz lo que te digo, tus opiniones no me importan lo más mínimo. —El tono de Seniofred no admitía réplica—. Ah, por cierto, pon a uno de tus hombres tras los pasos de Guillelma de Brouilla, quiero saber lo que hace esta mujer las veinticuatro horas del día.

—¿Guillelma de Brouilla? —inquirió Galdric con candidez—. ¿Qué ha hecho esa mujer?

—Eso no te importa, no tengo que darte explicaciones. Cumple mis órdenes y cierra la boca, no pongas a prueba mi paciencia.

Seniofred volvió a sus documentos dando por terminada la entrevista. Galdric se inclinó en un gesto burlón que su superior no captó, dio media vuelta y salió de la biblioteca silbando, ante la perplejidad de los monjes. La comunidad empezaba a sentir los efectos de la situación, no sólo era inaudito oír una terrible carcajada en aquella santa casa, sino que nunca un capellán se había atrevido a silbar entre las sagradas paredes que los cobijaban.

Con los labios apretados en una fina línea, Guillelma entró en su casa dando un fuerte portazo. No había conseguido sobreponerse a la derrota sufrida y la frustración conquistaba su mente con garras afiladas. Un agudo dolor de cabeza le taladraba las sienes, cien agujas en armonioso orden pinchaban, una y otra vez, su ofuscada mente. No advirtió el alboroto reinante hasta que entró en la sala y contempló la preocupación en el rostro de su madre.

—¿Qué has hecho, Guillelma, dónde está Marie? —la acusó Adelaide sólo entrar en la sala.

—¿De qué hablas, estás loca? Yo no he hecho nada con Marie. A buen seguro tu maldita criada estará perdiendo el tiempo con algún cochero en el mercado. ¿Qué está pasado aquí? ¿A qué viene tanto alboroto por una vulgar sirvienta?

—Marie ha desaparecido, Guillelma, no la encuentran por ningún lado y hace horas que la buscamos —le recriminó Adelaide con un gesto de dureza en sus facciones que su hija no había visto nunca—. ¿Dónde te habías metido?

—No tengo por qué darte explicaciones de lo que hago, madre, y tampoco tengo nada que ver con las tonterías de Marie, adem...

Un alarido atravesó las paredes de la casa y sobresaltó a las dos mujeres. Guillelma salió de la sala a toda prisa y avanzó por el vestíbulo. Dos criados sostenían a la cocinera, desmayada y con los ojos desorbitados.

—Pero ¿qué ocurre aquí, pandilla de vagos? ¿Qué significan esos gritos? —bramó, enfurecida.

—Señora, la cocinera bajó al sótano en busca de una barrica de aceite y, poco después, oímos un grito que nos heló la sangre —tartamudeó uno de los sirvientes—. No sabemos qué ha ocurrido, no nos atrevemos a bajar, la cocinera se ha desmayado y...

Guillelma, asombrada, zarandeó a la cocinera en demanda de una explicación, pero la pobre mujer se había sumido en el sopor del olvido. Impaciente y con los nervios a flor de piel, exigió un candil y se adentró por la escalera del sótano. ¡Todo tenía que hacerlo ella!, farfulló con irritación, ¡no podía confiar en nadie, en nadie!

Bajó los escalones con precaución, poniendo el pie cruzado para no resbalar por la estrecha escalera. Su brazo extendido sostenía el candil, preparada para cualquier contingencia. ¿Y si se había colado un ladrón mientras ella estaba fuera de la casa?, se preguntó con una creciente inquietud. A punto estuvo de volver en busca del macizo bastón que siempre tenía en el vestíbulo, pero el silencio del sótano la detuvo. Bajó el último escalón con prevención y alargó el brazo para iluminar las lóbregas paredes de la bóveda. El cuerpo de Marie estaba en el suelo, rodeado de las hierbas aromáticas que formaban un círculo de colores apagados. Su cabeza estaba en una extraña posición, ladeada bruscamente, como si se hubiera separado del eje de su cuerpo en una incomprensible huida.

Guillelma se inclinó a su lado observando su rostro. Por segunda vez en ese día estaba paralizada, sin saber cómo reaccionar. En su mente apareció la imagen de Seniofred de Tuy, oyó sus palabras de advertencia y, casi sin respirar, notó un helado temblor que ascendía por su estómago. Tendría que avisar al alguacil, la muerte se haría pública, toda la ciudad se enteraría de que en la casa de los Brouilla se había cometido un brutal asesinato. Las evidentes marcas en el cuello de Marie lo atestiguaban, no había ninguna duda de que unas manos poderosas la habían estrangulado con precisión. Guillelma pensaba a toda prisa mientras oía las voces arriba, preocupadas por su ausencia. Tenía que encontrar una solución, una solución...

Cogió a Marie por los brazos y la arrastró hasta el último escalón. La colocó de manera que todos pudieran creer que había sufrido un fatal accidente, un desafortunado resbalón por aquellas empinadas escaleras. Miró a su alrededor, recogió las hierbas desparramadas y las colocó en una repisa. Después, tomó el cesto y lo volcó, procurando que la barrica de aceite se derramara por el suelo hasta media escalera. Iluminó la estancia para comprobar el efecto de su obra: nada parecía llamar la atención ni provocar la sospecha. Aspiró una bocanada de aire y subió rápidamente, cerrando la puerta del sótano a sus espaldas.

—Marie ha sufrido un espantoso accidente —afirmó con rotundidad, sosteniendo las miradas de sorpresa de los sirvientes—. La barrica de aceite que llevaba estaba rota, posiblemente resbaló por las escaleras... La pobre no lo advirtió, es una desgracia.

—Quiero verla.

Guillelma se volvió, desconcertada ante el tono cortante de la voz.

Adelaide, apoyada en un bastón y con el rostro extenuado por el esfuerzo, estaba en el vestíbulo, fulminándola con la mirada.

—¿Qué estás diciendo, madre? No puedes bajar por estas escaleras —contestó con firmeza—. El aceite cubre la mayor parte de los escalones... ¿Qué pretendes, también quieres matarte como Marie?

Adelaide no contestó, impotente, sus escasas fuerzas no la sostenían. Pero sabía que Guillelma mentía, reconocía sus engaños con sólo mirarla. Un nudo amargo de lágrimas estaba detenida en su garganta, esperando. Estaba sola, sin Marie la vida ya no tenía ningún interés.

—Traedme una sábana limpia —ordenó Guillelma, evitando la mirada de su madre—. No quiero que nadie vea a Marie, la caída ha provocado que se halle en una postura impúdica, indigna de una buena mujer. Cuando la cubra, bajaréis para subir el cuerpo. Después, sólo nos quedará darle el entierro que se merece por sus muchos años de servicio. Y preparadlo todo para limpiar esa maldita escalera de aceite, de lo contrario todos acabaremos como ella.

Adelaide le dio la espalda, volvió con esfuerzo a la sala y se sentó pesadamente, el dolor de sus huesos se unía a la tristeza por la pérdida. Marie, pensó, la única compañera fiel que le quedaba, a la que nunca había considerado una criada. Marie siempre había sido una hermana de infortunio, se conocían, sabían los secretos más ocultos que se escondían en sus almas. Adelaide estalló en un llanto silencioso, las lágrimas caían de sus ojos como corrientes líquidas y sin esperanza. A pesar de su tristeza, algo ardía en su interior, una cólera suave que ascendía al tiempo que crecía en intensidad. La misma cólera que había visto en Bernard, incontenible, convertida en una sed de venganza que no se apagaba con facilidad. Una afirmación incontestable se abrió paso en su mente, una hoguera inmensa que iluminaba la respuesta a su desesperanza. Alguien tenía que frenar a Guillelma, alguien tenía que detenerla. Era su obligación, la única obligación que le quedaba para morir en paz.

XIV

Creo que ya sabes de lo que hablo, compartimos una vez esa misma cólera, aunque siempre creí que nunca volvería a experimentarla con tal fuerza. Ahora estoy sumido en su oscuridad y dudo, o acaso no quiero volver a recobrar la luz.

Preceptoría de Nils, el Rosselló

Giovanni apoyó el pie en el estribo y montó, ya no podía soportar un instante más las insinuaciones de Guillem de Montclar. Espoleó el caballo y salió galopando de la preceptoría, indiferente a los gritos de su compañero. La turbación que había alterado su ánimo con el descubrimiento de los cuerpos en el Plasec se había transformado en una irrefrenable angustia. Después de la entrevista con el charlatán incurable de Ponç, Guillem se había dedicado a acorralarle con preguntas insidiosas, cada vez más impaciente ante su silencio. Pero ¿qué podía decirle? El pasado retornaba con el peso de una losa sepulcral aplastando su pecho, pensó dejando las riendas flojas para que su corcel corriera libremente. Después de tantos años y sufrimientos, después de su voluntario retiro y de renunciar a su identidad, las sombras oscuras de otro tiempo volvían para condenarle.

Tiró de las riendas con brusquedad, casi sin pensar. Su caballo, encabritado, se alzó sobre las patas traseras con un relincho de disgusto. Giovanni descabalgó con tanta prisa que casi cayó de bruces sobre la hierba fresca. Pero ¿qué demonios estaba haciendo? Respiró con agitación, su pulso se aceleraba en un redoble de tambores que resonaba en sus sienes con estrépito. Se acercó al riachuelo que atravesaba el verde prado, un delgado hilo de plata que corría entre el musgo, y contempló con obstinación el movimiento del agua. No era justo, reflexionó mientras lanzaba un guijarro con fuerza, todo parecía confabularse contra él para empujarle hacia una vida que había abandonado por puro asco.

Se dejó caer sobre la hierba húmeda, vigilando de reojo a su caballo. El animal parecía tan feliz con el hocico hundido en el agua transparente que Giovanni envidió la paz que transmitía su piel gris, la alegría que demostraba con el movimiento regular de su cola. Se encontraba a gusto con los animales, eran seres inocentes y previsibles, y había trabajado tantos años en su cuidado que llegó a pensar que su vida sería siempre así, serena, sin preocupaciones mundanas ni conflictos violentos.

Sin embargo, ahora se veía obligado a pensar, a reflexionar lejos de la presión a que le sometía Guillem de Montclar. No le dejaría en paz hasta que respondiera a sus preguntas, era consciente de ello y, cuanto más le presionaba, más pensaba Giovanni en Bernard Guils. Su presencia lo inundaba todo, como si su espectro se alzara en demanda de una venganza inacabada, esperando también su respuesta.

«No te metas en esto, Giovanni, apártate de mi camino si quieres seguir vivo. Es algo personal, ahora es algo personal, no debes entrometerte.»

Giovanni oyó la profunda voz de Guils a su lado, las últimas palabras que le oyó pronunciar muy cerca de allí. En su recuerdo apareció un hombre maduro y atractivo, de complexión poderosa, alto y delgado, con un parche que le cubría el ojo izquierdo. Le contempló en su mente con admiración, la misma que había sentido por él en vida. A pesar de estar al servicio de intereses diferentes y eternamente enfrentados, Bernard siempre le había respetado. Una anomalía extraña que no se daba habitualmente en aquel sucio trabajo... Si algo le inquietaba de Guillem de Montclar, reconoció Giovanni, era su extraordinario parecido con su maestro, el mismo estilo, la mirada, aquella media sonrisa burlona bailando siempre en sus labios. La primera vez que vio a Guillem de Montclar, hacía ya años, tuvo un sobresalto de proporciones bíblicas, en la convicción de que Guils había conseguido resucitar de entre los muertos.

«¿Y qué vas a hacer ahora, mi pobre Giovanni? —insistió la voz que resonaba en su mente—. ¿Vas a cruzarte de brazos ante estos bastardos? Ya no puedo protegerte, viejo espía romano, tendrás que tomar una decisión, te va la vida en ello.»

Sí, tendría que tomar una decisión, respondió a la voz que le susurraba, no había otro remedio. Notó un suave roce en su espalda, una mano de dedos largos y fuertes que palmeaba sus hombros con calidez. Bernard Guils había sido el mejor, la cabeza pensante de todos los espías del Temple, y su ausencia aún pesaba en el alma de sus amigos, meditó Giovanni con un velo de tristeza en el rostro. Jacques estaba perdido sin él, y Guillem, a pesar de los años transcurridos desde la muerte de Guils, era incapaz de asimilar su ausencia. Hasta él mismo sentía una enorme nostalgia. Bernard no envejecería nunca en su memoria, libre del tiempo, en tanto sus amigos encanecían y doblaban el espinazo por el peso de la edad.

Giovanni se concentró, debía hacer un esfuerzo por recordar: después del grave conflicto en Tierra Santa, en que Bernard descubrió la verdadera naturaleza de Robert d'Arles, el traidor supremo, la orden del Temple ordenó acallar el escándalo. ¡Robert d'Arles! El recuerdo de su nombre alteró a Giovanni, sus dedos se cruzaron con fuerza, no podía permitir que aquel hijo de mala madre todavía bloqueara su memoria. La Sombra, así le llamaban, un templario renegado que trabajaba para demasiados amos, un maldito mercenario sin escrúpulos ni conciencia, tan perturbado que hasta sus propios hombres le temían. Giovanni aspiró una bocanada de aire. Se había esforzado tanto en acallar los recuerdos que ahora, al recuperarlos, sentía un dolor casi físico. Se sobrepuso lentamente pensando que no podía dejarlo en ese momento, tarde o temprano tendría que darle a Guillem las respuestas necesarias.

D'Arles había traicionado a sus antiguos compañeros del Temple, sobre todo a Bernard, por el que sentía tanto una insana atracción como envidia por su talento. Le dejó un reguero de sangre como despedida, una carnicería que Guils no estaba dispuesto a callar ni olvidar, por mucho que la Orden se lo exigiese. Con la obstinación de una mula siguió sus pasos; Bernard no era un hombre obediente y el Temple lo sabía, precisamente por ello estaba al frente de sus espías. En su trabajo las normas no existían, él imponía sus propias leyes sin que nadie le llevara la contraria, era un hombre eficaz y valorado.

Giovanni apoyó el mentón en las manos mientras los recuerdos le invadían con una intensidad especial, como si los años no hubieran pasado y su energía se renovara a medida que iba evocando lo ocurrido. Bernard tardó años en ajustar cuentas, pero el tiempo no le importaba. Esperó con paciencia hasta que las huellas de la Sombra le llevaron al Rosselló, hasta su casa, caviló Giovanni. Bernard había nacido muy cerca de allí, en el Masdéu fue recibido para ingresar en el Temple... Le llamaron por el robo en la preceptoría de la ciudad y, pegado a sus espaldas, le seguía el Bretón, naturalmente, aquellos dos parecían parte de un todo cósmico. Giovanni sonrió, pues siempre le había divertido la profunda amistad que los dos hombres mantenían, sobre todo las descomunales broncas que solían tener acerca de cualquier tema. Sin embargo, Bernard llegó cambiado, la cólera de los dioses brillaba en su mirada y su burlona sonrisa había desaparecido de repente. Y tenía sus buenas razones...

«No te metas en esto, Giovanni, no te cruces en mi camino.»

Sí, Bernard le había avisado de sus intenciones y Giovanni le obedeció sin rechistar. Se apartó para dejarle el campo libre, porque comprendió que no se detendría ante nada ni nadie. Ni tan sólo si Dios se le hubiera aparecido en medio de una zarza ardiendo, con la orden de parar, le habría hecho el menor caso, pensó Giovanni masticando una brizna de hierba. Tal y como se murmuraba en los conventos templarios, Bernard Guils no atendía ni a Dios ni a los santos, si había trapos sucios de la Orden por lavar. Ése era su trabajo, simplemente. Por consiguiente, se llevó por delante a todo aquel que estuviera implicado en las malas artes de D'Arles, como un viento huracanado que arrasara el territorio para limpiarlo de miasmas.

Giovanni se incorporó lentamente, al fin y al cabo Bernard se había limitado a hacer limpieza, pensó pasándose la mano por el mentón, nada que criticar. Pero él le había ayudado de manera indirecta, aceptó resignado. Probablemente, de todo aquel maldito asunto era lo que más le inquietaba, su antigua implicación a favor del bando enemigo. Era inútil intentar olvidarlo, sus viejos compinches le pasarían factura algún día por más que se escondiera, y era probable que el día temido llegara de un momento a otro.

Sin embargo, y a pesar de sus esfuerzos, D'Arles se escapó de las garras de Bernard, suspiró Giovanni al recordarlo. Derrotado y humillado, pero vivo, cosa que no podía decirse de los tres cuerpos que enterró el Bretón en el Plasec. Al final, Bernard Guils había hecho lo que ningún hombre corriente se habría atrevido a hacer, reflexionó Giovanni con pesar: permitió que D'Arles acabara con su vida para arrastrarle con él a las llamas del infierno. Le llevó tiempo y paciencia, pero Bernard era obstinado en sus cosas, nunca daba su brazo a torcer. Y en el infierno seguirían, hartando a los demonios con su pelea interminable y eterna. La luz y las sombras siempre en pugna...

«Termina mi trabajo, Giovanni, acéptalo de una vez, escupe hacia el pasado y no dejes que te arruinen el presente. Mueve ese viejo trasero de espía decrépito y acaba con esos malditos bastardos.»

La voz serena de Bernard susurraba en sus oídos, sentía la furia que había visto en sus ojos corriendo por sus venas. ¿O acaso no era así?, se preguntó Giovanni con un estremecimiento. Quizás era su propia cólera la que despertaba con el recuerdo, la rabia por sus manos manchadas de sangre, por la humillación y la vergüenza. Se llevó las manos a la cabeza, un destello de desesperación brilló en su mirada y gruesas lágrimas rodaron por su rostro.

—Estoy viejo y cansado, Bernard, ya no tengo fuerzas —susurró en voz baja—. Jacques está mal, no recuerda nada, pronto no sabrá ni quién soy, y tengo miedo de que se largue y me deje solo.

«También es tu cólera, por más que la entierres también está ahí, escondida. —Una brisa helada atravesó sus oídos—. Recuerda quién fuiste y quién te hizo así, no te olvides de monseñor, está en ese rincón oscuro y olvidado en compañía de tu vieja furia. Lucha por lo que ahora eres, sólo tienes que despertar, despertar...»

Las palabras de Bernard resonaban en su mente en un eco lejano. ¿O acaso eran las suyas, las palabras que había olvidado a cambio de su paz? Giovanni se levantó de golpe, una vieja memoria de humillaciones estalló en su mente desperdigada en breves chispas de luz mortecina. Se volvió en redondo buscando a Bernard con la mirada, pero sólo vislumbró una silueta difusa que se perdía en la bruma, unas anchas espaldas y un brazo que se alzaba en un gesto de despedida.

No había duda posible, pensó Giovanni, se estaba volviendo tan loco como Jacques, aunque a la inversa: su mal no residía en el olvido sino en todo lo contrario...

Perpinyà, el Rosselló

Dalma se coló en la casa de Adelaide y se escondió en un rincón oscuro del vestíbulo. Desde allí contempló un cuadro estremecedor iluminado con algunos candiles. Una mujer yacía en el suelo y dos hombres se inclinaban junto a ella. La luz amarillenta de las velas alumbraba parte de sus rostros inmóviles, caras fragmentadas entre la luz y la tiniebla. Se pegó a la pared y avanzó hacia la primera puerta en dirección al gran salón de la casa, que recordaba bien. Empujó la puerta suavemente y se deslizó como un gato al interior de la estancia. Lo primero que oyó fue un sollozo contenido, un sonido desgarrador que surgía muy cerca de la chimenea. Avanzó silenciosamente hacia el sillón hasta quedar frente a Adelaide.

—Adelaide, ¿eres tú? —preguntó con su voz grave.

La anciana levantó la cabeza, sus ojos enrojecidos ocupaban gran parte de su rostro, unos ojos que Dalma recordaba perfectamente.

—¿Dalma? ¡Santo cielo, niña, hacía mucho que no venías a visitarme! —Adelaide forzó una breve sonrisa y enseguida reaccionó con temor—. Guillelma no puede verte aquí, cierra esa puerta, niña, corre...

Dalma obedeció, cerró la puerta y volvió junto a la anciana. La miró fijamente un tanto desconcertada, pues había esperado encontrar a la hermosa dama que había cuidado de ella en tiempos difíciles.

—Estás muy vieja, Adelaide, sabía que estabas enferma pero...

Adelaide soltó una corta carcajada, la sinceridad de Dalma era tan brutal como siempre, algo muy reconfortante.

—Tienes razón y buena vista, niña, los años pasan muy veloces.

—Tampoco yo soy una niña, Adelaide. ¿Qué ocurre? He visto a una mujer tirada en el suelo —preguntó Dalma con curiosidad.

—Marie ha muerto... —respondió Adelaide con un hilo de voz.

—¿Marie, tu amiga? La recuerdo, venía siempre a traerme una cesta con cosas buenas, la enviabas tú. —Dalma pareció pensativa—. ¿Cómo ha muerto?

—Guillelma dice que se ha caído por la escalera del sótano, pero miente, sé que miente —susurró Adelaide incorporándose en el sillón.

—Tu hija siempre miente, Adelaide, es bueno que lo sepas. —Dalma cogió una de las manos de Adelaide y puso un frasquito en ella.

—¿Qué me traes, niña, un remedio para la vejez?

—Un remedio contra la maldad de tu hija, Adelaide. Ella vino a mí en busca de ayuda, no recuerda quién soy. —Dalma hablaba en voz baja, con frases cortas y tajantes—. Quiere terminar con tu vida, está impaciente por preparar tu entierro.

—Eso no es una novedad, Dalma —aseguró Adelaide, asintiendo—. Por lo que intuyo, me traes un antídoto para lo que sea que le entregaste, ¿no es así, niña? No debes preocuparte, no me asusta la muerte, en realidad la deseo con todas mis pobres fuerzas. Sin embargo, te lo agradezco.

—Tú me salvaste la vida, no debes agradecerme nada.

—Hice lo que pude, Dalma, aunque no lo suficiente. Mataron a tu madre sin que yo pudiera evitarlo y... —Adelaide calló de repente, con un nudo en la garganta.

—No hiciste nada porque nada podías hacer —afirmó Dalma con rotundidad—. Pero te ocupaste de que no me faltara de nada, me enviaste lejos del peligro, con buena gente, y siempre estabas ahí. Deberías hacer algo con tu hija, Adelaide. ¿Por qué no llamas al hombre del parche en el ojo?

—Bernard está muerto, Dalma, todos están muertos...

—Me caía bien ese hombre, me hacía reír. No le habría gustado que te quedaras ahí sentada, Adelaide, esperando a que Guillelma acabe contigo. —Dalma la observó con atención—. ¿Has pasado frío últimamente?

—Más que frío, niña, Guillelma no ha querido encender el fuego este último mes. —Adelaide sonrió con ironía—. Como ha visto que no me congelaba tan rápidamente como quería, ha acudido a ti. Pero no deberías haber vuelto, Dalma, aquí corres peligro. Una vez que yo esté muerta, Guillelma ira a por ti, no le gustan los cabos sueltos.

—No deberías morir aún, Adelaide, tienes asuntos pendientes. —El colorido turbante de Dalma se movió hacia los costados, oscilando—. En cuanto a mí, sólo quería volver a casa de mi madre.

—Lo comprendo, pero no debes olvidar que a tu pobre madre la quemaron por bruja, Dalma. —Un estremecimiento recorrió el cansado cuerpo de Adelaide—. Te alejé de aquí porque tu vida peligraba y...

—Mi madre no era una bruja —interrumpió Dalma con una dura mirada.

—No me expliques lo que ya sé, yo apreciaba mucho a tu madre. Tenía el poder y la sabiduría de remediar los males de la gente —la reprendió Adelaide con suavidad—. Era inteligente, y eso es algo que muchos no perdonan.

—Lo siento, no quería hablarte así. —Dalma bajó la cabeza, arrepentida de sus palabras—. No tienes ningún mal, Adelaide, la vejez no es una enfermedad. Si te tomas una gota del frasquito cada día no te ocurrirá nada, incluso podrías vivir tres o cuatro años más.

—¿Y de qué me van a servir esos años de más, Dalma? Estoy cansada, ya no soporto los recuerdos, ni tampoco la presencia de Guillelma... Debes comprenderlo, niña, mi tiempo se acaba. —De repente Adelaide se irguió con una sospecha que logró turbar su animo—. ¿No habrás vuelto para vengar a tu madre?

Dalma no rehuyó su mirada, siguió plantada ante Adelaide con una expresión inescrutable, y sólo la cola de su turbante de colores se ladeó imperceptiblemente. Se mantuvo en silencio, sin responder.

—¿Es eso, Dalma? —insistió Adelaide con alarma—. No harás tal cosa, no lo permitiré, sólo pondrías tu vida en peligro. Voy a escribir una nota a Adhemar, él se encargará de llevarte lejos de aquí, encontrará un lugar seguro y...

Una mano fuerte y de largos dedos aferró la muñeca de Adelaide, que intentaba incorporarse de su sillón. Un rostro delicado, de una belleza extraña, se acercó a ella y la besó.

—No pienses en eso ahora, Adelaide, tú ya has hecho todo lo que podías hacer por mí. Debes dejarme ir, ahora soy libre de tomar mis propias decisiones. —Dalma se tomó una pausa, su rostro seguía pegado a la mejilla de Adelaide—. Tienes otros problemas que solucionar y otra vida que defender: la tuya.

Dalma se apartó unos pocos centímetros de aquel rostro que amaba, estaba tan cerca de ella que podía oler la fragancia a rosas silvestres que recordaba. Su mano rebuscó en los bolsillos de su capa, cogió un saquito de piel y lo entregó a la anciana.

—Vida o muerte, Adelaide, no puedo elegir por ti. Debes pensar muy bien lo que haces, sopesa tus posibilidades sin miedo —le susurró al oído—. Ahora debo irme, nadie puede saber que he estado aquí contigo.

—¡Espera, Dalma! Necesito que me hagas un último favor. —Adelaide la contemplaba con serenidad, la tristeza había desaparecido de sus facciones.

La anciana rebuscó en su cuello dando un fuerte tirón a la cadena que lo rodeaba. Miró con ternura un medallón de forma extraña, un cilindro de oro rematado por tres finas púas. Se lo llevó a los labios y, durante unos segundos, lo mantuvo allí.

—Quiero que entregues esto a un hombre, Dalma. Se llama Guillem de Montclar y pertenece al Temple. Debes decirle que es un legado de Bernard Guils —dijo la anciana con firmeza—. Dile que debe venir a esta casa, pase lo que pase debe venir, aquí encontrará el significado de ese medallón. Prométeme que harás eso por mí, y adviértele también del peligro que corre, tiene que estar preparado para lo peor.

—¿Es amigo del hombre del parche? —inquirió Dalma con curiosidad.

—Era como un hijo para él, niña.

Dalma cogió el medallón que le tendía Adelaide y asintió varias veces con la cabeza, en uno de sus gestos habituales.

—Entregaré este medallón a Guillem de Montclar, Adelaide, y juro que en tu tumba nunca faltarán esas rosas silvestres que siempre te han acompañado.

Abrazó a la anciana y, durante unos breves segundos, sintió el cansado latido de su corazón. Después se volvió rápidamente y desapareció de la casa, una sombra invisible que nadie logró ver.

Cerca de Perpinyà, el Rosselló

Ebre empezaba a desesperarse, la conducta de Jacques estaba rozando lo grotesco y ya no sabía cómo convencerle. Se apresuró a seguirle corriendo y se plantó ante él para cortarle el paso.

—¡Ya está bien, Jacques, vamos a quedarnos aquí y esperaremos a Guillem! —exclamó desmoralizado—. Te ha dicho que te quedes aquí y por algo será, hazme caso, por favor.

—¡Quédate tú, por todos los demonios del Averno, déjame en paz! ¿Es que no lo entiendes? —Jacques le apartó de un manotazo—. Si no quieres ayudarme, apártate de mi camino.

—Desde luego que quiero ayudarte, lo estoy intentando con todas mis fuerzas, Jacques, pero mira el caso que me haces. —Ebre empezaba a suplicar, su tono se fue apagando—. ¿Adónde quieres ir, por Dios bendito? Por lo menos, dejemos una nota a Guillem para decirle adónde vamos. Si viene y no te encuentra, va a preocuparse y...

—¡Ja, esa boñiga apestosa sólo sabe gritar y gritar, le importa un rábano lo que me pase! —Jacques se tapó los oídos con las dos manos, mientras seguía avanzando—. Tengo que recordar, necesito recordar, y Bernard me ayudará a hacerlo.

—¡Bernard Guils está muerto, maldita sea, cuantas veces tendré que repetírtelo! —saltó Ebre desesperado.

—¡Tú qué sabrás de todo esto, enano engreído! Yo te lo diré: nada de nada. —Jacques farfullaba de espaldas a él—. Está visto que no se puede confiar en ti, más te valdría volver a Barberà, unos pocos rezos es lo que te convendría y...

—A Miravet, Jacques, si quieres mandarme a rezar tendrá que ser a Miravet, yo nací allí... —cortó Ebre el discurso del Bretón—. En cambio Guillem tendría que largarse a Barberà, que es donde creció. Yo soy Ebre, no Guillem, ¿recuerdas?

De nada sirvieron sus palabras, Jacques no le escuchaba, y ni los ruegos ni las amenazas lograron detenerle. Con un mal humor creciente a causa del extraño recibimiento, Ebre se pegó a su amigo con la firme voluntad de no perderle de vista. Sin embargo, empezaba a estar inquieto, y no era sólo por la errática conducta del Bretón. Guillem tendría que haber vuelto o, si no, enviado a Giovanni con noticias... Aunque no necesariamente, caviló Ebre con el ceño fruncido, en aquel trabajo nunca se sabía con exactitud la línea que dividía la normalidad de la preocupación. Se encogió de hombros, nada podía hacer para remediarlo por el momento, sólo esperar. Era algo que sabía hacer a la perfección, había sido la materia más exigente de Guillem de Montclar: aprender a esperar.

Siguió al Bretón como un pastor vigila a una oveja mal herida, sin discutir. Salieron del Masdéu y cabalgaron hacia el norte durante una hora. Jacques avanzaba y retrocedía. En ocasiones, seguro del camino que tomaba; en otras, con la desorientación grabada en sus cicatrices. Ebre le oía hablar solo, discutiendo en un monólogo interior indescifrable. De repente, un rugido de satisfacción salió de la garganta del Bretón, mientras se desviaba y tomaba un sendero a su izquierda. A los pocos minutos, la silueta de una casa asomó sobre la copa de los árboles. Se oía el rumor del agua muy cerca, un sonido cristalino que parecía rebotar entre las piedras y cuyo origen pronto apareció ante los ojos de Ebre. Un arroyo se deslizaba lentamente a un lado del sendero y, escondido entre la espesura de la vegetación, se veía un molino abandonado. Después, un recodo del mismo sendero desembocaba en una explanada rodeada de árboles y ante un considerable portón. Jacques descabalgó con agilidad y se acercó a la entrada seguido de un curioso Ebre. Cuando un puño del Bretón golpeó la puerta en una discreta llamada, la puerta cedió con un chirrido de óxido viejo. El hombre pareció sumamente sorprendido.

—¿Dónde estamos, Jacques? —inquirió Ebre, captando la confusión de su compañero.

—¡Esclarmonde! —gritó el Bretón, sin dignarse contestar.

—Si esto está habitado, vas a conseguir que nos echen los perros encima, Jacques, deja de chillar como un loco. —Ebre, sobresaltado por el grito, no las tenía todas consigo.

Entraron en un gran patio rectangular rodeado por los edificios de la casa. A los lados se alineaban los graneros y las caballerizas, mientras que enfrente se alzaba una construcción cuya hermosa apariencia indicaba que era la residencia de sus propietarios. Jacques seguía gritando ajeno a los consejos de Ebre, como si aquel nombre fuera la llave que abriera todas las puertas.

—¡Esclarmonde!

Un hombre menudo, encogido y apoyado en un bastón apareció por un lateral. Su cabeza se ladeaba buscando la dirección de los gritos.

—¿Jacques, Jacques *el Bretón*? —sugirió con una vocecita aguda—. Ese vozarrón atronador sólo puede venir de ti, no conozco a nadie más que sea capaz de un bramido semejante.

Jacques se acercó a él en dos enormes zancadas, sonriendo, y le levantó del suelo en uno de sus brutales abrazos. Ebre oyó la risa entrecortada del hombre menudo que se dejaba zarandear por ambos costados.

—¡Pero bueno, Jacques, ya está bien, déjame, que al final vas a ahogarme, muchacho!

—¡Por todos los demonios, Mir! ¿Qué está pasando en esta casa? —vociferó Jacques con una expresión de felicidad—. ¿Dónde está todo el mundo?

—¿Todo el mundo? —preguntó el hombre menudo con naturalidad—. Sólo estoy yo, Jacques, el tiempo ha pasado, aquellos que buscas ya no están aquí, muchacho.

—¿Y Esclarmonde? —Jacques se apartó un paso, como si viera al hombre menudo por primera vez.

—Esclarmonde descansa con los suyos, Jacques, aquí, detrás de la casa. Ya conoces el camino, muchacho.

El Bretón reaccionó como si le hubieran dado un mazazo en el centro de la cabeza. Se tambaleó de un lado a otro, con la mirada extraviada. Respiraba agitadamente, como si le faltara el aire. De pronto, dio media vuelta y desapareció con paso inseguro. Ebre se disponía a seguirle cuando la mano de Mir le detuvo.

—Ahora necesita estar solo —murmuró en un suspiro—. Déjale en paz un rato; hablará con Esclarmonde y recuperará la serenidad, no te preocupes.

—¿Esclarmonde? —La perplejidad asomó en la mirada de Ebre.

—Sí, Esclarmonde de Guils, la última señora de esta casa —afirmó Mir con una leve inclinación de cabeza.

—¿Guils? ¿Tiene algo que ver con Bernard Guils? —Con la boca abierta, Ebre sólo era capaz de producir balbuceos.

—¿Conocías a Bernard? No, eres demasiado joven, muchacho, él murió hace ya mucho tiempo. —Mir le cogió de un brazo con calidez—. Pero dime, ¿quién eres tú y de dónde sales?

—Me llamo Ebre.

—¿El discípulo de Guillem de Montclar? Jacques me ha hablado mucho de ti.

—¿Dónde estamos, de quién es esta casa? —Las preguntas salían a borbotones—. No puedo dejar solo a Jacques, se perderá y...

—Nadie va a perderse, Ebre, te lo aseguro. —Mir le contemplaba con interés—. Ésta es la casa de la familia Guils, y Esclarmonde era la hermana menor de Bernard. Jacques viene a menudo, aunque después olvida su visita. Siempre que está perdido acude a Esclarmonde, a su tumba... Ignoro el motivo, pero allí recupera la razón, al menos en parte. Dejémosle que encuentre la paz, Ebre, cuando esté preparado volverá, siempre lo hace.

Un nudo se formó en la garganta de Ebre, visiblemente angustiado por su compañero. Si se lo hubiera permitido, habría dado rienda suelta a su desesperación estallando en sollozos. Pero no lo hizo, se quedó inmóvil junto a Mir, con los puños apretados y la mente en blanco.

—Vamos, muchacho, tomaremos un cuenco de leche caliente y encenderemos la chimenea —musitó el hombre menudo apoyándose en su brazo—. Vamos, no te preocupes...

XV

Tengo muchas cosas que agradecerte, Jacques, y nunca he sido capaz de una sola palabra amable. Ahora, en este oscuro momento, el loco glorioso que siempre has sido se ha convertido en el hombre sensato que yo creí ser. Ahora el loco soy yo, y tú sostienes la cuerda de la razón para que no me pierda irremediablemente.

Preceptoría de Nils, el Rosselló

Frey Ponç aún mantenía la boca abierta por el asombro cuando Guillem dejó de correr detrás de Giovanni y se dirigió de nuevo hacia la casa. Se había quedado en la puerta, incapaz de comprender la brusca reacción de su compañero pero con la delicadeza suficiente para no entrometerse en problemas ajenos. ¿Qué demonios le sucedía a Juan de Salanca? No era propio de él, pensó, siempre había sido un hombre íntegro, digno de toda confianza, y nadie le había visto jamás desmoronarse de ese modo.

—Pero ¿qué le ocurre? ¿Qué he dicho? —dijo Ponç, expresando en voz alta su asombro.

—Nada grave, Ponç —contestó Guillem, restándole importancia—. No has dicho nada que justifique este alboroto, lo siento, ha sido culpa mía, creo que le estoy presionando demasiado.

—¿Presionarle? ¿Para qué? —Ponç seguía desconcertado—. ¿Acaso sospechas de él, crees que ha hecho algo malo? Porque puedo asegurar que Juan de Salanca es uno de los mejores hombres del Masdéu, conoce su trabajo y, aunque ahora esté retirado del ganado, sigue cumpliendo con las tareas que le encomiendan.

—No tengo ninguna duda, Ponç, la conducta de frey Juan no está en cuestión —le tranquilizó Guillem—. Sólo ha sido un desafortunado malentendido, y te repito que soy el único culpable.

—Entonces, tendrás que disculparte.

—Sí, tienes razón, cuando le encuentre me disculparé.

Las palabras de Guillem suavizaron el rostro de frey Ponç. Las pequeñas arrugas que se concentraban alrededor de sus ojos se fundieron en su piel y una sonrisa asomó por un lado de su boca.

—Es bueno aceptar los errores y repararlos, Guillem de Montclar, eso te honra. Ahora, si no deseas más de mí, volveré a mi tarea.

—Sólo quisiera que me indicaras dónde puedo encontrar esa casa de los Molins. Creo que iré a echar un vistazo antes de volver al Masdéu.

Ponç asintió, cogió una delgada rama y empezó a dibujar en el suelo un intrincado plano de rayas entrecruzadas para indicar el camino correcto. Guillem le escuchaba con atención.

—Ya te he dicho que sólo encontrarás ruinas, hace tiempo que esa casa está abandonada y nadie cuida de los caminos —advirtió Ponç con una sonrisa irónica.

—Lo tendré en cuenta, Ponç. Lamento interrumpir tu trabajo, pero aún tengo una pregunta más. —Guillem frunció el ceño en un gesto de concentración—. ¿La casa de los Brouilla también está abandonada?

—La vieja casa de la familia Brouilla pertenece al Temple, Guillem, así como todas sus tierras. —Ponç se secó la boca con el dorso de las manos, vacilando—. Un extraño testamento el de Girard de Brouilla, muy extraño.

—¿Por qué lo dices?

—Porque tenía familia, Guillem, su mujer y su hija se quedaron prácticamente en la ruina —respondió Ponç y, tras una larga pausa, añadió—: Fue una suerte que Bernard se ocupara de ellas.

—¿Bernard? ¿Te refieres a Bernard Guils? —A juzgar por su expresión, Guillem estaba perplejo—. ¿Qué tenía él que ver en todo esto?

—Bueno, Adelaide de Brouilla era una buena amiga suya... —Ponç parecía reacio a continuar—. La encontrarás en una casa muy cerca de la muralla del Temple de Perpinyà, vive allí con su hija. Ella contestará mejor a tus preguntas, si es que tienes alguna que hacerle.

—¿Qué tenían que ver esas familias, Ponç, qué las unía, los Molins, los Delfià y los Brouilla? —Guillem cambió de tema y percibió que la locuacidad de Ponç iba a la baja.

—Que yo sepa, sólo tenían en común la mala sangre de los cabezas de familia, los tres eran unos auténticos hijos de perra...

Ponç miró hacia su huerto sin disimulo, deseoso de volver al trabajo. Guillem comprendió que no lograría arrancarle una palabra más y asintió resignado. Cada vez que salía el nombre de Bernard en una conversación, sus interlocutores se quedaban repentinamente mudos. Ambos se incorporaron y se estrecharon la mano en señal de despedida.

El camino no era fácil. A pesar de haber memorizado los garabatos de Ponç, Guillem se perdió varias veces en un laberinto de estrechos senderos que no llevaban a ninguna parte. Estaba distraído, no podía sacarse de la cabeza la desproporcionada reacción de su compañero. Giovanni estaba asustado, reflexionó, no había otra respuesta lógica que explicara su huida, pero... ¿de qué demonios estaba asustado? El Bretón afirmaba no recordar nada, y al locuaz frey Ponç se le había helado la sonrisa en los labios ante su interés. ¿Qué estaban ocultando todos? Movió la cabeza en señal de desaprobación, no era el momento adecuado para entretenerse en cavilaciones y, si seguía distraído, tendría que pasar la noche perdido en medio de la espesura.

Una estrecha vereda se marcaba imperceptible a un lado del camino. Guillem desmontó, observando con atención aquella nueva posibilidad. Parecía otra senda abandonada, aunque algunas ramas rotas aquí y allá, así como unos arbustos aplastados, indicaban lo contrario. Tiró de las riendas de su caballo y se internó entre la maleza en silencio. El aleteo de los pájaros y el rumor de la brisa meciendo las ramas altas fueron los únicos sonidos que acompañaron a Guillem durante una media hora. Después, la maleza se convirtió en un estrecho camino marcado por los cascos de uno o dos caballos... Cada vez más intrigado, Guillem siguió por el camino que ascendía con suavidad hasta llegar al destino que perseguía.

En la cumbre de una colina baja y pedregosa se alzaban las ruinas de lo que había sido una mansión señorial. Una torre de dos pisos se mantenía en pie por un milagro de la naturaleza, sostenida por gruesas raíces que la rodeaban con fuerza. Los restos de otra torre se hallaban desparramados por la planicie, y en el edificio principal, ennegrecido, destacaban varios arcos de medio punto que reforzaban paños de pared desmoronados. Un silencio sepulcral lo invadía todo, la brisa y los pájaros parecían eludir el escondite de piedra que se elevaba solitario.

Guillem se adentró en las ruinas por un arco de entrada que aún se sostenía en pie. Observó el escudo grabado en la piedra del dintel, una torre almenada cruzada por cuatro aspas, que reconoció de inmediato. La maleza lo cubría todo y Guillem se movía con cautela, asegurando cada paso para no caer en algún pozo olvidado. En una parte del recinto, manchas oscuras cubrían el suelo y los muros. Guillem se inclinó y rozó con un dedo el tizne negruzco, lo olió y se quedó pensativo. Fuego, meditó, en aquel lugar se había producido un incendio de grandes proporciones y había afectado toda la casa... Se dirigió hacia la torre que aún quedaba en pie. Las grandes losas, que en un tiempo habían formado un hermoso pavimento, se agrietaban entre la maleza que crecía a su alrededor. Guillem llegó a la puerta de la torre y asomó la cabeza con precaución. Una escalera de madera se apoyaba en el muro firmemente fijada con cuerdas... Algo nuevo, pensó Guillem calibrando la calidad de la soga, aquello no pertenecía a la época del incendio, alguien se había tomado muchas molestias para no caer. Inició el ascenso con sigilo, atento a cualquier sonido que rompiera la monotonía del silencio. Asomó media cabeza a través de la abertura que daba al primer piso de la torre, estudiando el terreno, y una vez seguro de que no había invitados molestos acabó de subir la escalera. Era una estancia cuadrada, pequeña, cuyos muros conservaban la memoria del fuego en los grandes trazos negros que los cubrían. Sin embargo, y a diferencia del resto de la casa, allí había señales humanas. Había dos catres pegados a la pared, ropa dispersa y un símil de hogar montado a toda prisa con piedras aprovechadas de las ruinas. Guillem tocó los troncos medio quemados, que aún mantenían la calidez del fuego. Retrocedió para tener una perspectiva de la estancia y darse un respiro para pensar. ¿Quién se estaba ocultando allí? De pronto sus oídos captaron una vibración conocida que se acercaba: los cascos de un caballo resonaban por el camino. Todos sus músculos se pusieron en tensión, la alerta brillaba agazapada en su mirada. Miró a su alrededor. Un estrecho agujero se abría en el techo como una boca hambrienta. Guillem aprovechó los boquetes dejados por viejas vigas invisibles y trepó hasta el techo dándose impulso con los pies. Se estiró sobre el suelo agrietado reptando hasta una de las paredes y se pegó a ella en completo silencio. Un crujido de la madera podrida le inmovilizó, abrió los brazos para repartir el peso de su cuerpo y rezó para que el deteriorado techo aguantara sin rechistar. Una voz, muy cerca, rompía la monotonía con sus gritos.

—¡Gausbert, Gausbert!

Unos pasos ascendieron por la escalera de madera en medio de imprecaciones que ponían de manifiesto la irritación del hombre que llegaba. Las palabrotas aumentaron de tono cuando el recién llegado comprobó la soledad de la estancia, mientras Guillem observaba desde la grieta abierta en el techo. El hombre paseó arriba y abajo como una fiera enjaulada, gritando en un solitario monólogo al que nadie respondió.

—¡Gausbert, maldito bastardo del demonio, vas a estropearlo todo, hijo de perra!

Finalmente, harto de su frustración, volvió a bajar las escaleras con rapidez y desapareció entre las ruinas. Los cascos de su caballo repiquetearon de nuevo en dirección contraria. Guillem aspiró suavemente un soplo de aire y se relajó, aunque se mantuvo inmóvil, a la espera de que el silencio volviera a adueñarse del recinto. Después se incorporó muy despacio y notó que el suelo temblaba, inseguro. Una tabla se desprendió y cayó en la estancia de abajo con estrépito, pero el hombre al que espiaba ya estaba lejos.

Bajó de nuevo las escaleras, pensando que contra todo pronóstico hasta las ruinas estaban llenas de vida. Sin embargo, nada parecía tener sentido, ¿quién era aquel tipo que se escondía entre los ennegrecidos muros de la casa de los Molins, y a quién se refería cuando llamaba al tal Gausbert? Guillem salió al patio y paseó entre la maleza antes de registrar cada palmo de la casa, sin saber muy bien lo que estaba buscando. Muchas preguntas, pensó, y nadie estaba dispuesto a responderlas.

El Masdéu, el Rosselló

Gausbert de Delfià tenía un agudo dolor de cabeza debido a la resaca. Cada movimiento, cada sonido, le producían un dolor físico casi insoportable, pero después de varias horas de reflexión había decidido tomar cartas en el asunto. No iba a permitir que los despojos de su padre fueran profanados, ya podía Bertran disgustarse lo que quisiera. La solución pasaba por robarlos para darles una sepultura digna de su condición. Ya no le importaba el riesgo, en realidad a Gausbert ya no le importaba nada. Su asociación con Bertran de Molins se tambaleaba, estaba seguro, había visto en la mirada de su compinche un turbador gesto de amenaza. Bertran estaba obsesionado con el botín de Guils, sólo podía pensar en el maldito oro... Sin embargo, Gausbert dudaba, todo aquel plan había sido tan improvisado que carecía de credibilidad, incluso el encuentro con el viejo administrador de los Molins resultaba de lo más extraño. Por no hablar del repentino hallazgo de aquellos cadáveres. ¿Quién podía estar interesado en que volvieran a la luz?, pensó con expresión de incredulidad. Gausbert suspiró con pesar desde su atalaya de piedra, un escondite desde el que podía vigilar el cementerio templario sin ser molestado. Al anochecer bajaría hasta allí y recuperaría los huesos de su padre, nadie iba a impedírselo, y si acaso lo intentaban iban a encontrarse con una desagradable sorpresa. Gausbert acarició el puñal que colgaba de su cinto. Bertran no le conocía, siempre le había menospreciado, pero había llegado el momento de demostrar quién era en realidad. Contuvo una arcada que ascendía de su estómago con el impulso de un vendaval, se dobló por la cintura e, incapaz de dominar la reacción física de su cuerpo, vomitó en el suelo. Sólo esperaba que nadie en la encomienda advirtiera el sonido de su desesperación...

Perpinyà, el Rosselló

Adhemar recorría el convento con paso rápido, quería asegurarse de que las confidencias de Cabot no eran fruto de la imaginación. En su fuero interno sabía que Cabot no mentía, no era un hombre dado a fantasías, pero su lealtad inquebrantable al rey Pere de Aragón le predisponía contra cualquier medida que tomara el hermano de éste, Jaume de Mallorca, al que detestaba sin disimulo. Adhemar no era tan radical, no soportaba la política y sus manejos. A pesar de que sus simpatías y sentimientos estaban del lado del rey Pere, la legalidad era un factor que respetaba. No obstante, todo tenía un límite, pensó, una traición de tal envergadura significaba la entrega de un reino a un poder extranjero, por más que el papa disimulara sus intereses con palabras huecas y superficiales. No, aquello no podía permitirse... Adhemar observó con creciente inquietud a los oficiales reales que rondaban por el convento. Cabot no andaba errado, hacía mucho tiempo que no se veían tantos. Avanzó rápidamente hacia el refectorio, donde había quedado con un buen amigo, Bonanat de Elna. Era escribiente como él y gozaba de toda su confianza y, además, trabajaba en la tesorería del Temple, cosa muy interesante en aquellos momentos.

Entró en el refectorio y comprobó con satisfacción que su amigo estaba sentado solo ante la larga mesa, pues no era la hora en que los hermanos se reunían allí para comer. Bonanat era un hombre bajo, rechoncho, con una cara redonda que transmitía la satisfacción del buen vivir.

—Vaya, Adhemar, pareces preocupado, muchacho —saludó con una sonrisa beatífica—. Te has puesto el rostro adecuado para las circunstancias, pareces enfermo.

—Muy ingenioso, Bonanat, pero es la única cara que tengo a mano —respondió Adhemar, sentándose a su lado.

—Malos tiempos, sí... —susurró Bonanat en voz baja—. Seguro que te interesan, los malos tiempos son tu especialidad, amigo mío, aunque esta vez me temo que sean peores.

—¿Y eso qué significa? ¿Te has propuesto lanzarme misteriosos mensajes crípticos? —Esbozó una mueca de disgusto y su mirada se ensombreció—. No estoy para acertijos, Bonanat.

—Yo creo que sí, Adhemar, ten en cuenta que las paredes oyen y el convento se encuentra dividido. Las posturas no están muy claras, te lo aseguro, pero el temor es patente y... —Bonanat dejó la frase en el aire y tardó unos segundos en proseguir—. El rey Jaume de Mallorca ha ordenado la fortificación de algunos castillos y ciudades, y ha escrito al papa en demanda de la décima de las rentas eclesiásticas, como si estuviera a punto de emprender una cruzada. Supongo que ya te imaginas el motivo.

—Quiere dinero para ayudar a sus amigos franceses, ésa es su cruzada, y traicionar a su hermano por resentimiento —musitó Adhemar mirando de reojo a su alrededor—. Por consiguiente, la decisión ya está tomada y el acuerdo firmado en secreto, ¿no es eso?

—A veces me admira tu inteligencia, viejo listo... Tienes razón, firmaron ese acuerdo en Carcasona en absoluto secreto —respondió Bonanat, lanzando una carcajada—. Ríe un poco, vamos, así pensarán que andamos metiendo las narices en algún chisme pecaminoso y no sospecharán de nuestras malas intenciones.

—Aquí no hay nadie, Bonanat, no seas intrigante. No tengo ningunas ganas de reírme y, si pudiera, empezaría a arrancarme los pocos cabellos que me quedan en la cabeza de pura desesperación. —Los dedos de Adhemar tamborilearon sobre la mesa, expresando su nerviosismo.

—Tú sí que eres exagerado, Adhemar, ¡por Dios Bendito! Sin embargo, no debes fiarte de esa supuesta soledad que compartimos ahora, amigo mío. ¿Acaso dudas de que Jaume de Mallorca disponga de un buen servicio de espías?... —Bonanat volvió a reír tapándose la boca con las manos—. Se los proporciona el rey francés, Adhemar, esto está lleno de espías con un peculiar y reconocible acento. Ya ves que toda precaución es poca. Y no te olvides de Seniofred de Tuy, que últimamente tiene mucho trabajo.

Adhemar lo contempló con prevención, pensando que su amigo no se tomaba nada en serio. Se sumió en una profunda meditación, ajeno a las cortas e intermitentes risitas de Bonanat. Iba a tomar la palabra de nuevo cuando la irrupción de un hermano templario le hizo callar. El hombre se acercó a él, le alargó una nota y desapareció tras saludar a Bonanat con una inclinación de cabeza.

—¿Las malas noticias continúan? —preguntó Bonanat con interés.

—Tengo que irme —se limitó a decir Adhemar, ignorando la pregunta—. Ten los ojos muy abiertos y ándate con tiento. Tal y como dices, las cosas sólo pueden empeorar.

—¿Empeorar? —Bonanat le contempló sin abandonar su perenne sonrisa, pero sus ojos transmitían una honda preocupación—. Vamos a ser invadidos, muchacho, eso es mucho más grave que empeorar.

Adhemar inclinó la cabeza con pesar, palmeó a su amigo en la espalda y se levantó. La nota que le habían entregado mantenía su mente ocupada y alerta, no podía demorar su respuesta. Adelaide le necesitaba con urgencia. Los negros presagios que ya existían en su cabeza aumentaron de tamaño hasta apagar el más mínimo destello de luz.

Arrodillado en la iglesia del convento, Seniofred de Tuy no podía librarse del mal sabor de boca que le había dejado la visita de aquella horrenda mujer. Guillelma de Brouilla estaba completamente loca, pensó, y su demencia la hacía peligrosa. ¿Qué significaban sus veladas amenazas? Ajeno a los rezos de la comunidad, se incorporó despacio y buscó con la mirada a su secretario, indicándole que deseaba una silla. Detestaba aquellas larguísimas ceremonias que sólo le hacían perder el tiempo y la paciencia, y además sus rodillas no se acostumbraban a soportar el peso de su cuerpo. Siempre que podía evitarlo, Seniofred eludía aquella humillante postura; no había nacido para permanecer arrodillado ante nadie, y las miradas recelosas de la comunidad le dejaban frío. Eran unos pobres imbéciles, pensó, esperaban vanamente que unas horas de postración ante la divinidad les permitirían salvar sus miserables almas. En cuanto pudo sentarse, su pensamiento volvió a Guillelma. Se levantó la capucha y se sumió en una profunda reflexión que nada tenía que ver con los actos litúrgicos. Era imposible que Adelaide de Brouilla hubiera confiado en su hija, caviló Seniofred. Conocía la animadversión que Guillelma sentía hacia su madre, confirmada por la inverosímil denuncia que la mujer había intentado endilgarle. No, Guillelma no podía saber nada de su pasado, caviló Seniofred con un ligero temblor, ignoraba su implicación en los delitos de su padre. Una súbita turbación alteró su ánimo. En aquella época no había tenido otra opción, su carrera estaba en juego. De haberse negado a colaborar con Robert d'Arles, no ostentaría el cargo que tenía, era evidente. No podía quejarse, rumió cerrando los ojos, había salido del maldito asunto más limpio que una patena. Ése había sido el trato: si había barro, que se enfangaran los demás, un principio que Seniofred seguía a rajatabla. Y hubo un auténtico barrizal, recordó con un suspiro, un pantano de lodo que devoró a aquellos tres imbéciles prepotentes... Sólo muertos servían para algo, musitó entre dientes. En aquel momento sus cadáveres resultaban útiles a sus intereses, cosa que no podía decirse de cuando estaban vivos. Aquella banda de estúpidos se había atrevido a robar en su propio convento, recordó con rabia, y lo habían hecho sin avisarle. ¡Pandilla de ineptos avariciosos! ¡Se lo tenían bien merecido!

Una mano se posó en su espalda con suavidad y Seniofred tuvo un sobresalto. Se apartó del roce bruscamente, como si el mismísimo diablo ascendiera del infierno para interrumpir su meditación. Se volvió, mirando a su secretario con exasperación, y contempló el papel que le tendía. Lo leyó a toda prisa con creciente perplejidad y lo arrugó hasta formar una bola. Después se levantó, inclinó la cabeza en un forzado gesto de veneración y salió a toda prisa de la iglesia. El revuelo de la sotana produjo un sonido peculiar que obligó a sus hermanos a levantar la vista de los misales, la comunidad no se acostumbraba a la insólita conducta de Seniofred.

Atajó por el claustro camino de la biblioteca. Por primera vez, en el rostro de Seniofred aparecía un asomo de temor, una reacción poco habitual en él. Entró en la biblioteca con paso rápido, sin saludar a la figura que se hallaba sentada a su escritorio.

—Pero ¡qué demonios estás haciendo aquí! —estalló sin contención—. ¡Apártate de mi mesa, maldito bastardo!

—¡Qué lenguaje para un santo clérigo! Espero que no haya nadie escuchando, Seniofred, de lo contrario tus fieles van a abandonar tu iglesia a toda prisa, escandalizados. Aunque veo que aún me recuerdas, es un milagro de agradecer.

Bertran de Molins se levantó de la silla. Sus ojos azulados, hundidos en el fondo de su rostro, destellaron con expresión irónica.

—Compruebo que la vida te ha tratado bien, esa panza lo demuestra. —Una sonrisa lobuna apareció en sus labios, los dientes sobresalían en una mueca agresiva—. Has hecho una carrera vertiginosa desde la muerte de monseñor y del difunto D'Arles... ¡Que Dios los tenga en su gloria y procure esconder la plata!

—No sé de qué estás hablando. ¿Qué es lo que quieres? —insistió Seniofred con obstinación—. Tú también has hecho una rápida carrera, estoy informado, tus crímenes recorren muchas leguas.

—¡Otro quisquilloso de mierda! —Bertran soltó una carcajada—. Tú estás informado, me alegro, pero yo también he indagado por mi cuenta. Mi padre, Seniofred, escribió una larguísima carta contando vuestras heroicidades con todo detalle. No veas la sorpresa que me llevé... Enterarme así, de sopetón, de que todos vosotros me superabais en perversión... Estoy desolado, amigo mío.

—Eso es difícil de creer. Tu pobre padre no sabía ni mantener una pluma entre los dedos, Bertran —susurró Seniofred en voz baja—. Dime qué quieres y desaparece de mi vista.

—Es posible que mi padre no supiese escribir, pero se las apañó para encontrar a alguien que registrara su espeluznante historia. Y he de decir, Seniofred, que tú ocupas varios párrafos, sin tu preciosa ayuda habrían terminado todos en la mazmorra. —Bertran esperó inútilmente una respuesta—. Lo que quiero es inmunidad, Seniofred, la misma que los protegió a ellos.

—No sé de qué me estás hablando, ya te lo he dicho, tendrás que ser más explícito —contestó finalmente Seniofred, al tiempo que cerraba los puños con fuerza.

—Pues, por ejemplo, dime qué hace el apestoso cadáver de mi padre paseando por ahí, saltando entre los templarios del Masdéu con su alargada sombra —preguntó Bertran en tono despectivo—. Tú mismo me dijiste que había desaparecido, ¿recuerdas? Que se había vuelto loco, Seniofred, eso me contaste, que incendió la casa y desapareció de la faz de la tierra.

—Te dije lo que sabía, nada más, eso fue exactamente lo que me contó Robert d'Arles —repuso de inmediato Seniofred, pálido.

—¿Por qué me estás vigilando? —Bertran se acercó al fraile con aire amenazador.

—¿Te están vigilando? —Un trazo de estupor oscureció la mirada de Seniofred.

—«¿Te están vigilando?» —se mofó Bertran, imitando su tono de voz—. Vamos, Seniofred, tendrás que esforzarte más, tengo poca paciencia para tus engaños.

—Yo no te estoy vigilando, Bertran, ni siquiera sabía que

estuvieras por aquí —afirmó Seniofred con repentina cautela—. No nos vemos desde hace muchos años, desde la desaparición de tu padre para ser exactos. ¿Para qué necesito vigilarte?

—Muy convincente, pero no sé si creerte —respondió Bertran sin dejar de observarle—. De todas maneras, tengo un asuntillo que deberías arreglar, un estúpido imprevisto sin importancia. Y todavía no me has contado el motivo para resucitar al hijo de perra de mi padre.

—¿Qué has hecho? —inquirió Seniofred, evitando responder a la pregunta.

—Un estúpido accidente en casa de Adelaide de Brouilla, ya te he dicho que no tiene importancia. —Bertran, con su habitual aplomo, movió las manos en un gesto elocuente—. Una vieja sirvienta se inmiscuyó en mis asuntos y, ya sabes, tuve que aplicar una solución radical.

—¿Has asesinado a una sirvienta de los Brouilla? —El recelo asomó en la mirada de Seniofred—. ¿Qué estabas haciendo en esa casa?

—Buscando, Seniofred, desde luego —afirmó Bertran con rotundidad—. Suponiendo que tú no lo hayas robado, es el lugar más apropiado para esconder el fruto del trabajo de mi padre. Lo pone en su carta, tengo un suculento botín como herencia y vengo a reclamarlo.

—¿Te has vuelto loco? —El pulso se aceleraba en las sienes de Seniofred—. Ese dinero desapareció, imbécil, posiblemente Guils lo entregó al Temple. ¿Qué demonios iba yo a robar, maldito bastardo, de dónde sacas esa idea?

—No te pongas nervioso, Seniofred, sé que el botín está en esa casa. —Bertran remarcó cada sílaba—. Y voy a encontrarlo aunque tenga que cargarme a todos los que encuentre allí, tenlo presente. Lo haré con tu ayuda, naturalmente, no quisiera que tu reputación se viera en entredicho, amigo mío.

—¿Me estás amenazando? —Seniofred tragó saliva mientras la cólera ardía en su mirada.

—¿Por qué no? Desde luego que te amenazo, Seniofred, tú ya obtuviste tus beneficios. —Bertran sonrió de oreja a oreja—.

¿Por qué no debería aprovecharme yo también, dime? Por lo que sé, nunca has pagado por tus delitos, amigo mío, y ya es hora de rendir cuentas.

—Ese dinero que buscas no existe, Bertran. Guils no era tan imbécil como tú, a buen seguro le sacó un interesante rendimiento. —La voz le tembló casi imperceptiblemente, pero fue suficiente para arrancar una carcajada de Bertran.

—He logrado asustarte, Seniofred, estoy satisfecho de contemplar ese miedo que pretendes ocultar a toda costa. —Bertran palmoteó con alegría infantil—. Bien, ya estamos en el punto exacto al que quería llegar, ahora podemos empezar a hablar.

Seniofred controló la ira brutal que ascendía por su garganta y le quemaba por dentro, pero no tenía más opción que escuchar. Callar y escuchar, pensó, después ya tendría ocasión de deshacerse de aquel maldito criminal. El pasado que creía olvidado regresaba de improviso con un rugido de amenaza. Su reputación pendía de un hilo después de tantos años de trabajo, y eso no podía permitirlo. El sudor le cubría la frente y le resbalaba por el rostro cuando se sentó a su mesa y miró a Bertran de Molins. Era tan hijo de perra como su padre, recordó Seniofred con un estremecimiento. Apareció cuando todo estaba consumado, buscando a un padre al que casi no conocía, pero dispuesto a sangrarle hasta las entrañas. Sí, de tal palo tal astilla. Entonces, D'Arles ya había huido de la furia de Bernard Guils y Seniofred estaba convencido de haber salido airoso de aquel desastre. Atendió al joven Bertran y le explicó lo primero que le vino a la mente. Una historia estrafalaria, lo admitía, pero lo único que deseaba era perderle de vista. Fue una grave equivocación, recapacitó Seniofred, debió acabar con la mala sangre entonces, eliminar a la hidra de múltiples cabezas que le amenazaba. No lo hizo, amparado en una sensación de falsa seguridad. Y en ese momento el lodo que tanto temía le inundaba, estaba ante él, dispuesto a arrojarle a las aguas pantanosas y sucias en las que dormían sus padres.

XVI

Tengo las manos manchadas de sangre y no es la primera vez, sabes que eso forma parte de nuestro trabajo. Sin embargo, ahora es diferente, nunca creí que el odio me arrastraría hasta tal punto. El odio, Jacques, nunca formó parte del trabajo.

Perpinyà, el Rosselló

La plaza que había ante el convento dominico se veía animada por el tránsito incesante de gente que iba y venía atareada en sus quehaceres. Era la hora adecuada, pensó Giovanni apoyado en una esquina, la hora en que todo el mundo despertaba de sus angustias nocturnas y luchaba por sobrevivir. Una hora interesante para observar la actividad de los frailes, también ellos despertaban con un nudo en la garganta, atemorizados por su supervivencia. Giovanni meditaba con la mirada puesta en la gran puerta del convento. Esperaba que Seniofred asomara su intrigante cabeza y, con un poco de suerte, tendría la oportunidad de aplastársela con sus propias manos. ¡Seniofred de Tuy, el príncipe de los ladrones! Le conocía bien, había seguido su ascendente carrera desde hacía muchos años, antes y después de su precipitado retiro en el Masdéu. Seniofred había aprovechado la muerte de monseñor para ascender en el sendero de la gloria. Giovanni temblaba de rabia ante el recuerdo. También había sido el protector de Robert d'Arles en aquella época, encantado de cubrir sus crímenes con el manto del silencio. Y no sólo eso, pensó con un escalofrío, se convirtió en la garantía de aquella banda de ladrones asegurando su impunidad. Entonces a monseñor, su antiguo jefe, le divirtió la idea de ver a D'Arles saqueando el Rosselló en beneficio de los intereses de Carlos de Anjou. Estaba hechizado por aquel hijo de perra, era su protegido a pesar de sus reiteradas traiciones.

Giovanni sudaba, la memoria que necesitaba para reaccionar empezaba a devorarle. Una vez activada, la poderosa maquinaria de su mente retrocedía con celeridad, como un cangrejo que adivinara el tenebroso mar a sus espaldas y corriera hacia él ajeno al riesgo.

Su propia familia le había vendido a monseñor por una cantidad considerable, con la excusa de que ello mejoraría su vida, reflexionó Giovanni mientras se limpiaba una lágrima de un manotazo. Era casi un niño... No hubo ninguna duda acerca del incremento de los bienes familiares, aunque fuera a costa de su entrada en el infierno a empujones. Giovanni se pasó una mano por la frente pensando que debía parar, pues ese recuerdo no le servía de nada. Durante un tiempo fue el favorito en la cama de monseñor, forzado y maltratado, era un requisito imprescindible para ingresar en su selecto grupo de espías. Después, D'Arles ocupó su lugar...

«¡Detente, Giovanni, ya es suficiente!» Un grito que parecía su propia voz estalló en su mente, incapaz de contener la rabia acumulada, incapaz de parar la maquinaria de su memoria. Sintió un dolor profundo que le atravesaba de parte a parte, el mismo dolor que provocó su huida y que le impulsó a abandonarlo todo. Había querido una vida nueva y la consiguió, aunque en ese momento aquella existencia se tambaleaba en el borde del abismo. Había traicionado a los suyos con la convicción de un condenado y no se arrepentía. Llegó incluso a participar en la muerte del bastardo de Robert d'Arles junto a Jacques y Dalmau... Todo por una nueva vida, limpia y alejada de intrigas y conspiraciones, meditó Giovanni cabizbajo; se la merecía, nadie tenía derecho a arrebatársela después de tantos años. Y nadie lo haría, se juró a sí mismo irguiendo la espalda, aunque tuviera que volver a matar con sus propias manos. Un escalofrío supersticioso recorrió su columna de principio a fin, un sudor helado que reptaba por su piel como una culebra. Miedo, pensó Giovanni, puro miedo ante la posibilidad de perderlo todo.

De repente, irguió la cabeza. Seniofred de Tuy salía del convento dominico en compañía de un joven capellán. Mientras un sudor helado le cubría la piel inflamada de cólera, avanzó dos largas zancadas en dirección a Seniofred y se detuvo de nuevo respirando con agitación. Cuando estaba a punto de reemprender el paso, una mano le agarró con fuerza por el brazo y le obligó a retroceder bruscamente. Giovanni se volvió con el rostro crispado y la daga en su mano, dispuesto a defenderse, pero su mirada sufrió una transmutación de asombro.

—¡Calma, viejo soldado! —le tranquilizó una voz familiar—. Veo que no has perdido facultades, Juan de Salanca, ¿de dónde demonios has sacado ese cuchillo?

Giovanni contempló el rostro cuadrado de Cabot, el hombre de Adhemar, que le observaba con curiosidad.

—¿Qué haces tú aquí y qué quieres? —ladró Giovanni con irritación.

—En estos momentos, creo que te estoy salvando la vida, y no hace falta que me lo agradezcas —respondió Cabot en el mismo tono insultante—. ¿Es que te has vuelto loco? ¿Quieres liquidar a Seniofred en medio de una plaza pública? Recapacita y cálmate, y si me haces caso hasta es posible que te ayude a acabar con ese bastardo del demonio.

—¡Me da igual donde esté, es mejor que le mate ahora, antes de que se le ocurra asesinarme en una esquina! —bramó Giovanni, fuera de sí.

—Pero ¿qué estás diciendo? ¡Encima de loco eres un estúpido carcamal! —Cabot seguía aferrándole el brazo—. Tenemos que hablar, Juan de Salanca, ahora. Estás a punto de cometer la peor equivocación de tu vida, y después no tendrás tiempo para el arrepentimiento.

Cabot le arrastró tirándole del brazo sin ceder a sus imprecaciones hasta salir de la pequeña plaza. Giovanni se soltó con un bufido de disgusto y se frotó el brazo dolorido, mirando a su compañero con enfado. Caminaron en silencio por las estrechas callejuelas, sin dirigirse la palabra, hasta que Cabot entró en una taberna y se sentó a una de las mesas. Era un lugar tranquilo, vacío de parroquianos, que posiblemente aún dormían la borrachera de la noche anterior. Cabot pidió una jarra de vino y esperó a que el dueño les hubiera servido para empezar a hablar.

—Ahora, Juan, vas a explicarme por qué, después de dieciocho años de tranquilo retiro, te has levantado de buena mañana para matar a Seniofred sin pararte a pensar en las consecuencias. —Cabot lanzó un gruñido ante el silencio de su compañero—. Está bien, entonces procuraré rellenar tu discurso con mis propias especulaciones.

Giovanni se removió inquieto en su asiento, conocía muy bien a Cabot, al que Bernard Guils había reclutado junto con Adhemar, era un hombre cabal. Sopesó si valía la pena confiar en él, podía hacerlo, aunque temía implicarle en un asunto que no le concernía.

—Supongo que el hallazgo de esos cuerpos en el Masdéu te ha traído malos recuerdos —siguió Cabot, interrumpiendo sus meditaciones—. Y tienes razón al pensar que ha sido una idea de Seniofred, pero te equivocas al creer que sabe algo de tu verdadera identidad. Seniofred de Tuy desconoce por completo quién es realmente Juan de Salanca. Te lo advierto de buen principio, porque sé lo que te preocupa, Juan, sé que esperas una venganza, pero te aseguro que no va a llegar de la mano de ese hijo de perra.

—¿Cómo puedes estar tan seguro? —gruñó Giovanni, vacilando.

—Porque llevo vigilando ese convento desde que encontraste a los muertos, Juan, por eso... —Cabot juntó las manos ante su rostro—. Y puedo garantizarte que todo este lío no es a causa de una tardía venganza contra ti, sino que hay intereses políticos en juego. No eres el único pecador en busca de penitencia.

—¿Intereses políticos? ¿De qué demonios estás hablando? —Un asombro genuino apareció en los ojos de Giovanni.

—¡Santo cielo, Juan, es increíble! Tanto tiempo retirado ha conseguido secarte la mollera, muchacho. ¿Cómo puedes pensar que toda una organización vaya a gastar sus recursos en un olvidado y viejo espía del que ya nadie se acuerda? —Cabot inspiró profundamente—. ¿De verdad te crees tan importante?

—¿Qué intereses políticos? —insistió Giovanni, sintiendo de repente una vergüenza abrumadora.

—¿En qué paraíso vives tú, viejo romano? Porque hay que estar sordo para no enterarse del ruido que existe a nuestro alrededor, los tambores de guerra no dejan de atronar por todas partes. —Cabot no daba crédito a la ignorancia de su compañero—. Los cuerpos que encontraste en el Plasec no representan una amenaza para tu persona, son sólo una manera de tenernos distraídos.

—No acabo de entender qué...

—¡Despierta de una maldita vez, por todos los santos! —exclamó Cabot con irritación—. El papa y los franceses quieren despojar al rey Pere de sus reinos, ¿comprendes, viejo oxidado? Y Jaume de Mallorca acaba de firmar un tratado para ayudarlos.

Giovanni, mirándole con la boca abierta, a punto estuvo de caer de la silla. Las palabras de Cabot le hacían ver lo ciego que había estado últimamente, ciego y mudo.

—Entonces, los cuerpos... —balbuceó con esfuerzo—. Bueno, quiero decir que Bernard Guils no tiene nada que ver en esto y...

—¿Bernard? ¿Qué estás diciendo? —le interrumpió Cabot con brusquedad—. Bernard Guils está muerto, Giovanni.

—Sí, pero creí que todo estaba relacionado con él, ya sabes... El Bretón los enterró, me lo dijo él mismo, y por eso pensamos que tenía que ver con el asunto de los antiguos robos, que alguien estaba removiendo ese tema. —Giovanni empezaba a perderse.

—Quizá tengas una pequeña parte de razón, y, si es así, puedo asegurarte que Seniofred no tiene nada que ver en esto. —Cabot se sumió en una corta reflexión—. Hay algo extraño en todo este asunto, no te lo niego. Adhemar cree que alguien busca el tesoro de Guils, el botín de esa banda de ladrones que Bernard escondió. Hay algunos indicios, no lo puedo negar...

—¿Qué indicios? —Giovanni se irguió de repente.

—Bertran de Molins y Gausbert de Delfià han aparecido de

la nada, Juan, y andan conspirando por ahí —dijo Cabot a regañadientes—. Y además, ronda un personaje de lo más extraño por la ciudad. He averiguado que se llama Galdric de Centernac y, últimamente, es la sombra de Seniofred. Creo que es un espía de los franceses, casi estoy seguro, pero es escurridizo como una anguila y...

—¿Centernac? —Un destello de alarma apareció en la mirada de Giovanni.

—Sí, eso he dicho. ¿Le conoces?

—Yo seré un viejo espía oxidado, Cabot, y posiblemente un poco perturbado, pero me extraña que ese nombre no te recuerde nada —afirmó Giovanni, al tiempo que sus manos empezaron a temblar sobre la mesa—. Deberías visitarme de vez en cuando, adentrarte en ese paraíso de la memoria del que tanto te burlas.

—Lo siento, me rindo, ese nombre no me dice absolut... —Cabot calló de golpe y miró a Giovanni con asombro—. No puede ser, eso es imposible. ¡Centernac! Ése era el nombre del cuarto cabecilla de los ladrones, el que se le escapó a Bernard de las manos.

—Sí, tienes razón, pero también era algo más. —De repente el sudor helado le cubrió de nuevo la piel—. Bajo ese nombre se ocultaba Robert d'Arles, *la Sombra*, todo fue una trampa para atrapar a Bernard Guils.

—Ahora lo entiendo, los robos y la muerte de Esclarmonde... Le atrajo hasta aquí y el bastardo le estaba esperando. ¡Hijo de mala madre! —Cabot estaba conmocionado—. Bernard nunca me dijo nada, quizá no sabía que...

—Lo sabía perfectamente, Cabot, en el mismo momento en que se enteró de la muerte de su hermana y de los robos. Sabía que D'Arles le desafiaba de nuevo. Yo le advertí al respecto, pero todo fue en vano, por entonces era inútil hablar con él, la rabia le desbordaba.

—¿Por qué no nos dijo nada? No lo entiendo, tenía nuestra más firme lealtad. —Apenado, Cabot bajó la cabeza.

—Debes entenderlo, no quería implicaros, ya no era un

asunto de la Orden, era algo personal, muy personal. —Giovanni carraspeó, le costaba hablar—. Bernard volvió cambiado, Cabot, el odio que sentía hacia ese hombre era aterrador.

—¿Y te extraña? Yo habría hecho lo mismo sin que me temblara la mano. Pero se le escapó, ese maldito bastardo se le escapó...

—Sí, pero no por mucho tiempo.

Ambos quedaron en silencio, con la cabeza baja, sumidos en sus propios pensamientos. Casualidad o no, el nombre de Centernac les evocaba inquietantes recuerdos.

—Hay que averiguar quién es en realidad ese tal Galdric de Centernac, Cabot, no puede ser una casualidad, es imposible.

Encomienda del Masdéu, el Rosselló

Nervioso y de mal humor, Guillem de Montclar registró las dependencias con minuciosidad. Jacques había desaparecido y no había ni rastro de Giovanni. Desesperado ante la posibilidad de que el Bretón hiciera alguna locura, habló con los pocos hermanos que quedaban en la casa, sin encontrar una respuesta. Salió al patio, dispuesto a rastrear palmo a palmo el inmenso territorio de la Encomienda y a buscar a cada uno de los templarios dispersos en sus labores para averiguar el paradero de su amigo. Empezaba a temer por Jacques, ignoraba el alcance de su enfermedad. En un último intento, se acercó a la pequeña vivienda del hermano portero en busca de información; alguien tenía que haberle visto esa mañana.

—Buenos días, frey Pierre.

—Vaya, Guillem de Montclar, habéis vuelto. —Un hombre de estatura mediana y ojos oscuros se levantó de una silla cercana a un estrecho ventanuco—. Ésta es una buena hora para contemplar nuestra casa a la luz del día.

—Sí, tenéis razón, pero parece que sólo puedo verla en plena noche y en medio de la tormenta. —Guillem sonrió al comprobar que el hermano portero se acordaba de su llegada—. Estoy buscando a frey Jacques, no lo encuentro por ningún lado.

—Es natural, no lo encontráis porque no está en la Casa —aseguró el portero, observándole con curiosidad.

—¿No se encuentra aquí? —Una mezcla de asombro y temor cruzó el rostro de Guillem—. Frey Jacques no está bien de salud, no debería salir solo por ahí.

—¿Creéis que alguno de nosotros es capaz de detener al Bretón, si lo que quiere es salir? —preguntó a su vez el portero con ironía—. Todos sabemos que su salud se tambalea, estamos vigilantes, os lo aseguro, pero no vamos a encerrarle en una mazmorra, como comprenderéis.

Guillem no respondió, su mente calibraba todas las posibilidades. Frey Pierre le observó unos instantes y en sus ojos brilló un destello de arrepentimiento.

—Lo siento, frey Guillem, no es momento para bromas, disculpadme —rogó con sinceridad—. Frey Jacques ha salido, pero no iba solo, no debéis preocuparos. Siempre procuramos acompañarle, en esta comunidad se le aprecia mucho.

—¿Quién iba con él? ¿Juan de Salanca? —La alarma pareció desaparecer de las facciones de Guillem, que soltó un breve suspiro de alivio.

—No, Juan de Salanca no ha vuelto, os marchasteis juntos, ¿no? —Frey Pierre exhibió una sonrisa de complicidad—. Os vi salir con el percherón bastante cargado, pero eso no es de mi incumbencia como podéis suponer, yo sólo vigilo la puerta.

—Entonces ¿quién le acompañaba?

—Un joven, templario desde luego, y parecían conocerse. Llegó de buena mañana y les oí discutir en el establo... —Frey Pierre acarició su barba oscura, reflexionando—. Seguían discutiendo cuando salieron de la casa, ese joven no parecía estar muy de acuerdo con el Bretón, pero se pegó a su sombra, os lo puedo asegurar.

—¿Podéis describirme a ese joven? ¿Era alto, muy delgado y con una barbita de chivo? —El temor volvió a la mirada de Guillem.

—No, no, nada de eso... Era alto, sí, pero fuerte. —El portero entornó los ojos concentrándose—. Tenía los ojos negros como el carbón, el pelo ensortijado y la tez aceitunada. Un joven bien plantado, y por su manera de actuar tuve la sensación de que venía de Palestina, ¿sabéis? Siempre que uno de nosotros vuelve de allí, tiene una mirada especial; no sabría cómo explicarlo, pero pocas veces me equivoco.

Algo se removió en el interior de Guillem de Montclar, que se dejó caer en la silla del portero con la mirada extraviada. No podía creer lo que estaba oyendo, era imposible.

—¿Oísteis algo de lo que discutían? —preguntó en voz baja.

—Estuve a punto de acudir a los establos por los gritos del Bretón —se excusó el portero con aire contrito—. Aullaba como un loco, y ordenaba a los espectros que se fueran con bramidos tan desaforados que hasta el suelo temblaba. Creí que estaba sufriendo uno de sus ataques y fui hacia allí para tranquilizarle, porque si se le habla con suavidad se calma enseguida. Pero no hizo falta, aquel joven lo hacía muy bien, le repetía una y otra vez que no era un espectro. Le decía: «Soy Ebre, he vuelto, soy yo...» Entonces el Bretón dejó de gritar, pero más tarde volvieron a discutir. Ese joven quería esperar tu llegada, pero frey Jacques volvió a las andadas gritando como un poseso, así que al otro no le quedó más remedio que seguirle.

—¿Sabes adónde fueron? —Guillem estaba conmocionado, la llegada de Ebre era la última noticia que esperaba recibir.

—No tengo la menor idea, lo siento, incluso afirmaría que el Bretón tampoco lo sabía a ciencia cierta. A veces le ocurre, no sabe muy bien dónde está... —Frey Pierre asintió varias veces con la cabeza—. Pero por lo demás se encuentra fuerte como un buey, como siempre.

Guillem se incorporó lentamente, sintiéndose repentinamente cansado y deprimido. Se despidió del hermano portero agradeciendo la información y se dirigió hacia los establos. Recorrió la estancia y comprobó que su yegua estaba allí, Jacques no se la había llevado. Acarició el lomo del animal con suavidad y, por primera vez, oyó un relincho de satisfacción.

—Vamos a trabajar juntos, *Xiqueta*, hay mucho por hacer. Tres muertos insatisfechos en su fosa, Guils vagando en la penumbra y Ebre de vuelta en casa... No sé qué está sucediendo, jovencita, pero es hora de averiguarlo —susurró en su oído con voz melosa—. Te necesito para encontrar a Jacques, ese viejo carcamal se ha largado sin decirnos nada y, a buen seguro, tú sabrás encontrarle mejor que yo. Pero antes iremos a la ciudad, vamos a arreglar unos asuntillos pendientes.

Perpinyà, el Rosselló

—Esta mujer no se ha caído por las escaleras, Guillelma.

Adhemar, con el rostro contraído por una extraña cólera, observaba el cuerpo de Marie. Sus facciones, poco acostumbradas a la tirantez del enfado, expresaban un estupor airado poco habitual en él. A pesar de las protestas de Guillelma de Brouilla, había entrado en la habitación de la sirvienta sin miramientos, dándole un fuerte empujón, de modo que ella no había podido impedir la intrusión de Adhemar en sus asuntos.

—No sé qué quieres decir, la encontré al pie de la escalera. Se le rompió la barrica de aceite, eso es lo que pasó, a punto estuve de seguirla y resbalar de tanto aceite como había —respondió Guillelma a la defensiva—. Es un accidente, Adhemar, esas cosas pasan y...

—¡Cierra esa maldita boca mentirosa, Guillelma! —saltó Adhemar sin poder controlarse—. ¡Alguien ha estrangulado a Marie, las marcas de los dedos todavía están impresas en su cuello!

—¡Dios todopoderoso! ¿Cómo puedes decir una cosa así! —Guillelma cruzó las manos con fuerza para disimular su temblor—. Marie puede haberse golpeado al caer, esas marcas no significan nada. Tu sólo quieres complicar las cosas a esta pobre familia, Adhemar, que el escándalo acabe con nuestro buen nombre, y que...

—¡Tu buen nombre! —estalló Adhemar, interrumpiéndola de nuevo—. Nadie en esta ciudad te otorgaría tal privilegio, Guillelma. Por mucho menos, tú has acabado con el prestigio de buena gente cuyo único pecado ha sido descubrir quién eres en realidad. Y deja de mentir, ningún golpe produce estas contusiones. Marie ha sido asesinada, ésa es la triste realidad.

—Por favor, Adhemar, te lo ruego, hazlo por Adelaide si tanto me desprecias —suplicó Guillelma sacudida por la rabia y el temor—. Lo he hecho para protegernos, no podríamos superar el escándalo de un asesinato en esta casa, debes comprenderlo.

—¿Comprenderlo? —espetó Adhemar con dureza—. ¿Y qué me dices del criminal que ha hecho esto, Guillelma? ¿Por qué ha asesinado a la pobre Marie, puedes decírmelo?

—Sólo era una sirvienta, Adhemar, algún hombre despechado puede haberlo hecho... —Guillelma buscaba con desespero una razón que calmara al templario—. Algún asunto turbio de Marie que ignoramos, no hay nad...

—¿Un hombre despechado con Marie, un asunto turbio? Estás completamente loca, no sabes de lo que hablas. —Adhemar respiraba agitadamente, la repugnancia que sentía por aquella mujer le producía náuseas—. Lárgate de aquí, no quiero verte ni seguir oyendo tus necedades, necesito pensar en paz.

Guillelma salió de la habitación dando un portazo. Adhemar se sentó a los pies de la cama y sus ojos claros contemplaron el cuerpo de Marie. Todo aquello no tenía sentido, pensó.

Había acudido a la llamada urgente de Adelaide sin sospechar aquel terrible percance, y sólo al llegar a la casa y contemplar los rostros lívidos de los criados se dio cuenta de la importancia de su aviso. Adelaide estaba deshecha, casi sin habla, con la terrible sospecha de que su hija estaba implicada en la muerte de Marie. A Adhemar le costó tranquilizarla, y sólo con la promesa de investigar aquel fortuito accidente logró que se calmara. Sin embargo, y a pesar de las sospechas de su amiga, al principio Adhemar creyó en la veracidad del desgraciado percance, que no era algo poco habitual. Una mujer ya mayor, aceite derramado y unas escaleras oscuras... Todo parecía coincidir con una desdichada caída, todo menos el comportamiento de Guillelma. La mujer se había negado en redondo a que viera el cuerpo de Marie con una obstinación rayana en la locura y, después, cuando comprobó que nada podría detenerlo, cubrió el cuerpo con una sábana alegando que era impúdico que la contemplara. Adhemar, en un arrebato de furia, la apartó violentamente del lecho de la difunta y arrancó la sábana que la cubría. La palidez mortal de Guillelma, más blanca que el propio cadáver, le dio la pista definitiva. Y aquellas marcas profundas en el cuello de Marie...

Adhemar lanzó un profundo suspiro, cubrió de nuevo el rostro de Marie y se incorporó. No sabía qué iba a decirle a Adelaide y tampoco deseaba dar la razón a Guillelma. No obstante, lo innegable era que alguien con muy malas intenciones rondaba por la casa, y Adhemar empezaba a sospechar su identidad. Cerró la puerta con suavidad y bajó las escaleras hasta el vestíbulo, que estaba desierto. Se dirigió a la puerta del sótano y descendió a oscuras aferrado al pasamano. Una vez abajo, tanteó el anaquel de la derecha en busca de una vela y la encendió. Olió el húmedo ambiente, una mezcla de hierbas aromáticas y sudor humano, y comprobó con detenimiento el suelo. Había el rastro de unas pisadas, barro desperdigado entre briznas de hierba. Inclinado en el suelo confirmó sus peores sospechas: uno de aquellos dos bastardos andaba en busca del botín de sus padres. Demasiados problemas, caviló cabizbajo, una espesa red de calamidades se estaba entrecruzando peligrosamente, mezclando el pasado con el presente para confundirlos. Acaso Cabot tuviera razón, había demasiados anfitriones en el mismo baile y los invitados no lograban salir de su perplejidad...

XVII

No puedo detenerme ahora, amigo mío, lamento dejarte en estas circunstancias. Entierra esos malditos cuerpos, Jacques, y hazlo en el vertedero del Plasec, el único lugar que se merecen. Entiérralos y olvídate de ellos.

Perpinyà, el Rosselló

Dalma canturreaba en voz baja y la melodía llenaba los recovecos de su cueva con sonidos que recogía la roca para devolverlos en un suspiro apagado. Se acercó al fuego y se sentó junto a un gran mortero. Vertió agua de una vasija en él y removió lentamente, con paciencia. En el mortero se dibujó una estrella de colores, el rojo se mezclaba con las puntas descoloridas de un verde claro, hasta formar un líquido violáceo. Detuvo su canto un instante para observar el movimiento de la mezcla, y sonrió con satisfacción. Era exactamente el resultado que buscaba. Se levantó con agilidad y rebuscó en uno de los cestos. Cogió un objeto envuelto en un viejo paño, lo destapó con cuidado y lo alzó ante su rostro. Ante sus ojos oscuros brilló un hermoso crucifijo de oro adornado con relucientes piedras rojas como la sangre que formaban una corona alrededor de la cabeza del Cristo.

—Piedras rojas, rubíes, en lugar de espinas... —susurró Dalma mientras la cruz se balanceaba ante sus ojos—. Así te entienden, pobre Nazareno, tú que no tenías nada y ellos que lo tienen todo. Sé que no estarías de acuerdo conmigo, o quizá sí, quién sabe...

Dalma volvió junto a su mortero y dejó caer la gruesa cadena con el crucifijo en el líquido violáceo. Tendría que esperar unas cuantas horas, pero no le importaba, después de tantos años estaba a punto de conseguir lo que se había propuesto.

Su madre había arrancado la cruz del cuello de aquel arrogante clérigo y la había lanzado lejos, muy lejos. Qué podía importarle, reflexionó Dalma, ya que estaba condenada sin remisión... Aquella pandilla de frailes negros la habían buscado durante varios días, se habían vuelto locos para encontrarla. Pero nunca la hallaron, alguien había sido mucho más rápido que ellos. Dalma recordaba muy bien al hombre del parche en el ojo, el amigo de Adelaide, él fue quien la arropó en su capa y se la llevó muy lejos de allí para salvarle la vida. Bernard se llamaba, Dalma lo recordaba con nitidez. La dejó en casa de una buena gente, bajo la tutela de Adelaide, y antes de marchar le entregó aquel crucifijo envuelto en un paño que, en aquel entonces, era blanco como la nieve.

—Cuando seas mayor, sabrás qué hacer con él —le dijo con su voz grave—. Guárdalo bien porque es muy valioso, podrías vivir tres vidas con comodidad con su precio. Pero piénsalo antes de tomar una decisión, ya sabes a quién pertenece.

Sí, Dalma lo sabía perfectamente y había pensado mucho en las palabras del hombre del parche en el ojo. Aunque conocía su nombre no podía llamarle por él, pero su imagen se había grabado en su mente infantil con una poderosa energía. Era su sombra protectora, y la niña Dalma jamás olvidó sus advertencias. Era extraño que estuviera muerto, caviló mientras trasladaba el mortero hasta una oquedad de la cueva. Pronto asomaría la luna llena y su luz impregnaría el contenido del mortero para potenciar su efecto. Sí, era extraño, se repitió, aquel hombre le había parecido inmune a la muerte y de hecho sentía su presencia como algo sólido y tangible. Al igual que ella, muchas otras personas debían de recordarle, eso confería a los muertos un poder especial que los volvía a la vida. Sí, eso debía de ser, pensó Dalma con nostalgia. También había visto la añoranza en los ojos de Adelaide... Su mano ascendió hacia el pecho, donde guardaba el extraño medallón de Adelaide, y el roce avivó el recuerdo de la anciana y del encargo que le había hecho. Debía entregarlo a un hombre llamado Guillem de Montclar, reflexionó, y acaso fuera mejor cumplir el encargo de Adelaide antes de poner en práctica su plan. Sin embargo, la maquinaria ya estaba en movimiento, no deseaba interrumpirla, siguió pensando mientras remetía un mechón de pelo oscuro en su turbante. Sólo tenía que esperar el momento adecuado, nada más, habría tiempo para todo...

Atizó el fuego vigilando que las brasas no cayeran de su círculo de piedra y se sentó en la vieja cama de su madre. Necesitaba descansar, reponer fuerzas para terminar su plan, no podía cometer un solo fallo. Dormiría y soñaría, y acaso el hombre del parche visitara sus sueños para guiar su mano, como cuando era niña.

Cerca de Perpinyà, el Rosselló

Era una sala enorme, cuadrada, con dos grandes ventanales que asomaban al patio. El fuego ardía en una colosal chimenea que se hallaba en el centro de una pared. Ebre se acercó con curiosidad, comprobando asombrado que aquella chimenea podía dar cobijo a cuatro hombres de pie. El fuego que ardía era diminuto en comparación al espacio que el hogar permitía.

—Para mí, ya es suficiente... —comentó Mir adivinando sus pensamientos—. Antes se podía asar un ternero ahí dentro, y eso hacían, te lo aseguro. Venía mucha gente, ¿sabes? Los Guils tenían muchos amigos.

Ebre, callado y sobrecogido, miraba a su alrededor. Los pesados tapices que colgaban de las paredes soltaban deshilachados hilos de colores, y los viejos muebles, aunque limpios, exhibían el desgaste del tiempo.

—¿Vivís aquí solo, sois parte de la familia? —preguntó con curiosidad.

—Vivo aquí solo, sí. Esta propiedad pertenece al Temple desde la muerte de Bernard, y la única condición que me imponen es que cuide de la casa. —Mir se arrellanó en un viejo sillón junto al fuego, se sirvió un tazón de leche caliente de un cazo que dormía sobre las brasas y le indicó que se sentara a su lado—. Toma un poco de leche caliente, en esta casa hace frío, muchacho. Será mejor que te acerques al fuego y dejes de poner esa cara de susto.

—¿Pertenecéis a la Orden, sois templario?

—Desde luego que sí, ingresé en la Orden el mismo día en que lo hizo Bernard —admitió el hombre menudo—. ¿Eso te hace confiar más en mí? Bueno, yo me crié en esta casa, ¿sabes?, era el hijo del encargado de las caballerizas. Crecí con todos ellos, con los cuatro Guils.

—¿Cuatro? —La curiosidad de Ebre iba en aumento.

—Sí, Bernard era el tercero, sus dos hermanos murieron en Oriente, de donde tú vienes... —Mir bebió un sorbo de leche—. ¡Ah! Es reconfortante, calienta el cuerpo y el alma, bebe y verás como te sientes mejor.

—¿Y Esclarmonde? —preguntó Ebre, bebiendo de su tazón.

—Eres un joven curioso, eso puede ser bueno a veces... —Mir movió la cabeza de lado a lado—. En esa mesa, detrás de ti, hay varias velas. Enciende una si quieres, supongo que todo debe de estar muy oscuro. O si lo prefieres, puedes abrir uno de los ventanales... Tendrás que disculparme, estoy tan acostumbrado a las tinieblas que siempre pienso que los demás son tan ciegos como yo.

Ebre dio un respingo ante el comentario. El viejo guardián en ningún momento había dado señales de carecer de vista; cierto es que andaba un tanto encorvado, pero seguro de la dirección de sus pies. Vaciló un instante y se incorporó para dirigirse a uno de los grandes ventanales, descorrió los pesados cortinajes y un súbito resplandor inundó la estancia descubriendo sus secretos.

—¡Ah, la hermosa Esclarmonde! —murmuró Mir en tono lastimero—. Era la joven más bella de esta comarca, muchacho.

Ebre volvió a su asiento junto al fuego y bebió de su tazón. El líquido pasó por su garganta, caliente, recorriendo su cuerpo en una agradable sensación de bienestar. Se quedó callado, esperando, intuía que el viejo Mir se confiaría más si no le atosigaba con su larga lista de preguntas. Era algo que Guillem siempre le repetía. «Te precipitas con tantas preguntas a la vez, Ebre, confundes a tu interlocutor con esa avalancha de curiosidad insana. Déjales respirar, chico, pregunta y espera a que respondan, nos tienes locos con tanta verborrea.»

—Esclarmonde era la pequeña de los Guils —siguió Mir después de una larga pausa—. Todos sus hermanos sentían devoción por ella, era especial, ¿entiendes? Se crio con tres muchachos atolondrados, pero pronto se espabiló, ¡vaya si espabiló! Manejaba la espada tan bien como ellos, y trepando a los árboles siempre los dejaba atrás... Fue una desgracia que muriera, muchacho, Bernard se volvió loco, y es comprensible, porque era la única que le quedaba. Todos se llevaban muy bien, los hermanos se querían de verdad, y hubo un tiempo en que en esta casa únicamente se oían sus carcajadas. Y ya ves, ahora un pobre ciego extiende la oscuridad donde antes hubo tanta alegría.

—¿Esclarmonde estaba enferma? —se atrevió a preguntar Ebre, tanteando al anciano.

—Estaba sana como una manzana, muchacho, nunca la vi enferma —se apresuró a contestar Mir, pero después se quedó en silencio sumido en sus recuerdos. Continuó con esfuerzo, como si le costara encontrar las palabras—: Hubo un tiempo, hace ya muchos años, en que esta tierra sufrió el ataque de unos desalmados. Un grupo de ladrones y asesinos que saqueaban las casas y los conventos, ¿sabes? Un día llegaron hasta esta casa, pero no esperaban que una mujer les plantara cara, eso sucedió...

—¿La mataron? —preguntó Ebre, incapaz de callar.

—Aún tenía la espada en la mano cuando cayó muerta, no llegamos a tiempo para ayudarla. —Mir ahogó un gemido—. Yo la encontré, tarde, pero la encontré... Entonces llegó Bernard. Le habían avisado por el robo en el convento del Temple de la ciudad, y ya ves, se encontró a su hermana asesinada vilmente. Desde entonces vivo aquí, no he cambiado nada, aquellos hijos de perra arrasaron con todo y yo he conservado la memoria de estas paredes.

—¿Y Jacques? ¿También conoció a Esclarmonde? —Un deseo incontenible convertido en pregunta asaltó a Ebre.

—¡Oh, sí, Jacques y Esclarmonde eran muy buenos amigos! —exclamó Mir con una sonrisa—. El Bretón venía con Bernard muy a menudo, siempre que podía; esos dos formaban una pareja temible, muchacho. Cuando sus hermanos mayores murieron, Bernard siempre se ocupó del bienestar de la menor, ya te he dicho que esta familia se quería, cosa extraña en estos tiempos.

—¿Jacques y Esclarmonde...? —La pregunta se atascó en la garganta de Ebre, que no se atrevió a formularla del todo, aunque Mir le entendió perfectamente.

—Quieres saber si estaban enamorados, chico curioso. —Una frágil carcajada se escapó de los labios de Mir—. ¿Y qué puede importarte eso? Jacques es un templario, un hombre al que le está prohibido enamorarse, ¿no crees?

—Lamento la impertinencia, Mir, soy un bocazas, siempre me lo dicen. —Ebre bajó la cabeza, avergonzado.

—Lo sé, Jacques me ha contado muchas cosas de todos vosotros, sois como parte de la familia. —Una sonrisa se extendió en el rostro de Mir—. Quizás estuvieran enamorados, muchacho, no lo sé, todos andábamos un poco enamoriscados de Esclarmonde... ¿Quién sabe lo que esconde el corazón humano en su interior? No deberías olvidar que, además de templario, eres hombre, Ebre, y como tal estás sujeto a las leyes de la naturaleza. No es bueno juzgar las debilidades ajenas... Puedo decirte que ambos mantenían una gran amistad y se querían, pero nada más.

—¿Y Bernard estaba de acuerdo con esa amistad?

—Tendrías que haber conocido a Bernard para responder a esa pregunta; también él era un hombre especial, muy especial —murmuró Mir, sirviéndose otro tazón de leche—. Pero se volvió loco con la muerte de Esclarmonde, la desgracia desató en él una furia incontenible, muchacho.

Mir cerró los ojos y se arrellanó en su viejo sillón. Estaba cansado, los recuerdos siempre eran difíciles de expresar. Una nueva pregunta de Ebre le sacó de su ensoñación.

—¿Qué significa ese cuervo, el del escudo de la chimenea?

—Es el escudo de los Guils, muchacho. Un antepasado de Bernard soñó que un cuervo le advertía de una gran desgracia y, gracias a ese sueño, salvó su vida. Un cuervo con tres patas, como puedes ver. Desde entonces formó parte del escudo familiar: el mensajero siempre es el cuervo, Ebre, él se encarga de dejar constancia del testimonio de los Guils.

Perpinyà, el Rosselló

Guillem de Montclar dejó su montura en el Temple de la ciudad y se encaminó hacia la casa de los Brouilla. En el breve trayecto desde el Masdéu no se había sacado de la cabeza a Ebre. ¿Qué demonios hacía allí? ¿Acaso se había hartado de la guerra en Tierra Santa? O quizás era mucho peor, caviló, quizás había cometido alguna locura irreparable y había sido expulsado de la Orden. Con Ebre nunca se sabía, admitió con pesar, se había largado tan enfadado con todo el mundo que era difícil predecir su comportamiento. No había sido un buen maestro, eso es lo que ocurría, pensó en un arranque de rabia, todo era culpa suya por no haber cuidado bien del muchacho. Él no era Bernard, desde luego, Guils había sabido cómo llevar las cosas, le había instruido con especial dedicación, y, si él había llegado donde estaba, no se podía negar que se lo debía a su entrega como mentor. La vieja culpa arrastraba a Guillem como una riada. La ausencia nunca asimilada del maestro y sus posibles errores en la formación de Ebre golpeaban su mente como los porrazos del Bretón. Pero ¿era así en realidad?, se preguntó con inquietud. No podía hacer nada ante la ausencia de Bernard, sólo dejar de culparse por su muerte. Sabía que, estuviera donde estuviese Guils, la conducta de su pupilo no habría merecido su aprobación, lo sabía perfectamente. En cuanto a Ebre, había hecho lo que había podido... Sin ser un excelente maestro, como Bernard, se había esmerado en imitarle, en trasladar al joven todos sus conocimientos. Ebre no era un muchacho fácil y quizá le había protegido en exceso, pensó.

Cuando llegó ante la puerta de Adelaide de Brouilla, apartó sus pensamientos con un brusco movimiento de cabeza. Ya pensaría después en Ebre, en ese momento debía concentrarse en el asunto que le había llevado hasta allí. Cuando su mano se alzaba para llamar a la puerta, ésta se abrió con violencia y una mujer apareció en el umbral. Su rostro, en el que destacaban unos pómulos angulosos que se alzaban desafiantes y enrojecidos, expresaba una cólera indescifrable. Antes de que Guillem pudiese presentarse, la mujer le dio un fuerte empujón y desapareció calle abajo. Sorprendido, Guillem asomó la cabeza en la oscuridad de un vestíbulo, entró y oyó voces que se filtraban a través de una puerta. Avanzó dos pasos con cautela, acercándose al sonido de la discusión, cuando una mano le aferró el brazo con fuerza. Se volvió con rapidez, con los puños apretados. Un templario, cuya capa blanca destacaba en la oscuridad, tiraba de él con un ruego mudo en la mirada. Guillem se dejó llevar hasta otra habitación, donde el templario desconocido le indicó silencio con un dedo sobre los labios. Después, su compañero de Orden se acercó a una de las paredes y descolgó un pequeño tapiz, dejando al descubierto una mirilla. Las voces de la habitación vecina aumentaron de volumen.

—Lamento mucho visitaros en un momento tan delicado, Adelaide. Siento mucho la muerte de vuestra sirvienta...

—Gracias, fray Seniofred. —La voz de Adelaide sonaba tan fría como una noche de invierno—. Hace mucho tiempo que no pisabais esta casa, ¿a qué se debe vuestra visita?

—Eso puede esperar, querida Adelaide. —Los ojos saltones de Seniofred bailaron en sus cuencas—. Ese desgraciado accidente... ¡Dios nos asista, pobre mujer! ¿Cómo ha podido ocurrir un hecho tan lamentable?

—Parece que se ha caído por las escaleras del sótano, iba a por aceite y se le derramó... —Adelaide intentaba ser cortés, aunque la presencia del dominico la incomodaba.

—Lo siento, de verdad, esos accidentes son tan imprevistos que consiguen conmocionar nuestra alma. —Seniofred lanzó un largo suspiro de alivio.

—¿Qué os trae por aquí, fray Seniofred? —insistió Adelaide con cansancio.

—No creo que sea un buen momento para alterar vuestro espíritu más de lo que está, querida Adelaide. —Seniofred hizo una larga pausa—. Quizá lo más adecuado sea dejarlo para otro día, estáis ocupada en el duelo y lo comprendo.

—Mi espíritu se encuentra en perfectas condiciones, no os preocupéis —atajó Adelaide secamente.

—Bien, en realidad se trata de Guillelma. Estoy preocupado por vuestra hija, Adelaide —empezó Seniofred con prudencia—. Últimamente, su conducta deja mucho que desear, os lo aseguro.

—Me extrañan esas palabras viniendo de vos, fray Seniofred, estaba convencida de que manteníais una excelente relación con Guillelma —señaló Adelaide con ironía—. Mi hija siempre elogia vuestros consejos.

—Mucho me temo, Adelaide, que la mente de Guillelma sufre el acoso de Satanás. —Seniofred se detuvo con fingido embarazo—. He visto casos parecidos, ya lo sabéis, y me preocupa el bien de su alma.

—¿Me estáis diciendo que mi hija está endemoniada? —preguntó Adelaide con expresión de incredulidad—. Aunque vos seáis el experto en tales asuntos, no deja de sorprenderme vuestra afirmación. ¿Qué os lleva a decir una cosa semejante?

—Guillelma ha vertido graves calumnias sobre vuestra persona, Adelaide, calumnias que sólo pueden estar inspiradas por el demonio. —Seniofred se irguió en su asiento y su acre tono de voz se expandió por la estancia.

—Es sorprendente, lo confieso. En otras ocasiones, mi hija ha calumniado a quien ha querido con vuestro beneplácito, fray Seniofred. —El pálido rostro de Adelaide adquirió un suave color rosado—. No comprendo vuestra inquietud por mi buen nombre.

—El tiempo pasa, Adelaide, no debemos ser esclavos de nuestros rencores —advirtió Seniofred alzando un dedo ante su rostro—. Es cierto que cuando éramos jóvenes no siempre estuvimos de acuerdo, pero las cosas cambian, Adelaide, y tenemos la obligación de perdonar.

—¿Y qué dice mi hija que pueda haber alterado vuestra conciencia? —cortó Adelaide, para evitarse uno de los sermones de Seniofred.

—Que vos y frey Adhemar, vuestro amigo del Temple, mantenéis una relación ilícita y pecaminosa, eso es lo que dice —afirmó Seniofred entre dientes.

Una cantarina carcajada surgió del sillón que ocupaba Adelaide. La anciana se irguió, y su rostro abandonó la tristeza para adoptar una expresión risueña.

—Entonces, fray Seniofred, es que mi hija está loca, no endemoniada —afirmó sin dejar de observar a su invitado.

—En ocasiones, ambas cosas son producto de la labor del diablo, Adelaide, no son motivo de chanza ni diversión. —Seniofred dejó escapar un gruñido de disgusto—. Si he venido hasta aquí en este aciago día no sólo ha sido para avisaros, sino para pediros vuestra ayuda.

—Siempre os habéis arreglado muy bien solo, los temas diabólicos son vuestra especialidad, ¿para qué necesitáis a esta pobre vieja?

—Quiero realizar un exorcismo en esta casa, Adelaide, los espíritus malignos habitan en ella y confunden a Guillelma. Quiero que os trasladéis durante tres días a otro lugar, para que yo pueda iniciar la ceremonia de purificación.

—Ahora lo entiendo, fray Seniofred, la luz ha penetrado en la oscuridad. —Una enigmática sonrisa apareció en los resecos labios de Adelaide—. Queréis disponer de esta casa durante tres días sin que nadie os moleste.

—Ya os lo he dicho, el ritual liberará la casa de los espíritus malignos y...

—No hay espíritus malignos entre estas paredes, fray Seniofred —lo atajó Adelaide con brusquedad—. Aunque es posible que exista la sombra de un espectro con ganas de saldar viejas cuentas.

Seniofred se paralizó con los ojos desorbitados y la frente perlada de sudor. Un espeso silencio se impuso entre ellos, un duelo de voluntades que esperaban un signo de debilidad.

—Podría obligaros, Adelaide...

—¿Estáis seguro? Entonces hacedlo, fray Seniofred, obligadme a salir de mi casa si podéis.

Seniofred de Tuy se levantó repentinamente con el rostro desencajado, no era hombre que aceptara desafíos ni rebeliones. Abrió la boca, dispuesto a amenazar a la anciana con todos los males del infierno, pero la cerró de inmediato. Aquella mujer sabía algo que le perjudicaba, no le temía, y sus palabras y gestos hacían sospechar que adivinaba sus intenciones con diáfana claridad.

—Espero que lo penséis detenidamente, Adelaide, hoy no es un buen día para tomar decisiones. Enterrad a vuestra sirvienta y, cuando estéis preparada, enviadme un aviso.

El Masdéu, el Rosselló

Durante horas, nadie pasó por el cementerio templario del Masdéu. Gausbert de Delfià, harto de la espera y del frío, saltó de su agujero y descendió velozmente hacia el camposanto. Había observado la salida de los miembros de la milicia hacia sus labores, y sólo permanecía dentro del edificio un guardián en pie junto a la puerta. El problema, pensó, era saltar la muralla y el foso, no podía permitirse alertar al guardián. Contempló el grueso muro, después la profundidad del foso, y una creciente inquietud se sumó a los males de su resaca. Era imposible, había sido un ingenuo al pensar que podría superar aquellos obstáculos. Se apoyó en el muro, abatido, hasta que una idea cruzó su mente con la rapidez de un rayo. No tenía por qué esconderse, nadie le conocía, había bebido demasiado el día anterior y tenía la mente ofuscada...

Retrocedió hasta su escondite y bajó una suave pendiente hasta el claro donde pacía su caballo. Montó y se dirigió sin vacilar hacia el portón de entrada. Lo más importante era entrar, reflexionó, después ya improvisaría alguna excusa para salir con los huesos de su padre. Decidido, Gausbert atravesó el solitario portón abierto, desmontó, dejó al animal en el abrevadero y se encaminó con seguridad hacia la sombra que proyectaba la iglesia.

—¿Buscáis a alguien, caballero?

Gausbert se volvió, alertado por la pregunta. Frey Pierre, el portero, salía a su encuentro con una mirada recelosa.

—Pues en realidad no busco a nadie, hermano... —contestó, controlando el nerviosismo—. Vengo de un largo viaje y, al ver vuestra iglesia, he querido detenerme para rezar. Veréis, acabo de enterrar a mi padre y estoy conmocionado, necesito consolar mi alma.

—Comprendo... —El tono de frey Pierre sugería todo lo contrario—. Adelante, podéis pasar a rezar, pero no os demoréis, esto es un convento del Temple y muy pronto los hermanos regresarán del campo para sus oraciones.

—Sólo necesito unos minutos, hermano, no pretendo turbar el orden de esta santa casa —murmuró Gausbert, fingiendo ser un hijo hundido en el dolor.

Frey Pierre hizo un gesto con el mentón y le dio la espalda. Gausbert avanzó decidido hacia la iglesia, entró y buscó con la mirada la puerta de mediodía. La abrió con cautela, mirando a sus espaldas, y se introdujo en el cementerio del Temple. Los primeros rayos del sol incidían en las ordenadas tumbas, líneas brillantes que atravesaban cruces y lápidas. Deslumbrado por la intensa luz, Gausbert tardó unos segundos en reaccionar. Paseó la vista por el pequeño recinto hasta que identificó, en un rincón, el color rojizo de la tierra recién removida. Se dirigió hacia allí con el corazón latiendo desbocado en su pecho, entusiasmado y aterrado, y se arrodilló de golpe en el suelo. ¡Estaba allí, lo había encontrado! Con el rostro desencajado, hundió las manos en la tierra húmeda excavando frenéticamente, hasta que se dio cuenta de su locura. Bertran tenía razón, era tan imbécil que ni tan sólo había visto la pala y la azada que reposaban al lado de la tumba, pensó con disgusto. Se incorporó, cogió las herramientas y volvió al trabajo inmerso en el delirio. Deprisa, deprisa, gritaba su mente en medio de un torbellino de emociones que le ahogaban. Repentinamente, la azada golpeó algo blando y Gausbert lanzó un grito de entusiasmo. Dejó la azada y excavó con las manos hasta dejar a la vista un saco, lo zarandeó para despegarlo del agujero y, con los nervios a flor de piel, rajó la tela con su cuchillo. Una exclamación de horror surgió de su garganta, sus manos sólo extraían piedras.

Gausbert sollozó abrazado a las piedras, le habían engañado, su pobre padre nunca disfrutaría de una tumba cristiana. Arrodillado, doblado por la cintura ante la fosa, Gausbert se balanceaba presa de la desesperación. Sin embargo, sus sollozos pararon bruscamente y se convirtieron en jadeos confusos. En su cuello apareció una línea roja que inundó el borde de su camisa. Con los ojos abiertos por la sorpresa, Gausbert cayó lentamente en la fosa en completo silencio, mientras una sombra se proyectaba sobre su cuerpo.

Lo último que captó Gausbert de Delfià en su agonía fue el sordo rumor de la tierra húmeda deslizándose sobre su espalda. Y tuvo tiempo de soñar, en un breve y fugaz instante. Los alargados huesos de su progenitor se cernían sobre él, amarillentos y enmohecidos, una garra que atrapaba su espíritu y le arrastraba al infierno.

XVIII

Es posible que no volvamos a vernos, Jacques. Me temo que el asunto que tengo entre manos va a exigirme lo mejor que hay en mí, y también lo peor. Pero no importa, créeme, estoy en paz, finalmente estoy en paz.

Perpinyà, el Rosselló

Cabot entró en la preceptoría del Temple de la ciudad con paso rápido. Estaba decidido a intervenir sin la autorización de Adhemar, no podía esperar más, las cosas se estaban precipitando. Encontrar a Juan de Salanca había sido una oportunidad excelente, pensó, un regalo del cielo en aquellas circunstancias. El pobre hombre se hallaba aturdido y asustado, pero no era de extrañar, pues estaba convencido de que sus viejos compinches iban a abalanzarse sobre él para ajustarle las cuentas. Sí, había sido una suerte contar con el viejo Giovanni, que a pesar de los años mantenía intactas sus habilidades. Él se encargaría del tal Centernac, reflexionó Cabot con un estremecimiento. ¿Cómo no había relacionado aquel maldito apellido con el apodo que utilizó D'Arles? Aquel bastardo linajudo usó el nombre de Centernac en sus correrías para ocultar su verdadera identidad. Quizá se estuviera haciendo viejo y sufriera el mal del Bretón, refunfuñó Cabot con una mueca de disgusto. Pero no era el momento de llorar por sus errores de memoria, había pasado mucho tiempo, tenía que actuar y hacerlo con la celeridad de un gamo. Atravesó el vestíbulo y se encaminó a las dependencias del almacén. Tenía una cita. Ignoraba si su plan había dado resultado, era arriesgado, pero si funcionaba tendría que localizar a Guillem de Montclar con urgencia.

Grandes barriles de aceite y vino cubrían las paredes, los sacos de cereales se amontonaban por todas partes y de las vigas pendían las pieles secas que esperaban la mano del artesano. Cabot avanzó hacia el fondo de la estancia, hacia un rincón medio oculto por los barriles. Un sargento templario, redondo como una de las barricas, le esperaba.

—¿Lo has conseguido? —preguntó Cabot sin saludar.

Una beatífica sonrisa de satisfacción se extendió por el rubicundo rostro de frey Bonanat, quien le miró con un gesto de displicencia.

—¿Desde cuándo no te consigo lo que quieres? —preguntó a su vez—. Me ha costado, no lo niego, engañar a esos oficiales reales no es fácil, Cabot, están por todas partes.

Bonanat metió la mano en las profundidades de su amplia capa oscura y le entregó un rollo de cuero atado con cordeles.

—¡Dios todopoderoso, cómo lo has hecho! —La incredulidad asomaba en la mirada de Cabot.

—Verás, ha sido arriesgado, pero también práctico. —Bonanat lanzó una risita—. He simulado un pequeño incendio en la Tesorería, no veas cómo se han puesto todos. Gritos, imprecaciones, pero los primeros en salir han sido los oficiales del rey, parece que nosotros somos más sufridos. Además, he tenido suerte y poco tiempo, el comendador del Masdéu estaba aquí y casi se muere del susto.

—¿No se han enterado de nada? —preguntó Cabot con desconfianza.

—Los oficiales reales de nada, ya te lo he dicho, pero... —Bonanat se quedó pensativo—. No obstante, creo que «alguno» de nuestros hermanos se ha vuelto ciego y mudo de repente.

—¿Cuándo crees que lo encontrarán en falta? —Cabot entrecruzó los dedos de las manos con nerviosismo.

—Eso depende, Cabot, ya lo sabes. Si nos acompaña la suerte, unos tres días... —Bonanat le miró con simpatía—. Pero yo no me preocuparía mucho, si nadie abre la boca nunca se enterarán.

—¿Y eso qué significa? No me vengas con acertijos, Bonanat, déjalos para Adhemar. Esto es grave, y no te cuento el embrollo de los muertos del Masdéu porque no quiero amargarte la vida. Ya has hecho suficiente...

—¿Qué ocurre? Dímelo, no me importa amargarme un rato y...

—¿Qué me quieres decir, Bonanat? ¡Me tienes sobre ascuas, por Dios Bendito! —estalló Cabot sin contención.

—Está bien, está bien, pero a mí me gusta estar informado de todo. —Bonanat cambió de tema ante el gesto airado de su compañero—. Me refería, Cabot, a que esto que tienes en las manos es una copia. Me las he apañado para copiar el documento y devolverlo a su sitio, por lo que nadie va a notar su ausencia. Respira tranquilo y deja de poner esa cara de asco.

—¡Por los clavos de Cristo, eres increíble, Bonanat! —Cabot estaba admirado.

—Gracias, lo sé, y por cierto, ¿Adhemar ya está al corriente? Deberías decírselo, le vi muy preocupado, Cabot, este hombre no duerme ni come con el asunto de Adelaide... —Bonanat hizo un mohín de enfado—. No quiero que se entere por otros, tenemos una excelente amistad.

—Se lo contaré, no te preocupes, pero tú mismo lo has dicho, este asunto de los muertos le tiene exasperado. —Cabot hizo una larga pausa—. Cuando se entere de que un tal Centernac anda rondando por la ciudad, va a perder los nervios.

—Pero D'Arles está muerto y dudo mucho que resucite para volver a robarnos.

—Otro Centernac... —farfulló Cabot—. Hay un individuo que se hace llamar Galdric de Centernac y se pasea del brazo de Seniofred. Un espía de los franceses, eso está claro, ya sabemos de qué pie cojea fray Seniofred de Tuy. Ese tipo anda por ahí con un disfraz de clérigo, ¿te lo puedes creer?

—Creo que D'Arles tenía un hermano menor... —rumió Bonanat con la mirada perdida en las barricas—. Alguien me lo comentó hace mucho tiempo, pero había de ser un crío cuando su hermano murió. Claro que se educó en la corte del de Anjou y nunca se sabe, ¿entiendes? De tal palo tal astilla, y es posible que al crecer probara suerte con la profesión del mal nacido de su hermano.

—¿Cómo demonios puedes saber tantas cosas? —Cabot le miraba entre la sorpresa y la admiración.

—Porque sé escuchar y porque soy un templario gordo e inofensivo al que nadie hace el menor caso —afirmó Bonanat, volviendo a sus risas—. En fin, acaso ese Centernac busque la venganza del otro, ¿no te parece? Utilizar ese nombre en esta tierra es un riesgo... ¿Por qué arriesgarse, si no es con una intención muy precisa?

Cabot le miró boquiabierto. Bonanat era un compendio de los saberes más estrafalarios. Se sabía el parentesco de todas las familias del Rosselló, el nombre de sus sirvientes y amantes, y las relaciones de amor y odio de todos los habitantes de la ciudad. Pero, además, gozaba de una mente lúcida, fría, sin que sus sentimientos se inmiscuyeran jamás en sus teorías.

—Deberías darte prisa y entregar ese documento al de Montclar, él se encargará de llevarlo al rey Pere —le apremió—. Y ándate con tiento, sea quien sea ese Centernac, la cosa tiene muy mala pinta. Mejor será que avises a Juan de Salanca y al Bretón.

Cabot asintió varias veces con la cabeza. Las implicaciones que sugería Bonanat representaban un serio peligro. Y él había enviado a Giovanni tras sus pasos, pensó... Con un bufido de impaciencia, dio media vuelta y emprendió la marcha hacia la salida de la preceptoría. Por primera vez desde hacía mucho, un temblor incontrolable latía en su interior, una premonición extraña que no lograba descifrar.

El Masdéu, el Rosselló

Desde lo alto de la colina, Giovanni disfrutaba de una vista panorámica de la Encomienda. No había detalle en todo el recinto que se extendía a sus pies que estuviera fuera de su campo de visión. Se inclinó tras unos arbustos y, al momento, retrocedió con un gesto de repugnancia. Alguien había estado allí. Restos de vómito se esparcían entre las hierbas que había estado a punto de pisar. Avanzó dos pasos para situarse lejos del repugnante desecho y clavó la vista en la sombra oscura que corría colina abajo. Los faldones de la sotana de Galdric de Centernac revoloteaban a su alrededor como pájaros de mal agüero. No era el comportamiento que se esperaba de un clérigo, meditó Giovanni, pero sí de un Centernac... Tanto Ponç como Guillem lo habían descrito con todo detalle. Observó a Galdric mientras éste sacaba de su sotana una cuerda enrollada, lanzaba un garfio con precisión hacia la muralla y trepaba con la agilidad de un gamo. Una vez en lo alto del muro recogió la cuerda y la colocó por dentro, saltó a un metro del suelo del cementerio y corrió hacia la iglesia. Giovanni cerró los ojos en un acto de concentración. ¿Qué pretendía el tal Galdric? ¿Robar en la iglesia de la Encomienda?

Había cumplido las instrucciones de Cabot con todo detalle. Siguió a fray Seniofred y a su nuevo amigo hasta la casa de Adelaide de Brouilla, donde los dos hombres se separaron. Entonces se pegó a Galdric con la obstinación de un sabueso, aunque estuvo a punto de perderle a la salida de la ciudad, donde se vio obligado a robar el primer caballo que encontró para seguirle. Estaba desconcertado. ¿Adónde demonios se dirigía aquel impresentable? Su perplejidad aumentó al comprobar que tomaba el camino del Masdéu sin una vacilación. Siguió su rastro hasta la pequeña colina que se alzaba sobre el recinto templario, donde permanecía en ese momento, un tanto confundido por las intenciones de Galdric.

Giovanni advirtió que frey Pierre, el portero, estaba hablando con un forastero en el patio, con aire desconfiado ante las exageradas gesticulaciones de su interlocutor. Finalmente, el portero asintió con la cabeza y el forastero se encaminó hacia la iglesia. ¿Se encontrarían aquellos dos en el templo? No era el mejor lugar del mundo para reuniones secretas, eso era indiscutible, pensó Giovanni sin salir de su desconcierto. Lo siguiente que ocurrió le dejó sin habla, impresionado por la rapidez de los acontecimientos.

El forastero entró en el cementerio con cautela, avanzó hacia la tumba que había excavado el Bretón y se puso a escarbar en el suelo con un extraño frenesí. Giovanni abrió los ojos sorprendido por el comportamiento de aquel hombre, que parecía estar completamente loco. Cuando por fin encontró lo que buscaba, le vio estallar en sollozos aferrado a las piedras que él y Guillem habían colocado en el saco. Todavía conmocionado por el estupor, Giovanni observó con el rabillo del ojo la sombra oscura de la sotana que se acercaba al incauto sollozante. La afilada hoja de un cuchillo lanzó destellos metálicos que se reflejaron entre las tumbas. Después, todo ocurrió con la rapidez de un rayo. El forastero cayó degollado en la tumba abierta y Galdric de Centernac lo enterró con toda tranquilidad. La respiración de Giovanni se aceleró, aquella frialdad le llevaba a la memoria recuerdos amargos...

Cuando vio que el falso clérigo volvía a lanzar la cuerda por el muro, se movilizó con rapidez borrando las huellas de su escondite. No se podía jugar con un Centernac, pensó con el cuerpo en tensión antes de desaparecer del lugar como un espectro invisible. De golpe, todas sus viejas habilidades se impusieron con fuerza. Era difícil retirarse completamente de su profesión, pensó mientras desaparecía, gracias a Dios era imposible hacerlo...

Perpinyà, el Rosselló

—Espérame en la casa, Guillem, yo vendré enseguida —había murmurado Adhemar en voz baja—. Voy a despedirme de Adelaide, la dejaremos tranquila un rato y luego volveremos.

—¿Y a quién tendré el gusto de esperar? —preguntó Guillem con sarcasmo, pues empezaba a estar harto de tanto secretismo.

—Soy Adhemar, ¿no te acuerdas de mí?

En la seguridad del refectorio templario, Guillem de Montclar recordó a aquel hombre. La melena despeinada que empezaba en mitad del cráneo y se expandía alrededor de la cabeza como un halo transparente. Parecía un duende salido de una seta, aunque su pelo había encanecido, pensó con una sonrisa. Recordó que la primera vez que le vio esa misma definición le valió una bronca de Bernard Guils, quien no soportaba las bromas acerca del aspecto de sus amigos. Y tenía amigos tan extraños que las bromas salían casi sin querer, admitió. La sonrisa se amplió en el rostro de Guillem, su adolescencia con Bernard volvía a su mente en suaves y cálidas oleadas despojadas de toda amargura.

Salió de la casa de los Brouilla sin discutir, se dirigió hacia la preceptoría y esperó obedientemente, cosa extraña en él, acostumbrado a polemizar y a llevar la contraria. Se instaló en el refectorio y pidió de comer, ya que llevaba un par de días sin tiempo siquiera para alimentarse como era debido. A la media hora apareció la cabellera translúcida de Adhemar y, detrás, el resto del cuerpo.

—Lamento este recibimiento, muchacho, pero las cosas se están complicando de manera exasperante —le saludó Adhemar sentándose junto a él—. ¿Cómo está el Bretón? ¿Has hablado con él?

—Jacques ha desaparecido del Masdéu con uno de mis antiguos discípulos, no tengo ni idea de por dónde andan... —respondió Guillem apartando el plato vacío—. En cuanto a tu segunda pregunta, es más difícil de aclarar. Deberías saber que Jacques no está para respuestas.

—Sí, me lo temía, esos muertos han acabado de desestabilizarle. —Adhemar se encogió de hombros. Aquel asunto le desbordaba—. Supongo que tienes muchas preguntas...

—Todas y ninguna, frey Adhemar. En vista de los resultados, me he resignado a callar y a escuchar breves fragmentos de una historia delirante. —Guillem le observó divertido—. Sé, por ejemplo, la identidad de esos muertos.

—¡Dios santo, te has enterado! —El rostro de Adhemar expresó una genuina sorpresa—. Bueno, Bernard siempre dijo que acabarías superándolo, aunque por entonces era difícil de creer. ¿Y qué más sabes?

—Me recuerdas mucho a un buen amigo mío, Adhemar, las preguntas antes que las explicaciones. Dalmau tenía este defecto, te lo aseguro, y conseguía sacarme de mis casillas. —Guillem le lanzó una mirada de advertencia—. Y llegados a este punto, no deberías tomar el mismo camino, no estoy de humor para divagaciones.

Adhemar contempló al hombre que tenía ante él y se sorprendió de su parecido con Bernard Guils. Un rostro atractivo y curtido por el sol, la mirada penetrante y oscura que parecía taladrar a sus interlocutores. Observó las anchas espaldas, los músculos que destacaban bajo su camisa, y aquellas largas piernas que parecían no encontrar acomodo bajo la mesa... Y, sobre todo, aquella media sonrisa irónica que bailaba siempre en sus labios, la sonrisa de Bernard.

—Me recuerdas mucho a Bernard Guils, sólo te falta el parche en el ojo —murmuró apenado—. Aunque si yo le hubiera contestado con otra pregunta, habría sido capaz de mandarme a las caballerizas de un empujón.

—Entonces no me tientes, Adhemar, porque creo que he heredado la peor parte de Bernard. —Guillem le miró a los ojos como si quisiera atravesarle de parte a parte.

—Está bien, tienes razón —aceptó resignado—. Hay tantos cabos sueltos en este asunto que me estoy volviendo loco. Verás, creo que tiene relación con una vieja historia que...

—Ahórrate esa parte de los ladrones de conventos, que ya la conozco. Sé que esos muertos eran los cabecillas y Robert d'Arles su retorcido capitán —cortó Guillem bruscamente—. ¿Qué relación tenía Bernard con todo eso?

—Le llamaron cuando tuvo lugar el robo en esta casa, un año antes de su muerte —replicó Adhemar—. Sus hombres sospechaban que D'Arles estaba implicado en el asunto. Te dejó en Barberà y vino corriendo, odiaba a ese hombre.

—Sí, lo sé... —susurró Guillem—. ¿Fue él quien mató a esos hombres que estaban enterrados en el Plasec? ¿Por qué lo hizo? Pudo entregarlos al Temple para que fueran juzgados.

—No, no podía hacerlo. —La tajante respuesta de Adhemar sorprendió a Guillem, que se mantuvo en silencio, esperando—. Nadie se enteró del robo en la preceptoría, Guillem, la Orden no quería escándalos.

—Puedo comprenderlo pero, así y todo, ésa no era la forma de actuar de Bernard. Tenía otras posibilidades, ¿no crees?

—No, no lo creo. Cuando llegó, estaban a punto de enterrar a su hermana... —Adhemar lanzó un profundo suspiro—. Esos hombres asesinaron a Esclarmonde cuando pretendían robar en la casa de los Guils y ella les plantó cara. Bernard se volvió loco... La implicación de D'Arles y la muerte de su hermana le enfurecieron, nadie podía controlarle. La Orden ni lo intentó, puedo asegurártelo, le dieron carta blanca antes de que él se la tomara por su cuenta.

—No sabía que tuviera una hermana. —Guillem entornó los ojos con cansancio.

—No acostumbraba a hablar de sí mismo, Guillem, lo sabes perfectamente —le consoló Adhemar—. Aquí era diferente, todos conocíamos a la familia.

—¿Por qué de repente han resucitado esos muertos? —preguntó Guillem, cambiando de tema.

—Verás, creo que hay dos posibilidades, aunque no consigo relacionarlas. La leyenda asegura que Bernard se quedó con una parte del botín de esos criminales y la escondió. Esa gente se enriqueció mucho, ¿sabes? Parte del botín fue a parar a las arcas de Carlos de Anjou, y la otra se la repartieron entre ellos. Ahora han aparecido por aquí los vástagos de dos de esos delincuentes y creo que van detrás del botín de sus padres. Sólo nos faltaba Seniofred de Tuy y sus intentos de sacar de la casa a Adelaide, y...

—¿Qué tiene que ver Adelaide de Brouilla con todo este turbio asunto? —preguntó Guillem, interrumpiendo de nuevo.

—Esa casa perteneció a Bernard, y todos creemos que escondió allí el botín de los ladrones. —Adhemar tomó aire para continuar—. Falsificó el testamento de Girard de Brouilla a favor del Temple para compensar el robo. Después, traspasó esa casa a Adelaide...

—¿Por qué? —La voz de Guillem restalló en el refectorio.

—¡Por qué va a ser, maldita sea! ¡No iba a dejar a Adelaide en la calle por culpa del criminal de su marido! —estalló Adhemar con el rostro congestionado—. Eran amigos desde la infancia, Guillem, buenos amigos.

—¿Hasta qué punto eran amigos? —Las preguntas de Guillem eran cortas, incisivas.

—Puedes preguntárselo a Adelaide en cuanto la veas. —Adhemar cerró los labios con fuerza.

—Bien, ya me has contestado. Ahora dime, ¿cuál es la otra posibilidad que has mencionado? Y sé breve, tengo que encontrar al Bretón antes de que cometa alguna de sus locuras.

—El rey Jaume de Mallorca ha firmado un tratado con los franceses garantizándoles su ayuda en la guerra contra el rey Pere, su propio hermano. —Adhemar lo dijo de corrido, como si sus palabras perdieran gravedad con la rapidez—. Fray Seniofred ha organizado el asunto de los muertos, Guillem, trabaja para el papado y quiere tenernos distraídos. Y lo ha conseguido en parte, por lo menos conmigo.

—¿Tienes pruebas de eso que dices? —Una expresión grave, amenazante, se instaló en el rostro de Guillem.

—Aún no, pero las tendré.

—¿Algo más que añadir? —Guillem tamborileó con los dedos sobre la mesa, impaciente.

—Sí, hay un forastero sospechoso que anda con Seniofred. Se hace llamar Galdric de Centernac, el mismo apellido que utilizó D'Arles en sus correrías delictivas. Sabía que ese nombre me sonaba, pero no me di cuenta hasta hace poco.

—¿El trovador?

—No lo sé, ahora va disfrazado de clérigo.

Guillem de Montclar estiró el cuello hacia atrás y lo movió de un lado a otro, intentando relajarse. El nombre de Galdric de Centernac había conseguido movilizar todos sus músculos. Finalmente aquel hombre encontraba su lugar en el tablero, meditó, y acaso hasta fuera posible ajustarle las cuentas por sus horrendos versos.

Adelaide de Brouilla estaba sentada en su sillón, el fuego acariciaba sus mejillas dándoles un tono rosado pálido. Sus manos reposaban cruzadas sobre su regazo en actitud tranquila. Experimentaba una repentina paz que borraba el sufrimiento de su rostro, una agradable sensación que nada tenía que ver con el sopor de los últimos días. Se había arreglado con especial esmero después de la visita de Seniofred. Sus encanecidos cabellos, recogidos en una larga trenza, conferían a su rostro una extraña majestad. El vestido de seda azul que había elegido para la ocasión caía en elegantes pliegues a su alrededor. Sonrió enigmáticamente y su mano se alzó hacia el cabello con inusual coquetería.

Oyó un portazo y los pasos apresurados de su hija en dirección a la cocina. Esperó pacientemente, sin urgencia. Al poco rato, Guillelma entró en la sala con una taza humeante y la dejó sobre la mesa. Miró a su madre con asombro, hacía mucho que Adelaide no cuidaba de su aspecto y la desconcertó el resplandor que emanaba de su rostro.

—Qué elegante te has puesto, madre, ¿esperas la visita del rey? —se mofó con desprecio.

—Creo que me conformaré con tu presencia, Guillelma —respondió Adelaide con suavidad—. ¿Has hecho los preparativos para el entierro de Marie?

—¿Quién iba a hacerlos si no, eh? —gruñó Guillelma de mal humor—. Toma, te he preparado la infusión de Marie, aunque a buen seguro no lo habré hecho tan bien como ella.

—Una infusión no requiere un talento privilegiado, Guillelma, a no ser que sea una infusión especial —respondió Adelaide, contemplando la súbita lividez de su hija—. ¿Sabes una cosa? Hoy he descubierto que soy incapaz de comprenderte, lo he intentado, créeme, pero me doy por vencida.

—Vaya, ahora nos toca escuchar uno de tus discursos morales llenos de buenos sentimientos. —Guillelma controló el gesto agrio que iniciaba su recorrido. No era el día adecuado para las malas caras, debía esforzarse por ser amable—. Puedes reprenderme cuanto quieras, madre.

—No se trata de reprender, sino de comprender, Guillelma. Sólo quería explicarte mi incapacidad para entenderte. La crítica se dirige hacia mí y a mi esfuerzo por amarte.

—Tú nunca me has amado, madre —graznó Guillelma, sorprendida por el cariz que tomaba la conversación.

—Te equivocas, te he amado superando tu eterno desprecio, y no ha sido fácil. —Adelaide hablaba despacio, paladeando cada frase—. No obstante, reconozco que tu forma de ser siempre me ha desagradado. Son dos cosas diferentes, Guillelma, en ocasiones uno no puede elegir a quién ama.

—¡Qué arranque de sinceridad! Me dejas pasmada, Adelaide. —Guillelma rio sin ganas—. ¿Qué te ocurre? ¿Acaso la muerte de Marie te ha soltado la lengua, o es que la vieja de la guadaña te ha despertado la conciencia?

—Es posible, la muerte siempre consigue despertar sentimientos dormidos, incluida la conciencia.

El largo rostro de Guillelma se ensanchó de manera extraña y la boca se abrió en una perfecta circunferencia que hizo ascender sus pómulos hasta tocar los ojos.

—¿Me estás pidiendo perdón, madre? —La mujer se sobrepuso con esfuerzo—. Es inaudito, supongo que la muerte de Marie ha acabado con la poca cordura que te quedaba. Pero si lo dices en serio, la respuesta es no, no pienso perdonarte para tranquilizar tu mala conciencia. Y tómate la infusión, madre, que tengo mucho trabajo.

—Antes brindaré contigo, Guillelma. —Adelaide indicó con un gesto la botella que había a su lado, sobre una mesita, junto con dos copas de cristal.

—¿Brindar conmigo? —Guillelma lanzó una seca carcajada—. Te has vuelto completamente loca, madre. ¿Es que vas a empezar a beber para ponerme en evidencia ante los vecinos?

—No quiero irme de este mundo sin un recuerdo feliz que haya compartido contigo. —Adelaide tomó la botella y escanció el vino en las dos copas—. No es mucho lo que te pido, sólo un fugaz momento de tregua.

—La muerte de Marie te ha trastornado, madre. —Guillelma no aceptó la copa que le ofrecía—. Tendré que pensar en encerrarte en esta sala, no quiero que asustes a los criados con tus excentricidades.

—De acuerdo, entonces no pienso volver a comer ni a beber, Guillelma. Ya puedes llevarte esa «infusión especial», no la quiero. —La ironía se deslizaba en las palabras de Adelaide, la ironía y una firmeza que su hija desconocía.

Guillelma no salía de su estupor. Estaba convencida de que Adelaide hablaba en serio, que era capaz de languidecer de inanición sólo para ponerla en entredicho. Miró la taza de la infusión, exasperada, la primera dosis que había de acabar con la vida de Adelaide estaba allí, así que no podía arriesgarse. Se sentó con un bufido y aceptó la copa que le tendía su madre.

—Está bien, te seguiré la corriente antes de encerrarte, aunque es evidente que no estás bien de la cabeza. Muy pronto todo el mundo sabrá que la hermosa Adelaide de Brouilla ha perdido todo rastro de cordura. Serás el hazmerreír de la ciudad, madre.

El sonido del cristal fue breve, pero el eco reverberó entre las paredes en un frágil concierto, mientras las dos mujeres bebían. Guillelma chasqueó la lengua interrumpiendo la cristalina melodía.

—Bien, ya está, cumplida la última excentricidad de la señora, y ahora...

Las palabras de Guillelma quedaron flotando en el aire, sin terminar. Una convulsión contrajo su rostro de manera brutal. La copa, que todavía estaba en sus manos, se estrelló contra el suelo, lanzando cientos de fragmentos que brillaron ante el fuego. Miró a su madre con estupor, incapaz de comprender lo que estaba sucediendo.

—Vida o muerte, hija... Siempre es la misma pregunta, aunque tú ya la respondiste hace mucho tiempo y elegiste la segunda opción. Pero no voy a dejarte sola, no te preocupes, nunca lo he hecho y no voy a empezar en este preciso instante. —Adelaide apuró el resto de su copa de un trago—. Te he amado desde que naciste, Guillelma, pero alguien debe detener tu inútil y perversa conducta. Seniofred cree que estás poseída por el demonio, vino a visitarme para decírmelo, ¿sabes? Hasta tus amigos te abandonan, te temen más que a la peste... Yo te traje a este mundo y juntas lo abandonaremos, te acompañaré hasta las mismas puertas del infierno si es necesario. Pero una vez allí, hija, sólo la voluntad de Dios decidirá si seguimos juntas...

XIX

Si las cosas se tuercen, tú y Dalmau acabaréis el trabajo por mí, no hay otra opción. La Sombra debe morir, y no importa a qué precio. Compréndelo y no me juzgues, Jacques, por difícil que te resulte. Confío plenamente en vosotros, en vuestra firme amistad, y deseo pensar que también yo os he correspondido con la misma lealtad.

Perpinyà, el Rosselló

Seniofred de Tuy recorría el claustro del convento como una fiera enjaulada. La cólera ensombrecía sus severas facciones y sus manos, sujetas a la espalda con fuerza, temblaban de ira contenida. Dos desplantes en dos días era más de lo que podía soportar, dos desafíos a su indiscutible autoridad que representaban una rebelión sin precedentes.

Debía deshacerse de Bertran de Molins, era una amenaza directa que ponía en peligro su prestigio. No podía ni quería ayudarle, y mucho menos otorgarle una inmunidad imposible. De todas maneras, meditó, era una suerte que en la casa de los Brouilla estuvieran convencidos de la muerte accidental de la sirvienta. Eso alejaba las sospechas, pero Bertran no se conformaría, conocía perfectamente a los de su calaña. Le presionaría una y otra vez hasta conseguir lo que ambicionaba... Encargaría a Galdric que le hiciera desaparecer discretamente, pensó sin dejar de recorrer el claustro, para eso sí que servía aquel estúpido mercenario. No poseía nada que pudiera compararse con el talento de su hermano, gruñó Seniofred entre dientes. Robert d'Arles había sido un auténtico caballero, un hijo de perra de porte aristocrático y persuasivo... Un estremecimiento le recorrió el pecho, una presión que le aplastaba robándole el aire que respiraba. Porque D'Arles también fue un asesino frío e implacable, recordó, incluso el apodo que le impusieron lograba aterrorizar a sus enemigos: la Sombra... Así le llamaban, por su habilidad en no dejar rastro en la carnicería que dejaba a sus espaldas, un asesino que se desvanecía en la oscuridad como si no existiera. Y además estaba completamente loco, remachó Seniofred con un escalofrío, tanto que sus propios hombres desertaban ante el festín de violencia que estallaba a su paso. Todos le temían, todos menos Guils... Matar a su hermana fue el peor error que cometió D'Arles en su vida, reflexionó Seniofred, y su huida duró poco. A pesar de sus advertencias y sus buenos consejos, D'Arles siguió adelante arruinando el negocio. Eliminar a Esclarmonde fue sólo una manera de herir a quien le había desenmascarado, la ocasión de venganza por haber perdido su capa blanca. No, no se podía discutir con Robert d'Arles, siguió farfullando Seniofred. Había traicionado al Temple y esperaba un aplauso, el muy imbécil. Y después estaba Adelaide de Brouilla... ¿Qué iba a hacer con ella? No estaba dispuesto a tolerar sus insinuaciones, aquella mujer también amenazaba su posición y...

La súbita entrada de su secretario en el claustro le sacó de su ensimismamiento. Ese hombre le ponía nervioso, siempre revoloteando a su alrededor con patético servilismo. Se volvió bruscamente con el rostro contraído por la irritación, esperando.

—Lamento interrumpir vuestra meditación, señor, pero han traído un paquete para vos —declaró con voz temblorosa.

—¿Es eso que traes como si acunaras a un niño? —Seniofred observaba el cofre que su secretario llevaba entre los brazos.

—Alguien lo dejó en la puerta, señor. El portero intentó adivinar de quién se trataba, pero después de llamar desapareció sin dejar rastro... —El secretario le miraba con ojos desmayados—. Hay un sobre lacrado a vuestro nombre.

Seniofred se acercó a él y tendió una mano. El secretario se apresuró a entregarle el sobre, mirando a diestro y siniestro, tenía prisa por dejar su carga y desaparecer tan veloz como el anónimo mensajero que lo había llevado.

—Déjalo sobre mi mesa y acaba con tus dudas —graznó

Seniofred secamente—. Hay días en que me arrepiento de haber contado con tu colaboración. No vales para nada, estúpido fraile.

El secretario asintió con la cabeza varias veces, depositó el cofre sobre la mesa y desapareció sin pronunciar una sola palabra. Rogaba a Dios por que su supuesta estupidez le alejara de aquel hombre, sólo quería volver a sus rezos.

Seniofred se sentó ante su mesa con inusual parsimonia, abrió el sobre observando que el lacre no contenía la figura de ningún blasón, y se fijó en la calidad del papel.

Espero que comprendáis mi anonimato, pues la vergüenza que siento me impide revelaros mi identidad, ilustre fray Seniofred. Un familiar muy querido ha muerto repentinamente y, en mi desconsuelo, alguien me entregó este cofre, revelándome también la historia del objeto que contiene. Os pertenece a vos, y no quiero manchar mis manos con un delito que no me corresponde. No puedo pediros disculpas por un agravio que nunca cometí, pero me atrevo a rogaros una oración por el infeliz que incurrió en el desafortunado delito.

La cara de estupor de Seniofred habría sorprendido a su secretario, incapaz de entender los cambios de humor de su superior. Tiró la carta a un lado y acarició el cofre, vencido por la curiosidad. Lo abrió y lanzó un grito de consternación. Sus manos se hundieron en el terciopelo granate para extraer una gruesa cadena de oro de la que colgaba un crucifijo. Lo mantuvo en alto, observando el destello carmesí que le devolvía la mirada en un gesto de reconocimiento. De golpe, salió de su inmovilidad y, embargado por la emoción, aferró la cruz entre sus manos para besarla con devoción. Se mantuvo así durante unos minutos, recordando...

Se había reunido en secreto con Robert d'Arles en una casa deshabitada. Iba a cobrar el estipendio por la protección que le había dispensado, la parte que le correspondía por su inestimable ayuda. D'Arles le había entregado con cómica ceremonia aquel crucifijo, mofándose de su debilidad por el oro y las piedras preciosas. Pero en aquel tiempo a Seniofred no le importaban sus bufonadas, su único deseo era ascender en el camino de la gloria. Fue un intercambio breve, como debía ser, pensó Seniofred con la memoria perdida en el pasado. Sin embargo, el trueque fue interrumpido de la manera más absurda cuando salían de la casa. Una mujer y un asno desnutrido los observaban desde el camino, ambos sorprendidos por su presencia en el lugar. Seniofred comprendió que le había reconocido, aquella mujer era la sanadora preferida de la comarca y no ignoraba quién era. Detuvo de forma inconsciente a Robert d'Arles, quien ya jugaba con el largo estilete, su arma preferida, con una sonrisa de oreja a oreja. Sí, le gustaba matar, meditó Seniofred, y quizás habría sido mejor permitírselo y acabar de una vez. Incluso después de tantos años seguía ignorando el motivo por el que había detenido su instinto criminal. Después de todo, la condena ya estaba escrita de antemano... Seniofred amañó la trampa en veinticuatro horas, encontró testigos que juraron haber visto a la mujer yaciendo con el demonio y formó un tribunal cómplice que aplaudió su iniciativa. La decisión se tomó tan rápidamente que ni las quejas de los templarios de la ciudad ni los ruegos de Adelaide de Brouilla consiguieron detener la maquinaria de la condena. Y en aquel momento, cuando la infeliz marchaba hacia la hoguera con paso firme, las cosas volvieron a torcerse. La condenada se abalanzó hacia él, sorprendiendo a los guardias, y se aferró a su cuello. Seniofred notó el brusco tirón de la cadena que llevaba escondida bajo la sotana para que nadie reconociera aquella hermosa joya producto del robo. Oyó el susurró de la mujer en sus oídos: «Algún día, Seniofred, la oscuridad te atrapará.» Después ella se apartó con repugnancia, alzó el crucifijo para mostrarlo, y lo lanzó con fuerza tan lejos que nadie lo encontró. No debió aceptar su último ruego, caviló Seniofred besando de nuevo la cruz, aquella bruja le había suplicado que no la llevara atada hasta la pira, pues su único deseo era elegir con libertad su destino. ¡Menudo destino, bastarda del demonio! Sus palabras salieron de forma inconsciente, un último insulto que equilibraba el agravio sufrido. Sin embargo, ahora, por motivos desconocidos y gracias al arrepentimiento de un alma generosa, la cruz retornaba a su legítimo dueño.

Seniofred alzó de nuevo la cadena y, tras besar la cruz, se la pasó por la cabeza antes de esconder la joya bajo la sotana. El frío metal le acarició la piel en una sensación paradójicamente cálida, agradable, que le transmitía la seguridad de la victoria. Guardó el cofre en un estante y quemó la carta en la chimenea, nadie debía conocer su existencia. Después volvió a su mesa y a su trabajo, tenía muchos documentos que firmar. Mojó la pluma en el tintero, dispuesto como nunca a estampar su nombre, cuando se fijó en una mancha negruzca que iba apareciendo en dos de sus dedos. Disgustado, estudió la pluma de ave con minuciosidad, aquel ser despreciable que tenía como ayudante ni tan sólo cuidaba del buen estado de sus cálamos... Un malestar difuso se expandió por su piel. Notaba la cabeza embotada y tuvo la extraña sensación de que la mesa se alargaba en pequeñas olas que deformaban su superficie. Seniofred alzó la vista. Vio con incredulidad que las altas estanterías de la biblioteca se curvaban en un arco imposible, dobladas hasta la pesadilla sin que un solo libro huyera de ellas.

Se levantó precipitadamente. Necesitaba aire fresco, las emociones había sido demasiado fuertes para su corazón. Eso ocurría, pensó con un escalofrío helado, porque todavía estaba afectado por la conmoción que había supuesto aquella recuperación milagrosa. Tambaleándose, se dirigió hacia la ventana, pero sus pasos se detuvieron en seco ante la fuente de cobre pulido que le servía de espejo. El reflejo que le devolvía el metal no podía ser real, pensó con el horror marcado en el rostro, estaba soñando, se había quedado dormido a causa de la fatiga de sus emociones. El hombre que le contemplaba desde la fría superficie se parecía a él, no cabía duda, pero aquella mancha oscura que arrancaba de sus labios y se extendía por su mejilla no era suya, no podía serlo... Un grito inhumano escapó de su garganta y alcanzó hasta el último rincón del convento, alertando a los frailes. Los gruesos muros recibieron el sonido con deleite y, mientras el hombre expiraba, una voz surgió de la piedra en un susurro familiar: «Algún día, Seniofred, la oscuridad te atrapará.»

Casa de Bernard Guils,
en las cercanías de Perpinyà

Muy cerca del fuego, los dos hombres se habían quedado dormidos. Ebre soñaba y sus labios se movían como si rezara. Estaba en los subterráneos de Santa Maria de les Maleses, las piedras se movían dentro de aquella enorme catedral invertida, y él volaba sobre un enorme pilar hacia la plataforma central que pendía, ingrávida, en el centro. El cuerpo descarnado de Serpentarius le esperaba con los brazos abiertos, gritando. Ebre no oía sus palabras, sólo percibía el boquete oscuro de su boca. El pilar que le sostenía dio una vuelta completa a la plataforma y Ebre contempló, aterrado, el cuerpo sin vida de Jacques a los pies del maestro Serpentarius. El sudor le cubrió la frente...

Un golpe en la puerta le despertó bruscamente. Jacques *el Bretón*, pálido y descompuesto, los miraba desorientado. Ebre se levantó con rapidez, con la pesadilla aún viajando por su mente y turbado ante la imagen de su compañero. En los ojos del Bretón aparecía un destello de extravío, incapaz de reconocer nada de lo que le rodeaba.

Mir también se incorporó en el sillón. La ceguera le mantenía en la oscuridad, pero su instinto le enviaba avisos urgentes de alarma.

—¿Qué ocurre, quién ha entrado? ¿Eres tú, Jacques? —inquirió, asustado ante el silencio.

El Bretón volvió la cabeza hacia él, sus cicatrices bailaban en su rostro desencajado. Dio dos pasos con las manos extendidas, su enorme corpulencia se tambaleó y cayó desplomado en el suelo sin un solo gemido. Mir se levantó de un salto al captar la vibración del suelo que llegó hasta él con claridad.

—¡Jacques, Jacques! ¿Qué te ocurre, por Dios bendito?

—Se ha desplomado, Mir, está ardiendo de fiebre. —Ebre, asustado, daba suaves palmadas en el rostro del Bretón—. Está enfermo, no habríamos tenido que dejarle tanto tiempo a la intemperie. ¡Por los clavos de Cristo, Mir, ayúdame!

El viejo desapareció corriendo en la oscuridad de la casa, con un sexto sentido que le permitía encontrar lo que otros no hallarían. Apareció de nuevo arrastrando un pesado jergón, lo colocó ante la chimenea y se apresuró a ayudar a Ebre en la tarea de trasladar a Jacques. Ebre, sudando por el esfuerzo, añadió leña al fuego, convencido de que el calor traería a su amigo de vuelta a la realidad.

—Para ya, Ebre, vas a provocar un incendio. —La voz de Mir frenó su actividad—. Jacques está muy enfermo. Debes avisar a los del Masdéu, es urgente que venga un médico.

—No puedo dejarlo en este estado —dudó Ebre, mientras gruesas lágrimas rodaban por su rostro.

—Yo no puedo ir, Ebre, recapacita, por favor. Cuidaré de él, te lo prometo, pero debes apresurarte.

Ebre acarició el rostro de Jacques con ternura. Acaso su profundo afecto lograría despertarlo, pensó secándose las lágrimas. Pero el Bretón, inmerso en su sueño, permaneció inmóvil, reacio a volver en sí.

—Voy a buscar ayuda, Jacques, y traeré a Guillem conmigo —musitó al oído de su compañero—. Vuelve conmigo, amigo mío, vuelve...

Ebre se incorporó con esfuerzo, miró al Bretón y dio media vuelta. Mientras iba en busca de su caballo, su mente no podía apartarse del sueño.

Hacía mucho que no pensaba en Serpentarius. Por entonces tenía catorce años y era su primera misión junto a Guillem, recordó. Buscaban al viejo arquitecto templario que había desaparecido hacía cien años sin dejar rastro, y lo encontraron. Ahora, el espectro de Serpentarius se levantaba de su tumba líquida para indicarle el camino. Jacques estaba en un grave peligro...

Perpinyà, el Rosselló

Después del aviso urgente que Adhemar había recibido, interrumpiendo su conversación con Guillem, ambos salieron corriendo en dirección a la casa de los Brouilla. Los puños de Adhemar aporrearon la puerta con desesperación y, tras los golpes, empezaron los gritos del templario exigiendo que le abrieran la puerta.

Los criados de la casa estaban trastornados por la muerte de la pobre Marie. Cierto era que tenía ya muchos años, pero había subido y bajado aquella escalera durante casi toda su vida. La diligente Marie se habría dado cuenta del aceite derramado, pues siempre procuraba ajustar el presupuesto de la casa con todo detalle. Los rumores corrían sin descanso entre la servidumbre, y Guillelma se convirtió en el blanco de todas las sospechas. El cuchicheo de la murmuración se interrumpió de golpe cuando sonaron los estruendosos golpes en la puerta. Todos se apiñaron en el vestíbulo, aterrados, hasta que uno de ellos se acercó a la entrada y abrió con cautela. Recibió el impacto de la puerta en pleno rostro a causa del embate del intruso que pretendía pasar.

Adhemar, pálido como un difunto, entró en la casa como un vendaval y corrió hacia la sala, ajeno al alboroto de la servidumbre. Hubo gritos, amenazas y empujones hasta que, finalmente, alguien le reconoció. Guillem tranquilizó a la servidumbre, ordenó que recogieran las cosas imprescindibles para pasar una noche y les indicó que no volvieran hasta el día siguiente. Sus palabras calmaron a los criados, quienes le obedecieron sin rechistar. El murmullo se intensificó mientras salían y Guillem captó un último comentario: parecían convencidos de que la casa estaba hechizada, endemoniada. Uno de ellos había escuchado la conversación entre Adelaide y Seniofred, pensó Guillem, y muy pronto la ciudad se llenaría con el compadreo de sus habitantes.

Cerró la puerta y encogió los hombros en un gesto de indiferencia, pues nada podía hacer para frenar la murmuración. Después, siguió los pasos de Adhemar y entró en la gran sala. Guillem de Montclar llevaba muchos años en el oficio, desde que empezó a los catorce años con Bernard hasta los treinta y seis que creía haber cumplido. Sin embargo, a pesar de su experiencia, nunca había contemplado una escena semejante. Adhemar estaba en el suelo, sollozando silenciosamente a los pies de una anciana que ocupaba un desvencijado sillón. En la silla que había enfrente, la mujer que le había empujado por la mañana reposaba en una postura absurda. La mitad de su cuerpo estaba desmadejado, con las piernas extendidas en un ángulo extraño, mientras que la mitad superior seguía aferrada a la silla como si se encontrara en pleno naufragio. Pero lo que más le llamó la atención fue su rostro, una cara alargada ocupada casi por entero por la boca abierta. Guillem se acercó a ella, comprobó que estaba muerta y se fijó en los cristales que tapizaban el suelo. Recogió uno con delicadeza y al olerlo captó el aroma del vino seguido por un efluvio amargo. Después se volvió y contempló a la anciana, cuyas mejillas aún mantenían un pálido tono sonrosado. Tenía que haber sido muy hermosa en su juventud, meditó con cierta tristeza, todavía conservaba los suaves rasgos de una piel tersa y delicada. Después su mirada se dirigió hacia Adhemar, que sollozaba contenidamente. Le ayudó a incorporarse y, al notar que temblaba, le obligó a sentarse.

—Adhemar, debes calmarte —susurró en voz baja.

—¡Esa maldita criatura la ha matado, Dios bendito, y yo no he hecho nada por impedirlo! —se lamentó Adhemar—. ¡Lo sabía, sabía que algo horrible sucedería!

Un imprevisto crujido procedente del vestíbulo resonó en

la casa vacía y alertó a Guillem. Éste dejó a Adhemar con una mirada de advertencia y salió de la sala sin un ruido. Se pegó a la pared del vestíbulo escudriñando la oscuridad, no veía nada, pero sentía una presencia extraña cerca. Sin aviso previo, Adhemar apareció con una antorcha en la mano y la desesperación en su mirada. La luz iluminó el rostro sombrío de Bertran de Molins, encogido en un rincón y a la espera de saltar sobre su enemigo. Con un grito gutural, Adhemar se lanzó hacia él blandiendo la antorcha como si fuera una espada, y su blanca cabellera traslúcida brilló como la de un dios antiguo. Bertran mostró un largo cuchillo con una sonrisa cruel, pensando que aquel viejo enclenque no era rival para él... Confiado en su superioridad, no pudo evitar el estacazo que Adhemar le propinó en la cabeza con una velocidad envidiable. Su pelo empezó a arder como una tea y, con la rabia en el rostro, se apartó unos pasos para apagar con la capa su humeante cabeza. Adhemar respiraba agitadamente, dispuesto a un nuevo ataque, cuando una mano se posó en su hombro.

—Te felicito, Adhemar, ¿quién es ese tipo chamuscado?

Guillem le apartó con suavidad, recogió la antorcha del suelo y prendió las teas encajadas en el muro. Después, devolvió la antorcha a Adhemar con gesto cansino.

—¡Es Bertran de Molins, un criminal! ¡Este hijo de mala madre ha asesinado a Adelaide! —aulló Adhemar—. ¿Buscas el sangriento botín de tu padre, bastardo del demonio? ¡Pues no lo encontrarás, maldito gusano del infierno, voy a acabar contigo de una vez por todas!

—Ahora que ya te has desahogado, Adhemar, deja que se explique... —Guillem detuvo de nuevo a su compañero.

—Hoy aún no he matado a nadie, pero éste es un buen momento para empezar. —Bertran se irguió y el cuchillo volvió a aparecer en su mano.

—Vaya, vaya, qué valiente... ¿Buscas el legado de Guils, Bertran? —Guillem avanzó dos pasos y se situó a la izquierda de su contrincante sin dejar de observarle—. Yo soy la única herencia, lamento mucho decepcionarte.

Bertran soltó una ruidosa carcajada y sus dientes amarillentos sobresalieron de sus labios. Empuñó el cuchillo ante sí y lanzó un rápido ataque que Guillem esquivó con un ágil movimiento.

—¿Dónde habéis escondido a Gausbert, templarios de mierda? ¿Dónde le tenéis metido, eh? —Bertran retrocedió pensando en su próximo paso—. ¿Y quién eres tú, estúpido arrogante? ¿El heredero legítimo del bastardo de Guils?

Guillem aprovechó la pausa y su espada provocó un ligero sonido metálico al salir de la vaina antes de señalar a Bertran. Se acercó a él con lentitud, dejando que la espada estableciera la distancia entre ambos, y permaneció inmóvil, sin responder. Entonces Bertran se precipitó, nunca lo había hecho antes porque matar era un placer del que disfrutaba, pero aquello era diferente. Le habían pillado, y él nunca dejaba testigos de sus hazañas. Tenía prisa por acabar, estaba tan cerca del tesoro que nadie iba a interponerse. Se lanzó contra Guillem con una risotada pero, de forma inexplicable, su cuchillo hendió el vacío. Sólo había notado un fuerte golpe en el cuello y aquel hombre había desaparecido de su vista milagrosamente.

—Soy Guillem de Montclar, alumno y amigo de Bernard Guils, y soy la única herencia que dejó —dijo a sus espaldas.

Bertran se volvió lentamente hacia la voz, sintiendo un extraño peso en las piernas. Empuñó el cuchillo, sorprendido ante la conducta de su contrincante. Su espada chorreaba sangre, pero ¿de quién? Intentó avanzar, encogido, cuando notó una sensación ardiente en el cuello. Su mano se elevó hasta encontrar un profundo tajo en su garganta, al tiempo que un fluido espeso y caliente se extendía sobre su camisa. Su rostro expresó un infinito estupor. Aquello no estaba ocurriendo, nadie era mejor que él en el manejo de las armas, nadie... Un sonido bronco y desagradable surgió de sus labios mientras farfullaba algo ininteligible. Su cuerpo perdía fuerza, caía. Bertran no lo entendía, ya no lo entendería nunca.

Galdric de Centernac se apresuró a llegar al convento dominico. Estaba harto, alguien le seguía y estaba convencido de que era uno de los hombres de Seniofred. No iba a permitir que aquel prepotente clérigo se interpusiera en sus planes, lo pagaría caro, sabía todo lo que había que saber para que Seniofred no volviera a levantar cabeza. Las cosas no estaban funcionando tal y como había planeado, gruñó en voz baja, había perdido demasiado tiempo en aquellos dos inútiles con ínfulas criminales. Matar a Gausbert de Delfià era lo más adecuado que había hecho desde que eliminó al infeliz de Berenguer, el capellán templario que aún esperaba su parte. En cuanto a Bertran, pese a haberlo buscado por todos lados, parecía haber desaparecido de la faz de la tierra... Galdric de Centernac no estaba satisfecho, no había sido una buena idea utilizar a aquellos dos bastardos sin imaginación. Era un dato que no debía olvidar, su hermano siempre insistía en la importancia de la imaginación. Claro que a él le había sobrado, pensó Galdric con mal humor, siempre había alardeado de ser el mejor de todos. No obstante, la imaginación le había fallado en su último encuentro con Bernard Guils. Galdric no pudo evitar un salvaje sentimiento de alegría, tanto alardear para acabar solo y brutalmente derrotado... Se detuvo de golpe, meditabundo, lo más sensato sería aplazar el asunto del botín hasta encontrar a Bertran de Molins. Se presentaría y le comunicaría la muerte de Gausbert, era una buena excusa, le explicaría que los templarios del Masdéu le habían asesinado y se ofrecería como nuevo socio. No podría rechazar tan excelente idea... Ya lo pensaría con detenimiento más tarde, ahora debía concentrarse en ajustar cuentas con el mal nacido de Giovanni. Cambiaría sus prioridades, aquel sucio traidor merecía un trato preferente, había vendido a su hermano a sus peores enemigos. Levantó la cabeza y, al reemprender el camino, su cara volvía a expresar una alegría contenida. De no haber sido por la traición de Giovanni, era muy posible que su hermano aún siguiera alardeando, como siempre.

Cuando llegó a la puerta del convento y se le negó la posibilidad de entrevistarse con Seniofred, se enfureció. Quería deshacerse de él, pensó, y acaso sus cartas y sus quejas hubieran llegado a buen puerto. No era una buena noticia y no estaba dispuesto a ser destituido. Se plantó con violencia ante el portero, le sacudió una buena paliza y se encaminó a la biblioteca con paso decidido. El recinto estaba completamente vacío, un silencio sepulcral envolvía los altos estantes. Galdric escuchó con atención, unos suaves pasos se acercaban, y ya empuñaba el largo estilete de su hermano cuando el secretario de Seniofred apareció por la puerta.

—Quiero ver a Seniofred —amenazó, blandiendo el arma ante el rostro aterrorizado del secretario.

—Está enfermo, muy enfermo, os lo juro...

—Enfermo de miedo, fraile mentiroso, llevadme hasta él si no queréis llegar al paraíso con la velocidad de un gamo —advirtió Galdric, apuntando con su barba de chivo al infeliz.

—Puede ser contagioso, os aviso, los médicos ignoran la naturaleza de su enfermedad y...

—La cobardía no es contagiosa, hermano, no intentéis engañarme, no estoy para bromas extravagantes.

El secretario asintió varias veces con la cabeza, atemorizado, dio media vuelta y emprendió la marcha hacia la celda de fray Seniofred. Galdric, impaciente, le pinchaba la espalda con el afilado estilete para que se apresurara, aunque sólo consiguió que el aterrorizado fraile tropezara de manera repetida. De repente, el secretario se detuvo ante una puerta cerrada e intentó huir. Un certero golpe con el puño del estilete lo dejó tendido en el suelo, inconsciente. Galdric aspiró una bocanada de aire y abrió la puerta. La celda era amplia, cómoda, un lecho con dosel ocupaba el espacio central. Un candelabro de tres brazos, en el cual sólo una vela permanecía encendida, iluminaba tenuemente la habitación.

—No es necesario que finjas conmigo, Seniofred de Tuy, eres un cobarde, una rata repugnante. —Galdric se acercó a la cama, de la que sólo salía un apagado estertor—. Vamos, amigo mío, no me engañas con tus jadeos agónicos.

Cogió el candelabro de la mesa y lo acercó al lecho, apartando el dosel que lo cubría. Alargó el brazo, dispuesto a quemar vivo a Seniofred si no obedecía sus instrucciones. La pálida luz de la vela alumbró la forma irregular de un cuerpo. Una mano reptaba hacia Galdric con los dedos abiertos, una mano completamente negra.

—Ayúdame, ayúdame...

Galdric no se dejó impresionar, aquel hombre era capaz de las tretas más imaginativas. Arrancó la sábana que cubría el cuerpo con violencia, dispuesto a todo, cuando el rostro de Seniofred de Tuy se volvió hacia él. Una mancha oscura invadía la mitad de su cara, delgadas venas negras reptaban por sus mejillas y se abrían supurando un líquido amarillento y espeso. Galdric retrocedió con prevención, alarmado por el aspecto de aquel desecho humano. O sea que finalmente era verdad, susurró, aquel hombre se estaba muriendo... Un objeto extraño lanzó un destello carmesí en un rincón y, por un breve instante, cegó sus ojos. Volvió a retroceder alejándose del lecho en dirección a una talla de la Virgen María alojada en un nicho de la pared. Del cuello de la imagen colgaba un hermoso crucifijo con rubíes engarzados que lanzaban sugerentes mensajes, y Galdric comprendió de inmediato su valor. Cogió el crucifijo con entusiasmo. Aquel facineroso de Seniofred ya no lo iba a necesitar, caviló mirando la joya. Y se lo debía, desde luego que se lo debía...

—Eres un maldito tramposo, Seniofred, siempre lo has sido. Pero me temo que esta vez tus engaños no han surtido el efecto deseado. Estás horrible, un espanto absoluto, no creo que dures demasiado... Es indudable que nadie va a echarte en falta y me alegro mucho, bastardo del demonio, así no podrás seguirme a todas partes.

Galdric lanzó una sonora carcajada, el asunto tenía gracia después de todo. Ocultó el crucifijo dentro de su camisa y se dispuso a marcharse, aunque al llegar a la puerta retrocedió. Cogió la vela del candelabro, la besó con sorna y la lanzó sobre la cama de Seniofred. Las llamas prendieron rápidamente iluminando la habitación con un resplandor espectral, casi fantasmagórico.

—Eso está mucho mejor, la imaginación de la belleza ante todo. Piensa que te hago un favor, Seniofred, las llamas del infierno seguro que serán peores, mucho peores... —La voz de Galdric resonó entre las llamas antes de que éste desapareciera.

XX

Adiós, viejo amigo, emprendo un viaje de destino incierto, pero os llevo conmigo muy cerca del corazón. Cuidad de Guillem, todavía es joven y obstinado, y deberéis terminar su instrucción si yo no puedo volver. Es bueno, muy bueno, y sé que le convertiréis en el mejor. Aun así, dejadle decidir por sí mismo, que elija con plena libertad el camino que ha de recorrer.

Perpinyà, el Rosselló

Adhemar salía distraído de la casa de Adelaide cuando tropezó con un hombre que pretendía entrar. Sus ojos enrojecidos y las marcadas arrugas que los rodeaban enviaban señales inequívocas de un profundo disgusto.

—¡Por todos los demonios! ¿Es que no tenéis ojos en la cara? —bramó con enfado.

Ebre le observó con la misma irritación, el golpe del encontronazo aún retumbaba en su cerebro. Un gesto de enojo apareció en su bronceado rostro, empezaba a estar harto de dar vueltas por la ciudad y tenía prisa. Había llegado a la preceptoría exhausto y con los nervios a flor de piel, sólo para enterarse de que Guillem de Montclar se había largado hacía pocos minutos. Entonces, sin nada que perder, exigió con firmeza saber el lugar exacto donde le encontraría, pues tenía un mensaje urgente que entregarle. Y cuando finalmente llegaba al lugar adecuado, aquel viejo templario parecía tener la intención de obstaculizarle el paso.

—Busco a Guillem de Montclar con urgencia, y si no me dejáis entrar, os juro por lo más sagrado que la emprenderé a puñetazos con vos, sin tener en cuenta esa capa blanca. —La amenaza directa despertó de golpe a Adhemar.

—Eres Ebre, ¿no es cierto? —preguntó, suavizando el tono—. Encontrarás a Guillem ahí dentro, arreglando este desastre... Pero anda con cuidado, nadie debe saber lo que ha ocurrido en esta santa casa. ¿Lo entiendes?

—Quiero que mandéis a uno de vuestros médicos a la antigua casa de Guils, el pob... —siguió Ebre con decisión, sin hacer caso a sus palabras.

—¡Dios santo, Mir se ha caído! Lo sabía, siempre he dicho que no se le podía dejar allí solo, el pobre no está en condiciones —le interrumpió Adhemar con alarma.

—No, no se trata de Mir... —Ebre alzó una mano para contener la verborrea de su interlocutor—. Jacques *el Bretón* se ha desmayado y no recupera el conocimiento, arde de fiebre. Alguien debe ir allí a toda prisa y con la ayuda necesaria.

—¡Dios bendito, sólo nos faltaba esto! —Adhemar se alejó corriendo, aunque Ebre oyó con claridad las palabras que se perdían en la callejuela—. No me hagas esto, Jacques, no me hagas esto, ahora no...

Parecía realmente preocupado, pensó Ebre mientras le veía alejarse. La dispersa cabellera de Adhemar flotaba en el aire como si tuviera vida propia, mientras sus piernas corrían con todas sus fuerzas hacia la preceptoría. Ebre aún percibía el sonido de su desesperación cuando desapareció de su vista.

Entró en la casa observando a su alrededor. Una figura familiar apareció por la puerta de la derecha, su silueta se recortaba en la pared con precisión. Ebre respiró hondo, el miedo a la reacción de Guillem todavía palpitaba en su alma.

—¿Guillem?

La silueta se inmovilizó en el muro unos instantes. Después, el rostro de Guillem apareció en el umbral. Su asombro era genuino, hasta que fue borrado por una cálida sonrisa. Se acercó a él en dos largos pasos, se detuvo para mirarle con detenimiento y le abrazó con fuerza. Ebre lanzó un suspiro y se dejó abrazar, reconfortado. Había esperado mucho aquel encuentro, quería ser perdonado, ser aceptado de nuevo por aquel hombre que se había convertido en un hermano mayor, un guía en los tenebrosos caminos del mundo.

—¡Por los clavos de Cristo, muchacho! Apareces cuando más te necesito. —Guillem, con la voz temblorosa de emoción, se apartó para contemplarle de arriba abajo—. Has crecido, te fuiste siendo un crío enfadado y vuelves hecho todo un hombre, es maravilloso. Pero te reconozco, esa mirada de mula rebelde sigue incólume.

Guillem lanzó una carcajada al tiempo que sacudía los hombros de Ebre con suavidad, como si fuera incapaz de soltarle. El joven, por su parte, sentía una satisfacción tan grande que no sabía cómo corresponderle.

—He vuelto por un asunto urgente, Guillem, algo que te afecta directamente —contestó Ebre a regañadientes. Deseaba alargar aquel momento, pero la inquietud pudo más que el deseo.

—¿Me han sustituido por indisciplinado? —preguntó Guillem con un suave sarcasmo.

—No se atreven, no sabrían por dónde empezar sin tu ayuda. —Ebre le devolvió la sonrisa—. No, no es por eso. Tenemos que hablar, creo que tu vida está en peligro.

—Vaya, qué descubrimiento...

—Déjame continuar, por favor, no me interrumpas con tus ironías de siempre. —Ebre comprobó que Guillem callaba, cruzaba los brazos sobre el pecho y esperaba con paciencia—. Verás, hace unos meses llegó un contingente de mercenarios franceses a San Juan de Acre. Me ordenaron que los siguiera por si traían alguna noticia interesante, ya sabes, esa gente es muy chismosa y cuando los soldados beben se les suelta la lengua. Me senté con ellos y les seguí la corriente, hablaban de un tal D'Arles... —Ebre comprobó que Guillem seguía sin interrumpir, atento a sus palabras—. Cuando oí ese nombre me alarmé, porque no hablaban de un muerto, Guillem. Comentaban que Robert d'Arles tenía un hermano, tan bastardo como él, que debería haber embarcado con ellos. Pero parece ser que tenía otros planes. Contaban que se había largado al Rosselló para ajustar cuentas y que pretendía vengar la muerte de su hermano. Según creí entender, ese hombre pertenece al grupo de espías de Carlos de Anjou y, a última hora, le habían encomendado una misión en esta zona. Me embarqué al día siguiente para avisarte, el comendador me dio permiso.

—Gracias, Ebre, es una idea sugerente. Conozco a una persona que cuadra perfectamente con lo que me cuentas. —Guillem reflexionaba, mordiéndose el labio con obstinación—. Deberíamos avisar a Giovanni, se enfrenta a un serio peligro.

—Jacques está enfermo, muy enfermo, se desmayó y perdió el conocimiento. —Ebre casi no le había oído—. Ese templario que salía de la casa mandará ayuda urgente.

—¿Jacques ha vuelto al Masdéu? —interrogó Guillem con preocupación.

—No, está en la vieja casa de Bernard Guils. —Ebre esperó su reacción, pues conocía la veneración que Guillem sentía por su maestro.

—¿En la casa de Bernard? ¿Y dónde está eso? —Una mueca de perplejidad apareció en las facciones de Guillem.

—Cerca de la ciudad, ¿no sabías dónde estaba?

—No.

La escueta respuesta de Guillem sorprendió a Ebre, que no se la esperaba. La relación de aquél con Bernard siempre había sido un misterio celosamente guardado que Guillem casi nunca compartía. Le costaba hablar de su ausencia. Ebre observó con inquietud el rostro de su compañero, que transmitía una intensa concentración. Conocía perfectamente aquella expresión: los ojos medio cerrados que parecían atravesar las paredes, el mentón levantado y el ligero gesto de la mano que se dirigía, de forma inconsciente, de la frente a la barbilla. Sabía también que no era el momento oportuno para interrumpir su reflexión, por lo que se quedó callado y a la espera.

—Necesito tu ayuda —dijo de repente Guillem, saliendo de su abstracción—. Tienes que estar preparado para salir de inmediato, Ebre, en cuanto me entreguen un documento... Mientras tanto, me echarás una mano en este infierno.

—Pero ¿y Jacques...? —Pese a estar acostumbrado a las desconcertantes órdenes de Guillem, en esa ocasión Ebre no pareció estar de acuerdo—. Hay que acudir en su ayuda, Guillem, no vamos a dejarle solo en su situación.

—Nadie va a dejar solo a Jacques, y no empieces a discutir,

Ebre. —Guillem le observó divertido—. Pero, por el momento, lo que necesita es un médico, y que yo sepa ninguno de los dos pertenece a tan ilustre gremio.

—De todas maneras, deberíamos estar a su lado...

—Vaya, has vuelto como siempre, discutiendo cada paso con la moral de un fraile dominico. —Guillem le dio la espalda y avanzó hacia la puerta de la sala—. Supongo que todavía andas enfadado con los métodos poco ortodoxos que utilizamos en nuestro sucio trabajo. Bien, lo respeto, desde luego eres libre de elegir tu camino, siempre lo has sido... Pero en ese caso, Ebre, es mucho mejor que te vayas de esta casa y vuelvas con el Bretón. En estos momentos, estoy a punto de cometer todas las herejías posibles para que la Orden no se vea salpicada por el escándalo.

—Yo no tengo la moral de un dominico. —Ebre, molesto, le siguió con obstinación—. No sé por qué te obstinas siempre en ofenderme, no soy un hipócrita. Y sólo estoy preocupado por el Bretón, no quiero que se muera.

—Lo siento, chico, no era mi voluntad ofenderte, nunca lo ha sido. Más bien intentaba provocarte para que reaccionaras y abandonaras ese maldito mal humor con el que te fuiste. Un día u otro tendrás que dejar de estar enfadado con todo el mundo, Ebre, incluida mi pobre persona. —Guillem le miraba desde la puerta y, cuando acabó de hablar, desapareció en la sala.

—¡Yo no estoy enfadado! —contestó Ebre con rapidez, siguiendo sus pasos como una sombra—. Si lo estaba, ya no lo estoy. Quería volver, y quería hacerlo para continuar trabajando contigo... Yo creía que eras tú el que estaba enojado conmigo, que mi marcha a Tierra Santa no era de tu gusto.

—Bueno, la verdad es que no me diste tiempo para enfadarme, teniendo en cuenta que te largaste sin despedirte. Tuve que enterarme por Galcerán, mira por dónde... —Guillem cargó a sus espaldas el cuerpo de Guillelma de Brouilla y salió de la sala—. En cambio, Jacques sí que se puso hecho una furia, te lo aseguro.

—¿Qué estás haciendo con esa mujer? Esto está lleno de muertos por todas partes... —Ebre, perplejo, miraba el cuerpo de Adelaide sentado en su sillón—. Y ahí fuera hay otro difunto...

—¡Qué vista tan aguda, chico, me dejas asombrado! —se mofó Guillem atravesando el vestíbulo y dirigiéndose a la puerta del sótano.

—Está bien, tienes razón para variar, me lo merezco. —Ebre bajó la cabeza, resignado—. ¿Qué quieres que haga?

—Carga con ese bastardo y sígueme —se limitó a responder Guillem, indicando con el mentón el cuerpo de Bertran de Molins.

—Pero ¿qué demonios estamos haciendo? —jadeó Ebre, cargando con Bertran de Molins—. ¿Qué ha ocurrido en esta casa? ¿Una guerra?

Guillem no contestó. Bajaron por la estrecha escalera y dejaron los cuerpos en el suelo. Entonces Guillem empezó a tirar barricas y vasijas, estantes y armarios, hasta que el sótano quedó totalmente destrozado.

—Esa mujer tiene todo el aspecto de haber sido envenenada, será difícil de creer que puedan haberla atacado aquí, en el sótano... —farfulló Ebre—. Por mucho que destroces, esa cara contraída les llamará la atención.

Guillem suspiró con paciencia, observó a su alrededor y cambió la posición del cadáver de Guillelma. Después empujó suavemente el único estante que quedaba en pie y lo dejó caer sobre la cabeza de la mujer.

—¿Contento? —preguntó con indiferencia.

—Bueno, está mejor... —Ebre le miraba sin parpadear—. ¿Y qué vas a hacer con la anciana de arriba? ¿Tirarla al fuego?

—Adelaide se quedará donde está, nadie va a tocarla —se apresuró a contestar Guillem, inmune a los sarcasmos de su pupilo.

—¿Y ahora qué? —insistió Ebre.

—Depende de tu colaboración, Ebre, no me fastidies, que bastante harto estoy de este maldito asunto —gruñó Guillem subiendo de nuevo las escaleras del sótano.

Ebre sonrió a sus espaldas, ya se encontraba en casa, Guillem no estaba enfadado. La relación volvía a ser la misma de siempre. Su capacidad para cabrearle permanecía intacta y la respuesta de Guillem se hallaba en el mismo lugar de siempre. Era reconfortante, pensó.

—Si depende de mí, estoy a tus órdenes. Tengo el permiso de la Orden para volver al trabajo, a «ese trabajo» para ser exactos. Sólo falta tu aprobación... —contestó Ebre sin perder la sonrisa bobalicona—. ¿Adónde tengo que ir con ese documento que me has comentado?

—Lo entregarás al rey Pere, en mano y en mi nombre.

Guillem sintió una satisfacción especial al observar el estupor que aparecía en los ojos de Ebre. Siempre lograban sorprenderle, en eso no había cambiado, pensó, y era bueno que mantuviera aquel pequeño fragmento de inocencia en su alma. Sentía una extraña sensación de calidez en su interior, había echado mucho de menos al muchacho, y ahora, enfrentado de nuevo a su mal humor y a sus preguntas incesantes, se sentía completo. Por primera vez, desde hacía mucho tiempo, comprendió a Bernard Guils.

—¿Y tú qué vas a hacer? —La pregunta de Ebre le devolvió al presente.

—Tengo que terminar un asuntillo que Bernard Guils no liquidó del todo —respondió, y su voz se mantuvo inalterable—. Como puedes comprobar, nadie es perfecto.

—¿Qué asuntillo? ¿Todos esos muertos están relacionados con él? ¿Quién es esa gente muerta?

—Ebre, no tengo tiempo ni ganas de embarcarme en tu retahíla infinita de preguntas. —Guillem observaba el vestíbulo con atención para no dejar ningún cabo suelto—. Cierra la boca, ve a la sala y comprueba que todo esté en orden.

—¿Y Jacques? —insistió Ebre con obstinación.

—Jacques es parte del asunto, ¡por todos los diablos juntos, Ebre! —estalló Guillem—. Deja de preocuparte por eso ahora, por favor, el Bretón estará atendido, te lo aseguro. Además, yo no tardaré mucho en acudir allí.

—No encontrarás la casa...

Guillem se volvió y avanzó hacia él con el dedo índice en alto, dispuesto a soltar una de sus legendarias broncas, cuando el sonido de la puerta de entrada le detuvo. Cabot, con un rollo de cuero en lo alto de la mano, los miraba con una amplia sonrisa de satisfacción.

—¡Lo tengo! —gritó—. ¡Lo hemos conseguido!

—Sal a toda velocidad, Ebre, y no te pares ni para beber agua —dijo Guillem, entregándole el rollo de cuero.

—¿Qué es? —volvió a preguntar Ebre.

—El tratado que Jaume de Mallorca ha firmado con los franceses —contestó Guillem, fingiendo resignación—. El rey Pere necesita confirmar la traición de su hermano. ¡Lárgate a toda prisa, Ebre, porque si sueltas una pregunta más no me hago responsable de mis actos!

Ebre asintió en silencio y salió de la casa con celeridad. La confianza que Guillem había depositado en él sobrepasaba todas sus expectativas. Cogió el mejor caballo de los establos de la preceptoría sin que nadie se lo impidiera y salió de la ciudad como un alma perseguida por mil demonios.

Sin el documento entre las manos, Cabot se sintió repentinamente desnudo. Su alegría se esfumó para dejar paso a la preocupación. Dio un vistazo al vestíbulo de la casa, sorprendido por el número de teas encendidas.

—¿Dónde está Adhemar? —preguntó al no ver a su superior.

—En la preceptoría, intentando arreglar parte de este entuerto y enviando ayuda a Jacques —respondió Guillem con cansancio.

—¿Qué le pasa a Jacques?

—Parece que está enfermo, ha perdido el conocimiento...

—¿Y qué ha ocurrido aquí, por todos los santos? —Cabot parecía no entender nada.

—Te diré la versión oficial, que pronto estará en la calle: un tal Bertran de Molins ha asesinado a Adelaide de Brouilla y a su hija Guillelma cuando intentaba robar en esta casa. —Guillem le dedicó una sonrisa irónica—. Parece que tiene un largo historial de robos y asesinatos, por lo que se dice por ahí es una mala pieza.

—Ya, muy oportuno —afirmó Cabot—. ¿Y cuál es la versión extraoficial?

—Hay muchas, Cabot, múltiples interpretaciones de un hecho tan lamentable. —Guillem dudó—. Pero Adhemar cree en ésta como si fuera la Biblia y hay que tenerlo en cuenta. No tenemos por qué decepcionarle, ¿no crees?

—Lo tendré en cuenta, no te preocupes, mi boca estará sellada eternamente.

—Entonces, te diré una sola posibilidad entre otras muchas, por ejemplo: podría ser que Adelaide de Brouilla, por motivos que desconozco, envenenara a su hija y después siguiera su camino por voluntad propia. La copa de su hija está rota, por lo que deduzco que no se esperaba morir. En cambio, la de Adelaide sigue ahí, intacta sobre la mesa. En fin, hay tantas posibilidades que sería difícil encontrar la verdadera...

—¿Has registrado la casa? —Cabot aún estaba desconcertado ante la hipótesis de Guillem.

—De arriba abajo, y creo que no me he dejado ningún detalle por revisar. Sin embargo, puedes repetir la operación: dos pares de ojos ven más que uno solo.

Cabot negó con la cabeza, entró en la sala y se quedó inmóvil ante el cuerpo de Adelaide de Brouilla. Guillem le siguió lentamente.

—¡Era tan hermosa! Lástima que no fuera feliz... —susurró Cabot, quien cogió un chal que yacía en el suelo y cubrió el rostro de Adelaide.

—¿No lo fue? —preguntó Guillem con curiosidad.

—No, no lo fue —afirmó Cabot tajante—. Se casó con un hijo de perra que le impuso su familia y se enamoró de un hombre que sólo la correspondió en parte.

—¿Bernard Guils?

—Se conocían de niños, todo el mundo pensaba que se casarían. —Cabot movió la cabeza de un lado a otro—. Sin embargo, Bernard ingresó en el Temple, como sus dos hermanos mayores... Siempre fue un hombre dividido, ¿sabes? Una parte de su alma amaba a Adelaide con desespero, mientras que la otra la entregó al Temple. Las dos partes nunca se pusieron de acuerdo y él jamás lo negó, ésa era su grandeza. Pero estaba partido, tampoco fue un hombre feliz...

—¿Y Adelaide no le exigió la promesa de matrimonio?

—No, le amaba demasiado para interponerse. Adelaide era una mujer extraña, le fue fiel hasta la muerte y se conformó con lo que Bernard le ofrecía. Fue una historia triste, Guillem, y ellos la llevaron como pudieron. —Cabot alzó la cabeza y sonrió—. ¿Has encontrado el tesoro de Guils?

—No, pero he dado con algo interesante.

Guillem le pidió que le siguiera. Ambos se dirigieron al sótano y bajaron las escaleras. Cabot reprimió un grito al contemplar los cuerpos amontonados de Guillelma y Bertran de Molins, pero Guillem le indicó que se acercara al espacio que había debajo de la escalera. Un ligero soplo de aire húmedo traspasaba el arco, y ambos pegaron la oreja a la pared notando el frío que surgía de algún lugar oculto. Repasaron la arcada con los dedos buscando la manera de abrir el supuesto agujero, cuando la pieza central del arco se movió. Guillem presionó la piedra hasta que se hundió profundamente y la pared que había bajo el arco se deslizó unos pocos centímetros. Ambos se miraron con alegría contenida y empujaron con fuerza.

Cabot cogió una tea e iluminó un estrechísimo pasadizo de piedra que descendía. Un intenso olor a humedad impregnaba el ambiente. Guillem avanzó de lado con dificultad, seguido por su compañero, y durante varios metros sus cuerpos rozaron las paredes de roca con el peligro de quedar atrapados. Después el pasadizo se ampliaba de forma que pudieron continuar sin sentir la presión de la piedra. Durante quince minutos ninguno de los dos habló, sino que continuaron en silencio hasta que encontraron unos escalones de piedra que ascendían de nuevo. Al final, una oxidada puerta de hierro cerraba la salida.

—¿Has visto eso? —preguntó Cabot, iluminando la puerta.

—¿Qué? ¿Qué has visto? —Guillem no detectaba nada inusual.

—Fíjate, cuando la luz la ilumina desde abajo, la puerta refleja unas letras. ¿Las ves?

Guillem se acercó a la puerta mientras Cabot mantenía la tea casi en el suelo. La luz ascendía temblando por la oscura puerta, se detenía y lanzaba destellos rojizos sobre la cara de Guillem.

—«Esclarmonde, la luz que ilumina el secreto» —recitó Guillem lentamente.

Levantó la cabeza y vio la misma perplejidad en los ojos de Cabot. Se incorporaron y, después de unos breves segundos, ambos apoyaron la espalda en la puerta. Empujaron con fuerza, notando la vibración del hierro en pugna con el suelo, los crujidos de los goznes oxidados por el tiempo. Cuando la puerta cedió de golpe, ambos cayeron rodando por su propio impulso, asombrados ante lo que sus ojos contemplaban. A unos tres metros, Adhemar y Bonanat tenían la misma sorpresa en su mirada. Estaban en la preceptoría del Temple, en el almacén.

—Pero ¿qué estáis haciendo? ¿De dónde demonios salís? —gritó Adhemar sin salir de su asombro.

Alrededores del Masdéu, el Rosselló

Galdric de Centernac seguía a Giovanni con cautela. No había sido fácil dar con aquel tipo, de hecho llevaba un par de días intentando encontrar al maldito traidor, aunque sin resultado. Y de golpe, milagrosamente, a punto estuvo de topar con él cerca de la preceptoría templaria. Desde entonces no le había perdido de vista. Sin embargo, la situación no era la mejor, la ciudad había entrado en un marasmo de habladurías y de desgracias sin freno. En alguna de ellas, pensó Galdric reprimiendo la risa, había colaborado activamente. Por ejemplo, en el conato de incendio del convento de los dominicos, durante el cual una parte de las celdas de los monjes quedó arrasada... Con el pobre y santo fray Seniofred dentro, se mofó Galdric restregándose las manos. No obstante, nada tenía que ver con las muertes en la casa de los Brouilla, era inocente de su duelo. ¡Qué cabía esperar de aquella bestia inmunda de Bertran de Molins!, pensó Galdric con disgusto, incapaz de comprender cómo había pensado en él para completar su delicado trabajo. Aquellos dos inútiles no servían para nada más que para crear conflictos... Aunque todavía quedaban muchos misterios por resolver en aquel asunto, reflexionó. Era improbable que Guillelma de Brouilla hubiera herido de muerte al criminal, por más que las gentes del Temple se obstinaran en proclamarlo. Y además, se habían quedado con la casa, por cierto, meditó Galdric observando el paso lento de Giovanni. Un supuesto testamento de Adelaide de Brouilla había aparecido repentinamente devolviendo la casa a su legítimo propietario, Guils, y por supuesto eso significaba para el Temple...

Giovanni montó a la salida de la ciudad y Galdric le imitó. Un picor intenso le quemaba las manos desde que había salido del convento dominico, y no cesaba de rascarse para suavizar la molestia. Piojos, pensó con un estremecimiento. La posada en la que se había alojado no era de fiar... Siguió a Giovanni hasta la encomienda del Masdéu, pero en vez de entrar, el romano la rodeó y siguió adelante. Una sensación extraña se apoderó de Galdric, se estaban dirigiendo a las cuevas del Gorg, estaba seguro... No le gustaba, siempre había detestado los espacios subterráneos, la oscuridad y los peligros que se escondían en ella. No obstante, quizá fuera lo mejor, así podría lanzar el cuerpo del maldito traidor a aquel pozo sin fondo. Un homenaje a su hermano, quien había utilizado en muchas ocasiones ese mismo lugar. Sí, no era tan mala idea, caviló. Se rascó con desesperación, se observó la mano y se fijó en una mancha oscura que le tapaba sus uñas. ¿Qué demonios era aquello...? ¿Se habría ensuciado, le habría picado algún mosquito venenoso, o quizás había tocado alguna hierba maligna? Sacudió la cabeza en un gesto despectivo, cuando matara a Giovanni recurriría a uno de los médicos de la ciudad para que le diera un remedio.

Llegaban a las cuevas. Contempló a Giovanni mientras éste dejaba el caballo y ascendía hacia la entrada de la gruta. El picor empezaba a ser insoportable, y Galdric utilizó la reserva de agua que llevaba para lavarse las manos con obstinación. Fue entonces cuando comprobó con espanto que la mancha de las uñas ascendía por los dedos. Un agudo dolor le atravesó el estómago y le obligó a doblarse por la cintura. Desmontó deprisa y vomitó sobre la hierba, sacudido por las arcadas, sin poder parar. Estaba mareado, el mundo daba vueltas a su alrededor en el momento más álgido de su existencia. Con una sensación de temor que ascendía por todo su cuerpo, Galdric pensó en Seniofred, en su rostro, en la mancha oscura que lo cubría y se extendía como cien culebras negras a la espera del almuerzo.

No podía moverse. ¡Seniofred le había contagiado su mal!, pensó aterrorizado. No podía dar crédito a lo que le estaba sucediendo. Se tocó el rostro con nerviosismo, convencido de que la oscuridad también se extendía por sus mejillas, devorándolas...

Una sombra se interpuso entre la claridad del cielo y su cuerpo, se inclinó hacia él y habló con alguien. Galdric levantó una mano en demanda de auxilio, pero nadie pareció hacerle caso. Su mirada intentó adivinar quiénes eran los hombres que discutían. Advirtió que eran cuatro, y Giovanni estaba entre ellos... También había un viejo con una extraña cabellera, un halo que le rodeaba la cabeza. Y Guillem de Montclar, a quien reconoció al instante con un estremecimiento. Por último un cuarto hombre al que no conocía.

Notó que le cogían por los brazos y las piernas. Intentó reaccionar, gritar, deshacerse de aquellos hombres que le sostenían, pero su cuerpo no respondía. Ya ni siquiera podía ver la mancha oscura que ascendía por sus manos. Entonces, desesperado, intuyó el propósito de aquellos cuatro hombres. El pozo, el maldito pozo... Un horror indescriptible invadió su mente con una fuerza demoledora: se disponían a tirarle al pozo vivo, sin esperar a que muriera. No, no era posible tanta crueldad, eran templarios, hombres de Dios, no podían hacerlo, pensó Galdric sumido en la desesperación. Rogó a todos los santos para que tuvieran la decencia de matarle, pero sus rezos, siempre escasos, fueron en vano. Cayó al pozo como una piedra, un vacío infinito, oscuro, donde no podría contemplar cómo la mancha negra se extendía por su cuerpo en un maligno presagio. Volaba a través del aire corrompido y un penetrante olor a muerte se acercaba para devorarle.

ESCLARMONDE

Jacques *el Bretón* despertó a los dos días de su desmayo. Su rostro, cansado y visiblemente demacrado por la fiebre, reflejaba una lucidez extraña. Paseó la mirada a su alrededor disfrutando del silencio. Su largo sueño había estado lleno de voces que gritaban, gemían y pedían auxilio con urgencia, como sombras alargadas que se agitaban en su conciencia medio dormida. Ahora, por fin, todos callaban... Estaba en un catre junto al fuego, y limpio como una patena en la vieja casa de Guils, pensó, aquella enorme chimenea lo confirmaba. Alguien le había desnudado para ponerle una holgada camisa, caviló mientras se movía ligeramente para notar la suave caricia de la tela. Captó un breve ronquido a su lado. Adhemar dormía con placidez, sus piernas aflojadas por el cansancio se extendían un tanto torcidas. Giovanni, en el otro lado, se sostenía la cabeza con ambas manos, como si no pudiera soportar el peso de sus pensamientos.

—Menudo susto nos has dado, carcamal. —Frey Ponç de Nils le miraba con curiosidad desde los pies del catre.

—Sí, ya pensábamos que te habías largado al paraíso sin una sola palabra de despedida, y desde luego habría sido una descortesía por tu parte. —Frey Bonanat también le observaba al lado de Ponç y un mohín de fingido enfado se dibujó en sus labios.

—Pues ya debo de tener una pierna entera en la tumba, para

que vuestras excelencias se dignen visitarme. —La poderosa voz del Bretón se había convertido en un hilo ronco y jadeante.

—Esperábamos a que te despertaras —apuntó Ponç de Nils.

—Y ahora que lo has hecho podremos retornar al trabajo sin mala conciencia —añadió Bonanat, soltando una risita.

Frey Ponç se acercó, cogió una de las manazas del Bretón y la oprimió con suavidad. Bonanat se inclinó sobre él y le dio un beso en la frente.

—No se te ocurra morirte sin antes avisarme —susurró como despedida—. No me perdería ese momento por nada del mundo.

Jacques intentó reír, pero sólo consiguió que una tos repentina y dolorosa le sacudiera todo el cuerpo. Levantó una mano en señal de despedida, sus dos amigos se habían detenido en el umbral y, tras unos instantes de vacilación, desaparecieron.

—Bueno, vieja mula, ¿cómo estás? —La voz de Guillem resonó a sus espaldas.

—¿La has encontrado? —preguntó el Bretón, prescindiendo de su pregunta.

—¿Encontrar a quién? —Guillem, sorprendido, se sentó a los pies del catre.

—Eso significa que aún no has dado con ella —murmuró Jacques con voz apagada y un gesto difícil de descifrar.

—Escucha, ya hemos resuelto tu pequeño problemilla, puedes estar tranquilo. Ahora debes cuidarte, Jacques, seguir el consejo del médico y dejar de hacer tonterías.

—Muy buenos consejos, pero no me sirven ni para aliñar un rábano. —Jacques intentó incorporarse con dificultad, pero desistió al ver que sus fuerzas no le acompañaban—. Me voy a ir, chico, diga lo que diga ese inútil de matasanos... Pero antes quisiera saber que la has encontrado.

—¿Encontrar a quién? Por los clavos de Cristo, acabarás por volverme loco —reaccionó Guillem irritado, sin saber muy bien si su compañero volvía a alucinar o si intentaba decirle algo importante—. Jacques, te repito que el maldito asunto por el que me llamaste está solucionado, no le des más vueltas.

El Bretón cerró los ojos, callado, y cruzó sus manazas sobre el pecho. Gruesas gotas de sudor se deslizaban por su frente, como si su mente llorara.

—Lo siento, Jacques, no quería gritarte —se disculpó Guillem apenado, pasando un pañuelo húmedo por la frente de su compañero.

El Bretón siguió sin contestar, con los labios firmemente apretados en una delgada línea. Guillem se disponía a reiterar sus disculpas cuando la mano de Giovanni le golpeó el hombro.

—Ahí fuera hay una mujer que quiere hablar contigo.

—¿Una mujer? —Guillem se volvió hacia él.

—Eso he dicho, una mujer —repitió Giovanni con paciencia.

Guillem de Montclar se levantó mientras Giovanni ocupaba su lugar junto al enfermo. Salió de la casa y miró a su alrededor. De las sombras del atardecer surgió la silueta de una mujer cuyo turbante se mecía en la brisa.

—Soy Dalma —se presentó.

—Y yo, Guillem de Montclar.

—Ya lo sé, te pareces mucho al hombre del parche —afirmó Dalma, estudiándole detenidamente—. Traigo un mensaje de Adelaide, quería que te entregara una cosa.

—Adelaide de Brouilla ha muerto, Dalma, no tuve tiempo de conocerla. —Guillem captó el gesto de dolor de la mujer—. En cambio, parece que tú sí conociste a Bernard...

—El hombre del parche me salvó la vida. —Dalma vaciló—. Tengo que entregarte el encargo de Adelaide, no importa que haya muerto. Ella me dijo que tú sabrías lo que hay que hacer.

Dalma cogió una mano de Guillem y puso un objeto en ella. Luego cerró los dedos en torno al objeto y apretó con fuerza, notando las vibraciones de la piel.

—No deberías creer en la muerte, Guillem de Montclar, es sólo un espejismo engañoso. Tu amigo enfermo se irá, pero no lo hará hasta que tú la encuentres. Adelaide te ayudará a buscarla.

—Adelaide de Brouilla está muerta, ya te lo he dicho —insistió Guillem, perplejo ante las palabras de la mujer.

—Debes seguir las instrucciones del hombre del parche. Según tus creencias también está muerto, pero su voz te ha llegado con toda claridad. —Dalma encogió los hombros con una sonrisa—. No es la primera vez que le oyes, negar la evidencia sólo te llevará al camino del dolor.

—En eso llevas razón, no te lo discuto —contestó Guillem, cabizbajo.

—He de irme, mi trabajo aquí ha terminado. Tú debes acabar el tuyo, ya te falta muy poco.

Dalma dio media vuelta y desapareció por el camino. Guillem de Montclar se quedó quieto, contemplando su silueta mientras se perdía lentamente entre la vegetación. Notó el peso del objeto en su mano, la abrió y contempló un cilindro de oro. En un extremo aparecían tres cabezas de finos clavos; en la otra, una figura familiar lo alarmó. Entró en la casa con rapidez, Jacques se había dormido de nuevo. Agarró del brazo a Giovanni y le arrastró hacia un lado de la chimenea, mostrándole el sello que ostentaba un lado del cilindro. Un cuervo de tres patas.

—¿Qué es esto? —preguntó en tono amenazante.

—¡Pues qué va a ser! ¡Lo tienes delante de las narices! —Giovanni señaló con un dedo la cabecera de la colosal chimenea—. ¿Lo ves ahora...? Es el escudo de la familia Guils, Guillem.

Por un instante la cabeza empezó a darle vueltas. Guillem no podía apartar la vista del emblema que presidía la estancia. Respiró varias veces lentamente en un intento de imponer cierto orden en su mente.

—¿Dónde está enterrada Esclarmonde, la hermana de Guils? —preguntó con brusquedad.

—Detrás de la casa, en medio de un pequeño prado junto al único roble que hay. Siempre le gustó el lugar, acostumbraba pasear por allí y... —Giovanni le miró con tristeza—. Bernard hizo construir una tumba para ella, estuvo por aquí hasta que la terminaron.

Guillem asintió con la cabeza, sin responder. Encendió una lámpara de aceite y se guardó varias velas en el bolsillo. Después, volvió a salir de la casa. Giovanni contempló su partida con una enigmática sonrisa, se acercó de nuevo al catre y se sentó a los pies del Bretón. Cada uno debía ocuparse de sus propios asuntos, pensó, Bernard lo repetía con insistencia y tenía razón. Cogió la mano de Jacques y la acarició con dulzura. Ésa era su prioridad: acompañar a su amigo enfermo.

Guillem rodeó la casa mientras la luz del atardecer iluminaba el cielo con un velo rojizo. La dama de la noche irrumpía en todo su esplendor, una luna llena que proyectaba destellos blancos para apartar la brillante memoria de su hermano sol. Vio el prado y el roble sin dificultad, la silueta del árbol se mostraba nítidamente recortada por los haces blanquecinos. Se acercó sin prisa, paseando.

«Esclarmonde, la luz que ilumina el secreto», susurró en voz baja. Dalma tenía razón, Bernard le hablaba, le enviaba oscuros mensajes que sólo él debía descifrar.

Un túmulo de mármol blanco se alzaba sobre la hierba, sin decoración ni ornamentos. En su superficie apreció unas letras grabadas: Esclarmonde. Un cuervo encerrado en un círculo mostraba su plumaje con detalle, cada línea resaltada por la mano de un excelente artesano. Guillem acarició la lápida, notó la fría superficie pulida y revisó cada letra. Después, su mano se deslizó hacia el cuervo, verificando cada una de las líneas de su plumaje. Su dedo se hundió en el ojo del cuervo, un pequeño círculo ovalado, aplastado. Introdujo el cilindro de Adelaide y esperó en vano. Después de unos segundos de vacilación, dio un golpe con el puño y el cilindro se hundió del todo. En completo silencio, la lápida se desplazó unos dos palmos y medio, dejando al descubierto un agujero oscuro. Guillem se deslizó con dificultad por el estrecho espacio, armado de su lámpara de aceite. Tal y como suponía, unas escaleras de piedra toscamente talladas descendían, empapadas de humedad. Bajó con cautela, conteniendo la respiración, con la vana esperanza de encontrar a Bernard allí abajo. La muerte era un espejismo, según decía Dalma, y él quería creer que tenía razón. Sin embargo, el intenso dolor por la ausencia se había suavizado con los años, caviló Guillem mientras iba descendiendo. Bernard ya no era parte del sufrimiento, sino parte de él mismo.

Llegó a un espacio circular excavado en la roca y fue prendiendo las antorchas que encontró a su paso. La luz amarillenta se adueñó del lugar mostrando sus maravillas. En el centro, la escultura de una mujer muy hermosa, de tamaño natural, le contemplaba con sus ojos ciegos. Estaba de pie, una mano se extendía hacia él en un saludo de bienvenida, mientras la otra reposaba sobre su pecho. A su alrededor, las joyas relucían lanzando chispas de colores sobre los muros. Las esmeraldas de los cálices con su resplandor verde, el rojo de los rubíes, el tono orgulloso de brillantes y ópalos, aguamarinas y turquesas. Esclarmonde se imponía, inmersa en un brillante arco iris, y su sonrisa superaba el fulgor de todas las piedras preciosas que reposaban a sus pies. Guillem, atónito, observaba cada detalle casi sin respiración. Entendía a Bernard, sabía por qué lo había hecho. Era su compensación por la muerte de Esclarmonde, aunque nada pudiera resarcir su pérdida. Aquel tesoro no valía su vida, pero le pertenecía, eran las lágrimas de su hermano que la acompañarían para siempre.

Guillem la contempló por última vez, apagó las teas y ascendió hacia la superficie. Nadie encontraría el tesoro de Guils, nunca, pensó con la mirada perdida en el paisaje que le rodeaba. Nadie robaría sus lágrimas. Cerró la tumba de la misma manera en que la había abierto y regresó a la casa.

Un lloroso Giovanni se levantó del lado del Bretón y le ofreció su lugar. Estaba medio despierto, la fiebre se mostraba en sus facciones enrojecidas, en los labios resecos. Adhemar, que también se había despertado, le observaba llorando en silencio en un rincón.

—¿La has encontrado? —repitió la voz entrecortada de Jacques.

Guillem asintió con una sonrisa. Se acercó al rostro de su compañero y le susurró al oído. Le contó lo que había visto: el tesoro de Bernard destellando a la luz de las teas, la hermosa

Esclarmonde rodeada del fulgor de los colores. Le describió con todo detalle la extraña sonrisa de Esclarmonde, sus bellas facciones, su mano extendida como si esperara a alguien...

—Me espera a mí —dijo Jacques en un susurro—. Tengo que irme, muchacho.

Guillem siguió su narración en voz baja y suave, y continuó hablando cuando el Bretón cerró los ojos y aflojó la presión de su mano.

Jacques escuchó con una cálida sonrisa en los labios el relato de Guillem. Sintió la presencia invisible de todos sus amigos que le rodeaban, incluso oyó sus sollozos. Adhemar le rozaba la frente con un pañuelo húmedo. Giovanni, arrodillado a sus pies, no paraba de llorar, el pobre romano no quería quedarse solo, meditó Jacques. Oyó el sonido de la puerta y los susurros alarmados de Ponç de Nils, Bonanat, Cabot, de todos sus compañeros del Masdéu. Una paz que no podía describir se expandía en su pecho. Las sombras cambiaban de forma, entre la neblina de su mente aparecía la silueta de Bernard y de Dalmau. Esclarmonde iba tras ellos... Era un hombre afortunado, pensó cerrando los ojos: tenía amigos a ambos lados de la vida y era consciente de estar rodeado de afecto.

Enterraron a Jacques *el Bretón* bajo el roble de la casa de Guils. Era territorio templario y nadie puso objeciones. Guillem se encargó de limpiar y preparar a su amigo para el viaje que le esperaba, negándose a recibir ningún tipo de ayuda. Cuando estuvo listo, cogió la llave de la tumba de Esclarmonde y se la puso colgada del cuello, escondida bajo los pliegues de la capa blanca. Bernard lo habría querido así: la llave pertenecía a Jacques, él la guardaría para siempre. Después, besó a su amigo en la frente.

—Descansa tranquilo, Jacques, todo está en orden.